O GAROTO
DO RIQUIXÁ

Lao She

O GAROTO DO RIQUIXÁ

Tradução do chinês
Márcia Schmaltz

2ª edição

Estação Liberdade

Título original: *Luòtuó Xiángzi* / 骆驼祥子
Publicado por acordo com People's Literature Publishing House Co., Ltd.
© Editora Estação Liberdade, 2017, para esta tradução

Preparação	Fábio Fujita
Revisão	Marise Leal
Composição	Letícia Howes
Edição de arte	Miguel Simon
Imagem de capa	Beijing nos anos 1930, fotografia de Qin Feng, Editora da Universidade Normal de Guangxi
Coordenação de produção	Edilberto F. Verza
Editor responsável	Angel Bojadsen

经典中国国际出版工程
China Classics International

A PUBLICAÇÃO DESTE LIVRO CONTOU COM SUBSÍDIO DA 中国国家新闻出版广电总局 [ADMINISTRAÇÃO ESTATAL DE IMPRENSA, PUBLICAÇÃO, RÁDIO, CINEMA E TELEVISÃO DA CHINA] ATRAVÉS DO "CHINA CLASSICS INTERNATIONAL PROJECT".

CIP-BRASIL. CATALOGAÇÃO NA PUBLICAÇÃO
SINDICATO NACIONAL DOS EDITORES DE LIVROS, RJ

S542g

She, Lao, 1899-1966
  O garoto do riquixá / Lao She ; tradução Márcia Schmaltz. - São Paulo : Estação Liberdade, 2017.
  336 p. ; 21 cm.

  Tradução de: Luòtuó xiángzi
  ISBN 978-85-7448-277-4

  1. Romance chinês. I. Schmaltz, Márcia. II. Título.

17-43018
                                    CDD: 895.13
                                    CDU: 821.581-3

03/07/2017   06/07/2017

Todos os direitos reservados à Editora Estação Liberdade. Nenhuma parte da obra pode ser reproduzida, adaptada, multiplicada ou divulgada de nenhuma forma (em particular por meios de reprografia ou processos digitais) sem autorização expressa da editora, e em virtude da legislação em vigor.

Esta publicação segue as normas do Acordo Ortográfico da Língua Portuguesa, Decreto nº 6.583, de 29 de setembro de 2008.

EDITORA ESTAÇÃO LIBERDADE LTDA.
Rua Dona Elisa, 116 | Barra Funda
01155-030 São Paulo – SP | Tel.: (11) 3660 3180
www.estacaoliberdade.com.br

骆驼祥子

Sumário

11 O garoto do riquixá

321 Apêndices
323 Como escrevi *O garoto do riquixá*
330 Biografia de Lao She
335 Referências

Capítulo 1

Esta é a história de Xiangzi e não a de um camelo, porque este era apenas um apelido. Dessa forma, falaremos sobre o homem e, de arrasto, explicaremos a relação entre ele e o apelido que recebeu.

Em Beijing, havia várias categorias de puxadores de riquixá: os jovens vigorosos e de pés ligeiros, que só alugavam riquixás vistosos e trabalhavam a qualquer hora, pegando e largando passageiros a seu bel-prazer. Eles estacionavam na parada de riquixá ou na porta de uma mansão e ficavam à espera de algum passageiro apressado. Quando tinham sorte, logo arranjavam uma ou duas moedas de prata, caso contrário não conseguiam nem ao menos o dinheiro para pagar o aluguel do veículo. Contudo, não se importavam com isso, pois assim funcionava o negócio. Essa categoria de puxadores talvez tivesse dois anseios: conseguir um trabalho fixo para comprar o próprio riquixá, ou ser proprietário de um, para depois arranjar um emprego. Mas aí tanto fazia, porque seria sempre dono do riquixá.

Outra categoria de puxadores era constituída por homens um pouco mais velhos em relação à categoria anterior, e que, por falta de saúde, corriam menos, ou ainda por aqueles que, em função da família, não podiam se dar ao luxo de folgar um dia sequer. A maioria deles puxava riquixás seminovos. Se o veículo e o puxador possuíssem bom aspecto, conseguiam cobrar um preço honesto pelo serviço. Os puxadores dessa categoria podiam trabalhar tanto no período diurno quanto no noturno. No segundo caso, se ainda tivessem energia, puxavam o riquixá a partir do final da tarde até a madrugada. Como trabalhar à noite exigia muito mais atenção e profissionalismo, o ganho também era maior.

Os puxadores acima de quarenta ou abaixo de vinte anos não se enquadravam em nenhuma das descrições anteriores. Os seus riquixás eram deteriorados e eles não tinham coragem para trafegar no turno da noite. Por isso, saíam ainda de madrugada e trabalhavam até as três ou quatro da tarde. Esperavam que, no fim do dia, conseguissem pagar ao menos o aluguel e que sobrasse algum dinheiro para comer. Como o veículo era mal--conservado, andavam mais devagar, por isso cobravam menos e tinham que fazer mais corridas. O transporte de frutas e legumes ao mercado ou ao armazém era a sua especialidade. Ganhavam menos, mas não precisavam correr.

Nesse ramo, aqueles com menos de vinte anos — havia quem começasse com onze ou doze — dificilmente conseguiam se tornar puxadores elegantes, pois, muitas vezes, se machucavam quando pequenos, prejudicando o desenvolvimento do corpo. Talvez puxassem a vida inteira, sem chegar a nenhum lugar. A decadência fazia-se perceber nos puxadores acima de quarenta anos e que estavam no negócio havia oito ou dez: viviam sempre atrás dos colegas e sabiam que seus dias estavam contados, conscientes de que podiam a qualquer momento cair mortos no meio da rua durante uma corrida. A postura à frente do riquixá, a habilidade de negociar o preço e a malandragem de esticar a corrida eram feitos do passado, que lhes serviam apenas para empinar o nariz perante os mais novos, mas que de nada adiantavam para diminuir a incerteza quanto ao futuro. Os jovens puxadores suspiravam enquanto sentiam o suor escorrendo pelo rosto. No entanto, em comparação aos puxadores acima dos quarenta anos, eles ainda estavam em uma situação mais confortável.

Essa categoria é formada por homens que, no passado, nunca se imaginaram puxadores, e só quando se encontraram no limiar da vida e da morte é que iniciaram na profissão — como os policiais ou os zeladores de escolas que foram demitidos, vendedores ambulantes ou artesãos, que gastaram todas as suas economias e não tinham mais nada para vender ou penhorar. Gente que teve de retomar a vida, nesse negócio de morte, rangendo os dentes e engolindo as lágrimas. Esses sujeitos já haviam vendido o sangue de sua juventude e, a partir daquele momento, passavam a derramá-lo pelas ruas. Sem força nem experiência, tampouco relações, não conseguiam nenhum apoio entre os colegas do ramo. Possuíam os piores riquixás: os pneus esvaziavam inúmeras vezes no mesmo dia. Quando conseguiam algum passageiro, desculpavam-se ao longo da corrida pelo estado do veículo e, caso conseguissem quinze moedas de cobre, já consideravam um grande feito.

Além dessas categorias, existiam ainda os puxadores que se destacavam devido à localização geográfica e à habilidade. Os que viviam na região oeste da cidade, naturalmente, percorriam mais as colinas locais, Yanjing e Qinghua; da mesma forma, aqueles que moravam na área do Portão Anding percorriam Qinghe e a região norte, enquanto quem morava na área do Portão Yongding percorria a região sul. Os puxadores dessa categoria só faziam percursos longos, porque as corridas curtas rendiam apenas de três a cinco moedas de cobre. No entanto, não tinham fôlego maior do que os puxadores que se encontravam em Dongjiaominxiang, a zona das embaixadas.

Estes eram na realidade corredores de longa distância, que só atendiam estrangeiros e se orgulhavam de fazer corridas do bairro dos diplomatas à Montanha da Fonte de Jade, ao Palácio de Verão ou à Colina do Oeste. O domínio de língua estrangeira, mais do que a capacidade física, garantia a fidelidade da clientela, bem como evitava que outros puxadores se atrevessem a disputar os mesmos passageiros. Eles compreendiam o que diziam os soldados ingleses e franceses, quando estes lhes pediam corrida para a Montanha da Longevidade, para o Templo Lama ou para os Oito Becos. Eles não passavam seu conhecimento a ninguém. A maneira como corriam também era especial. Com a cabeça baixa, mantinham uma velocidade constante, sem olhar para os lados, rente ao cordão da calçada, com um ar altivo característico, indiferentes ao mundo à sua volta. Como serviam aos estrangeiros, não vestiam colete com número de identificação. Todos trajavam camisa branca e de manga longa, calças largas, brancas ou pretas, apertadas nos tornozelos por tiras de pano e alpargatas pretas, também de pano. Arrumavam-se com esmero e praticidade, o que lhes conferia a agilidade necessária para o serviço. Isso também contribuía para que os outros puxadores não se atrevessem a invadir o território deles, nem a disputar corridas com eles. Era como se fossem de outro ramo.

Depois dessa rápida descrição, vamos agora tratar de encaixar Xiangzi em alguma das categorias — ou ao menos tentar —, tal qual uma porca em relação a seu parafuso. Antes de Xiangzi estabelecer relação com o apelido Camelo, ele era um puxador com certa independência, ou melhor, tratava-se de um jovem

CAPÍTULO 1

forte, que tinha o próprio riquixá, e era dono da própria vida, tendo tudo sob seu controle: um puxador de primeira categoria.

Contudo, tal condição foi conquistada arduamente. Ele precisou de três ou quatro anos, no mínimo, e milhares de gotas de suor derramado para conseguir adquirir aquele riquixá. Obtivera-o sob muitas adversidades, debaixo de vento e chuva, alimentando-se de forma precária. Seu veículo representava o fruto e a recompensa por ter superado todas as dificuldades, como uma medalha de honra ao mérito no peito de um guerreiro que sobrevivera a batalhas. Quando Xiangzi ainda trabalhava com riquixá alugado, não parava da manhã à noite, indo de leste a oeste, do norte ao sul de Beijing. Era como se fosse um pião manipulado por mão alheia e que não se autogovernava. Contudo, nesses rodopios feito pião, ele nunca perdeu seu norte, e sua vontade se mantinha firme em direção aos objetivos que almejava: sempre pensava que, quando tivesse o próprio riquixá, seria um homem livre e independente, como eram seus membros, fazendo do veículo parte inalienável de si. Com um riquixá só seu, nunca mais teria de suportar os abusos dos arrendadores nem bajular ninguém. Dependeria apenas da própria força e do riquixá para ganhar a vida.

Xiangzi não esmorecia diante das dificuldades. Também não possuía os defeitos comuns que se observava em outros puxadores. Sua inteligência e seu esforço fizeram com que seu sonho se tornasse realidade. Caso ele tivesse uma condição social um pouco melhor ou tivesse recebido um pouco mais de educação, por certo não teria caído nesse ramo. Contudo, independentemente do que fizesse, ele jamais perdia alguma oportunidade que lhe surgisse pela frente. Mas, por azar, teve de puxar riquixá. Por isso, iria comprovar sua capacidade e inteligência para exercer essa atividade. Sabia que, mesmo no inferno, tiraria proveito como alma penada. Nascera e crescera no campo. Partiu para a cidade aos dezoito anos, depois de perder os pais e o pedaço de terra que lhes pertencia. Trazia consigo a força e a honestidade características dos rapazes do interior. Fizera quase de tudo que dependia de força braçal, ganhando apenas o suficiente para comer. Entretanto, logo se deu conta de que puxar riquixá era a maneira mais fácil de ganhar dinheiro. Enquanto a receita dos demais trabalhos manuais era limitada, puxar riquixá ao menos era uma atividade mais dinâmica, com vistas a maiores oportunidades, e nunca sabia quando e onde poderia encontrar um pagamento maior do que o esperado. Claro que ele tinha consciência de que oportunidades assim não eram obra do acaso e, para atrair uma clientela diferenciada, precisaria que o condutor e o carro tivessem bom aspecto. Depois de considerar o assunto, Xiangzi acreditou que correspondia aos requisitos: era jovem e forte, sendo a inexperiência sua única desvantagem, condição que ainda o fazia hesitar um pouco para ir procurar um bom riquixá. Mas isso não se constituía em um obstáculo propriamente dito, pois confiava na força de seu corpo e, com dez a quinze dias, era certo que pegaria jeito no ofício. Depois, poderia alugar um riquixá novo e, com um pouco de sorte, conseguiria um contrato fixo mensal, conteria as despesas apenas às necessidades básicas por um ou dois anos, quiçá três ou quatro, para que conseguisse adquirir o próprio riquixá, novo e bonito. Observando seus próprios músculos, acreditava que era apenas uma questão de tempo para atingir o objetivo, que não era apenas um sonho!

Seu porte físico era desenvolvido para seus vinte anos, era alto, apesar de o corpo ainda não ter sido forjado o bastante pelo tempo, e já causava a impressão de um adulto, embora carregasse certo ar inocente e travesso no rosto. Examinando

CAPÍTULO 1

os puxadores da primeira categoria, ele planejava como poderia ajustar ainda mais o cinto na cintura, para deixá-la mais fina, salientar mais as costas eretas e o peito musculoso em forma de leque; virava a cabeça para ver seus ombros: como eram largos e austeros! Depois de apertar bem o cinto, vestia as calças largas e brancas, utilizava tripa de frango para amarrar as bocas das calças, de onde despontavam aqueles pés enormes. Sim, sem dúvida alguma, ele poderia tornar-se o melhor puxador da cidade. Ria sozinho feito tolo.

Xiangzi não tinha nada de especial, o que encantava nele era a energia que irradiava de seu rosto. A cabeça era de tamanho padrão, com olhos redondos, nariz protuberante e sobrancelhas curtas e espessas. Raspada a zero, reluzia. Não havia flacidez em seu rosto corado, o qual era sustentado por um pescoço da mesma largura da cabeça. O que chamava a atenção era uma larga cicatriz, que corria da orelha direita até o maxilar, recordação que trouxera da infância, de quando dormira embaixo de uma árvore e um burro o mordera. Ele não ligava para a aparência, amava tanto a própria face quanto o corpo, porque ambos eram robustos. Considerava o rosto como um de seus membros, e na realidade apenas lhe interessava seu vigor físico. Mesmo depois de vir para a cidade, ele conseguia plantar bananeira durante um longo tempo. Nessa posição, sentia-se tão firme como uma árvore.

De certa forma, Xiangzi era como uma árvore robusta, silenciosa e cheia de vida. Ele tinha ideias e propósitos, mas que não revelava a ninguém. O que mais se comentava entre os puxadores de riquixá era sobre as dificuldades e as injustiças sofridas. Nas paradas, nas casas de chá, nos teatros, cada um lamuriava, descrevia ou até mesmo vociferava seus causos, que depois se tornavam patrimônio público, entoados como canções populares, recontados boca a boca. Xiangzi era um camponês, não tinha a língua ágil como as pessoas da cidade. Se essa destreza é considerada um dom natural, ele não tinha sido agraciado com isso, e nem desejava imitar a conversa fácil desses citadinos. Da sua vida só ele cuidava, e não gostava de compartilhá-la. Como segurava a língua, tinha mais tempo para pensar, e os seus olhos focavam somente o próprio interior. Bastava tomar uma decisão para que rumasse em direção ao caminho que o seu coração havia traçado; caso não tivesse como prosseguir, poderia ficar emudecido por um ou dois dias, resignado, como a remoer o próprio coração!

Ele decidiu ser puxador de riquixá e assim o fez. Alugou um caindo aos pedaços para treinar as pernas. No primeiro dia, mal conseguiu pagar o aluguel. No segundo, o negócio melhorou, mas ficou prostrado por dois dias, porque os tornozelos ficaram inchados do tamanho de um porongo e ele não conseguia se levantar. Xiangzi aguentou firme, ignorando a dor; sabia que essa era uma etapa que precisava ser superada por qualquer puxador novato. Sem passar por esse teste, ele sabia que nunca seria capaz de evoluir e passar a correr da forma como queria.

Quando os tornozelos melhoraram, tomou coragem para correr. Isso o regozijou, pois não havia nada mais a temer: conhecia bem a cidade e não se importava quando dava uma volta maior, pois tinha força para isso. A maneira de puxar o riquixá não era difícil, dada a sua experiência acumulada em empurrar e carregar pesos. Além do mais, ele tinha ideias próprias sobre o ofício: estava sempre em alerta e não entrava em disputas por corridas, para evitar problemas desnecessários. Quanto à barganha de preços da corrida, a sua língua era menos afiada do que a dos colegas. Sabendo de sua desvantagem, evitava as paradas mais concorridas e preferia ir para onde houvesse

CAPÍTULO 1

menos puxadores. Nesses lugares calmos, ele conseguia negociar o preço com tranquilidade com o passageiro e, mesmo quando não chegava a um consenso, simplesmente dizia nessas ocasiões: "Suba, e depois pague quanto acha que vale!" Ele tinha uma expressão tão honesta, feições tão simples, que conquistava a simpatia das pessoas. Era difícil elas não depositarem confiança nele, e até mesmo achavam inconcebível que ele fosse capaz de passar a perna em alguém. O máximo que pensavam era que ele acabara de chegar do interior, não conhecia a cidade e, assim, não sabia cobrar o preço da corrida. Mas, quando lhe perguntavam "conhece tal lugar?", respondia de forma afirmativa, sorrindo com ar de idiota, deixando o passageiro perplexo.

Levou duas ou três semanas para suas pernas se habituarem ao serviço, e ele parecia bom na corrida. É pela forma de correr que se comprovam a qualidade e a capacidade de um puxador. Aqueles que corriam com os pés para fora, batendo-os no chão como se fossem folhas de palmeira, sem dúvida eram camponeses novatos. Os que puxavam o riquixá com a cabeça muito baixa, arrastando os pés, num ritmo limiar entre correr e andar, mas com pose de corrida, eram homens acima de cinquenta anos. Havia ainda os experientes que tentavam disfarçar a falta de força encolhendo o peito e levantando bem alto as pernas, enquanto erguiam a cabeça a cada passo; dessa forma, davam a impressão de correr com vigor, mas, na realidade, não corriam mais rápido do que ninguém. Era tudo pose para manter a própria austeridade. Obviamente, Xiangzi não adotava nenhum desses estilos. Suas longas pernas permitiam-lhe dar passos largos, com a cintura firme, o que conferia uma corrida silenciosa. A firmeza das hastes do riquixá proporcionava ao passageiro a sensação de segurança e conforto. Quando solicitado a parar, não importava quão rápido estivesse correndo, seus pés enormes davam duas esfregadelas no chão e freavam. Parecia que sua força estendia-se pelo riquixá. Com as costas levemente curvadas, as mãos seguravam as hastes do riquixá sem tensão. Ele era flexível, ágil e preciso; não demonstrava ter pressa, apesar de ser rápido, e transmitia segurança. Essas eram qualidades ímpares, mesmo entre os puxadores de riquixá contratados.

Finalmente, Xiangzi alugou um riquixá novo. No mesmo dia que trocou de veículo, soube que um riquixá como aquele que estava alugando — com amortecedores, boa lataria, cobertura frontal e lateral impermeáveis, duas lamparinas e uma buzina metálica — custava mais de cem yuans. Caso necessitasse retoque de tinta e reparo na lataria, fechava-se o negócio por um valor menor. Cem yuans: era tudo o que ele precisava para obter um riquixá. Então se deu conta de que, se conseguisse poupar dez centavos por dia, em mil dias juntaria os cem yuans. Em apenas mil dias! Ele não tinha dimensão do que seriam mil dias, mas acreditava que era algo muito próximo. De qualquer maneira, estava resoluto, tudo bem que fossem mil dias, e mesmo que fossem dez mil, ele tinha que comprar o próprio riquixá! O primeiro passo seria encontrar um trabalho fixo. E um empregador bem relacionado, frequentador de rodas sociais e que participasse em média de uns dez jantares por mês, o que poderia render dois ou três yuans de gorjeta. Somando mais um yuan que ele poderia poupar de seu salário mensal, talvez conseguisse juntar quatro ou cinco yuans por mês, o que resultaria entre cinquenta e sessenta yuans por ano! Assim, a sua esperança se tornava muito mais próxima. Ainda mais para ele que não fumava, não bebia e não jogava. Nem tinha algum passatempo, muito menos família para sustentar. Dependia apenas de ser resiliente para atingir seu objetivo.

CAPÍTULO 1

Jurou para si mesmo que em um ano e meio, ele, Xiangzi, haveria de conseguir o próprio riquixá! E seria um novinho em folha.

Pouco tempo depois, Xiangzi arranjou um emprego fixo. Contudo, a esperança nem sempre corresponde à realidade. Apesar de abnegado, um ano e meio depois ele não cumpriu o que planejara. Mesmo empregado e muito cauteloso quanto ao trabalho, infelizmente as coisas do mundo possuem duas facetas. Não era por ser abnegado que os patrões não o mandariam embora. Às vezes permanecia por dois ou três meses em um emprego, enquanto em outros mal ficava dez dias até ser dispensado. Ele teve que procurar outras paradas de riquixás. Naturalmente, ele tinha que, ao mesmo tempo, procurar emprego e levar passageiros avulsos — o que era o mesmo que tentar pegar um cavalo enquanto se está montado em outro. Em todo caso, Xiangzi não se permitia ficar parado. Foi nesse período que começou a arranjar confusão. E se jogou no trabalho não apenas a fim de ganhar o suficiente para encher a barriga, mas também para poupar algum dinheiro visando o riquixá. Porém, não era suficiente depender apenas de suas forças: ao começar o trabalho, ele não conseguia se concentrar na corrida, sempre se distraía pensando em alguma coisa e, quanto mais pensava, mais sentia medo e se angustiava. Se continuasse assim, quando conseguiria comprar um veículo? Por que havia de ser tudo desse jeito? Será que ele não estava trabalhando o suficiente? Nesses momentos de devaneio, ele esquecia-se da sua cautela do período anterior. Restos de metais abandonados furavam os pneus, e ele não tinha alternativa a não ser recolher-se mais cedo para consertar. Pior ainda era quando ia de encontro aos transeuntes, e uma vez até perdeu uma calota, na pressa de atravessar um cruzamento. Se tivesse emprego fixo, isso com certeza não teria acontecido. Ficava desnorteado em meio a essas trapalhadas. Claro que o prejuízo seria seu se o riquixá sofresse algum dano, e isso o deixava mais irritado. Com medo de provocar um incidente ainda mais grave, às vezes dormia um dia inteiro e, ao abrir os olhos, vendo que mais um dia se passara em vão, sentia-se arrependido e se culpava. Além disso, nesse período, devido à sua angústia e ao sofrimento, deixou de se alimentar de forma adequada, com a ilusão de que era de ferro. Ficou doente. Como era muito sovina, não quis gastar com medicamentos, e seu estado de saúde piorou. Não só teve que comprar os remédios, como ainda permaneceu de cama por dias seguidos. Esses contratempos até lhe fortaleceram o espírito e fizeram com que se empenhasse, mas em nada influenciaram na velocidade em obter dinheiro.

Três anos inteiros se passaram. Finalmente, ele conseguiu juntar cem yuans!

Ele não podia esperar mais. A princípio tinha planejado comprar o mais novo e moderno riquixá, mas agora estava disposto a adquirir um que estivesse ao alcance dos seus cem yuans. Não podia mais arriscar. E se ocorresse outro imprevisto e tivesse novas despesas? Por coincidência, havia um riquixá — feito sob encomenda, mas não retirado por falta de pagamento de um comprador — que era próximo ao que ele almejava. O preço era cem yuans, mas como o vendedor já havia recebido um sinal, possivelmente topasse a venda por um valor menor. O rosto de Xiangzi se tornou radiante e enrubesceu, ele esfregou as mãos, estendeu ao homem noventa e seis yuans e disse:

— Eu quero esse riquixá!

O vendedor queria obter cem yuans e recorreu a todos os argumentos para exaltar as qualidades do produto: empurrou o veículo de um lado para o outro, abriu e fechou a sua cobertura, apertou a buzina. Enfim, utilizou todos os adjetivos possíveis e, por fim, disse:

— Ouça o tinir suave dos aros, é como se fossem guizos. — Tocava com a ponta do pé o raio da roda enquanto falava e continuou: — Leve-o. Mesmo se bater, caso apenas afrouxe algum fio do raio, pode trazer de volta e esfregá-lo na minha cara! Cem yuans, se faltar uma moeda, não fechamos negócio.

Ao ouvi-lo, Xiangzi contou o seu dinheiro mais uma vez e disse:

— Quero este riquixá por 96!

O montador percebeu que, à sua frente, havia um homem determinado. Olhou para o dinheiro, depois para Xiangzi, e comentou suspirante:

— Pela nossa amizade, dou-lhe a garantia total de seis meses, exceto se você der cabo do carro. Pegue aí a garantia!

As mãos de Xiangzi tremiam a olhos vistos. Pegou a carta de garantia e saiu da loja com o riquixá, quase chorando. Ao chegar a um lugar pouco movimentado, começou a analisar cada detalhe do veículo. Via a imagem de seu rosto refletida na lataria brilhante do riquixá! Quanto mais olhava, mais o adorava. Mesmo que alguns pormenores não correspondessem a sua expectativa, isso agora não tinha a menor importância, afinal, era o seu riquixá. Admirou demoradamente o veículo e sentou-se no apoio para descanso dos pés. Seu olhar fixou-se na buzina de cobre reluzente. De súbito, ocorreu-lhe que estava com vinte e dois anos. Desde que seus pais morreram quando ele ainda era muito jovem, se esquecera do dia do próprio aniversário e nunca havia festejado a data depois que se estabeleceu na cidade. Pois bem, como hoje havia comprado um riquixá novo, festejaria como um aniversário, dele e do riquixá! Seria fácil de lembrar, uma vez que o riquixá era produto de seu sangue e suor, de modo que não havia nada que o impedisse de considerar homem e máquina como uma só coisa.

E como comemoraria esse "duplo aniversário"? Xiangzi decidiu que o primeiro passageiro tinha que ser elegante, e de forma alguma poderia ser uma mulher. O melhor seria uma corrida até Qianmen e, depois, ao mercado Dong'an. A seguir, ele iria até o melhor restaurante da região e jantaria o que havia de melhor, como um cabrito grelhado com pãezinhos assados ou algo do gênero. Após o jantar, caso ainda houvesse movimento, faria mais uma ou duas corridas; senão, se recolheria: afinal, hoje era uma data especial.

A partir do momento em que se tornou um proprietário de riquixá, sentia-se cada vez mais animado. Conseguir um emprego fixo era uma questão secundária. Ele não teria mais a preocupação com o aluguel do veículo e tudo que ganhasse seria seu. Sentiu-se realizado e, assim, tratava melhor os passageiros, e o negócio deslanchou. Ao fim de seis meses, ele estava muito confiante que se seguisse naquele ritmo por mais dois anos, no máximo, poderia comprar outro riquixá, e começou a sonhar que mais tarde montaria uma oficina de aluguel própria!

Mas como a maior parte dos sonhos são ilusões, os de Xiangzi não eram exceção.

Capítulo 2

Como estava feliz, sentia-se mais corajoso. Desde que comprara o riquixá, Xiangzi corria ainda mais depressa. Claro que com a atenção redobrada, devido ao fato de o veículo ser dele, mas caso não corresse, se sentiria em débito consigo mesmo e com o riquixá.

Depois de chegar à cidade, ele cresceu mais dois dedos. Ele mesmo percebeu isso e achava que cresceria ainda mais. De fato, seu corpo havia ficado mais robusto, e acima dos lábios despontava um princípio de bigode. E, sim, ele queria ficar ainda mais alto. A cada vez que tinha que se abaixar para passar por um portão de rua ou uma porta, apesar de nada dizer, ria por dentro, pois mesmo já sendo alto sentia que seguiria crescendo. Agradava-lhe sentir-se adulto e ainda criança.

Uma pessoa vigorosa como ele, em cima de um riquixá tão bonito e que era só dele — com os amortecedores tão macios que faziam os varais vibrarem, o chassi brilhante, impecável, o assento muito branco e uma sonora buzina —, queria correr como forma de homenagear a si próprio e ao riquixá. E olha que isso não era falsa modéstia, mas sim, para ele, um dever: tinha que correr, quase que voar, para desenvolver ao máximo sua força e exaltar a beleza do riquixá. Aquele veículo era adorável;

meio ano depois, andando com o riquixá na rua, ainda nutria por ele um grande carinho. O veículo correspondia ao menor sinal do balanço da cintura, de uma flexão da perna ou de um endireitar da coluna de Xiangzi. Parecia que tentava ajudar seu dono de maneira incondicional, não existia nenhuma barreira entre o riquixá e Xiangzi. Em lugares planos e mais inóspitos, Xiangzi corria apenas com uma mão em um dos varais, e o ressoar manso da borracha dos pneus traseiros fazia-o avançar veloz e estável. Ao chegar ao destino, a roupa de Xiangzi ficava encharcada de suor, como se tivesse sido tirada do balde. Sentia-se exausto, mas feliz e orgulhoso. Um cansaço como se tivesse galopado um cavalo de raça.

Dizem que a valentia leva ao descuido, mas Xiangzi era prudente quando desembestava a correr. Se não fosse depressa ficaria mal com o passageiro, mas, se ao correr batesse o riquixá, se sentiria mal consigo mesmo. O veículo era sua vida, sabia que tinha de ser cuidadoso. Como era valente e cauteloso, a autoconfiança crescia nele a cada dia, e acreditava que ele e o veículo eram de ferro.

Assim, não só corria destemido, como não se importava com quanto trabalhava. Ele achava que puxar um riquixá para ganhar o pão era a melhor coisa da vida. A qualquer hora que quisesse sair em busca de uma corrida, ninguém poderia detê-lo. Não prestava atenção aos rumores que corriam pelas ruas — os soldados que entraram pelo oeste da cidade, as batalhas em Changxindian, o recrutamento forçado para além do Portão Oeste, o fechamento dos portões de Qihua por meio dia; nada disso importava. Quando as lojas fechavam, os ambulantes se recolhiam e as ruas eram tomadas pela polícia e pelas forças da segurança, e ele também saía de perto e interrompia o serviço. Contudo, não acreditava em rumores. Ele sabia se cuidar, em especial porque o riquixá era dele, mas Xiangzi não passava de um camponês e não tinha a malícia das pessoas da cidade. Além do mais, a robustez de seu corpo levava-o a acreditar que, caso o pior acontecesse, na hora ele saberia se virar, e não teria grandes prejuízos: ele era tão robusto e tinha os ombros tão largos!

Todos os anos na primavera, quando o trigo despontava nas searas, chegavam os rumores da guerra. Para a população do norte, as espigas de trigo e as baionetas eram símbolo da esperança e sinônimo para receios. O riquixá de Xiangzi completou seis meses na estação em que as espigas de trigo precisavam das chuvas de primavera. Chuva não cai quando o povo quer; e a guerra, independente do desejo dos homens, vinha de qualquer jeito. Se as notícias eram fatos ou rumores, Xiangzi não se importava: era como se nunca tivesse vivido no campo; esquecera-se de como a guerra destruía a lavoura e não lhe interessava a previsão do tempo. Tudo o que importava era o seu riquixá, pois era com ele que obtinha o pão de cada dia, e esse era para ele a sua terra fértil, que o acompanhava de maneira resignada; enfim, o seu tesouro. Mas, devido à seca e às notícias de guerra, o preço dos alimentos aumentava, disso Xiangzi entendia. Porém, como as demais pessoas da cidade, ele só sabia lamentar a situação, mas nada podia fazer. Se os mantimentos estavam caros, assim era, e quem haveria de ordenar a diminuição dos preços? O comportamento geral levava-o a cuidar apenas de sua vida e a seguir em frente.

Se os habitantes da cidade não tinham controle sobre a situação, sabiam criar rumores — às vezes criavam do nada e, outras vezes, aumentavam bastante —, provando que disso entendiam e que não eram tolos nem preguiçosos. Eram como peixinhos que vão à tona da água e passam o tempo a fazer borbulhas, o que é engraçadinho, mas completamente inútil. Dentre os rumores, os mais interessantes eram os relacionados à guerra. Outros eram apenas boatos, como falar de assombrações — não é por falar nelas que as almas penadas aparecem. Quanto à guerra, já era bem diferente: como não havia notícias precisas, as consequências eram imediatas. Talvez houvesse diferenças nos detalhes, mas, quanto à iminência da eclosão da guerra, a probabilidade era de oitenta a noventa por cento real. "Haverá guerra" era uma frase de efeito, cedo ou tarde aconteceria. Quanto aos adversários envolvidos e os seus motivos, cada um tinha uma versão. Xiangzi não era alheio a isso. Mas, quanto àqueles que vendiam a força de trabalho, incluindo os puxadores de riquixá, apesar de não darem as boas-vindas à guerra, ao topar com ela não caíam em ruína. Os que mais entravam em pânico nas guerras eram os abastados. Mal ouviam rumores e tratavam de debandar. O dinheiro abria-lhes o caminho e acelerava-lhes a partida. Mas os ricos não conseguiam fugir sozinhos; dado o peso da fortuna, alugavam muitos pares de pernas para lhes ajudar. Tinham caixas para serem carregadas, velhos, mulheres e crianças para serem transportados, e é nesses momentos que aqueles que vendem a força de seus braços e pernas ganham dinheiro, subindo o preço da mão de obra.

— Para Qianmen, estação Leste!

— Para onde?

— Estação Leste!

— Ah, um yuan e quarenta centavos. Não há tempo para pechinchas, pois os soldados já estão chegando!

Foi nessas circunstâncias que Xiangzi levou o riquixá para fora dos portões da cidade. Os rumores corriam havia mais de dez dias e os preços de tudo tinham subido. Parecia que a guerra ainda estava longe e ainda demoraria a chegar a Beijing. Xiangzi seguia transportando passageiros, não era por causa da guerra que iria relaxar no serviço. Certo dia, ele foi parar na parte oeste da cidade e reparou numa situação incomum. Na esquina oeste do Mosteiro Huguo com a Xinjiekou, nenhum puxador de riquixá queria aceitar uma corrida até Xiyuan ou para a Universidade de Qinghua. Zanzando nas imediações da Xinjiekou, ouviu dizer que ninguém queria sair da cidade, nem de carro ou de riquixá; diziam que de imediato os homens eram recrutados ao passar o Portão de Xizhi. Xiangzi pediu um chá e pensou em ir depois para o sul da cidade. A quietude extraordinária soava a perigo e ele, apesar da valentia, não tinha por que se arriscar. Nesse exato momento, dois riquixás despontaram do lado sul, parecendo transportar estudantes. Enquanto corriam, os puxadores gritavam:

— Alguém indo para Qinghua? Universidade de Qinghua?

Nenhum dos puxadores da parada respondeu. Uns olharam os riquixás e sorriram, enquanto outros continuaram fumando, sem nem levantar a cabeça. Os dois puxadores ainda gritaram mais uma vez:

— Estão surdos? Alguém indo para Qinghua?

— Por dois yuans, eu vou! — propôs em tom jocoso um jovem careca e baixo, ao ver que ninguém respondia.

— Venha cá e arranje outro para levá-los! — falou um dos puxadores, e estacionaram os riquixás.

O jovem careca ficou pasmo, sem saber o que fazer. Ninguém mais se mexeu. Xiangzi percebeu que sair da cidade representava perigo; senão, como alguém proporia dois yuans por uma corrida até Qinghua, trajeto que normalmente renderia de vinte a trinta centavos? Se ninguém disputava os passageiros era porque havia algo de errado, e também não quis ir. Contudo, o jovem puxador careca tinha decidido que, se alguém o acompanhasse, ele iria. Botou o olho em Xiangzi e perguntou:

— Que te parece, grandalhão?

A palavra "grandalhão" provocou um sorriso de prazer em Xiangzi. Isso era um elogio. Ponderou que só pelo elogio do careca baixinho já valeria acompanhá-lo; além do mais, dois yuans era um bom dinheiro, não era todo dia que topava com uma corrida tão lucrativa. E como saber se de fato haveria perigo naquilo? Dois dias antes houvera rumores de que o Templo do Céu estava tomado por soldados, embora ele próprio não tivesse visto nem sombra de um. Pensando assim, ele puxou o riquixá e se juntou ao jovem careca.

Quando chegaram ao Portão Xizhi, não havia quase nenhum movimento na estrada. O coração de Xiangzi sentiu um baque. O careca também pressentiu que algo estava errado, mas num sorriso forçado comentou:

— Não há de ser nada, parceiro! É sorte e não azar, hoje é tudo ou nada!

Xiangzi sentiu que algo de ruim ia acontecer, mas, depois de tantos anos de batalha, não era agora que recuaria feito uma velha amedrontada.

Não havia nenhum veículo fora do portão da cidade. Xiangzi baixou a cabeça, sem coragem para olhar para os lados; sentia o coração bater descompassado no peito. Quando chegaram à Ponte Gaoliang, ao não ver nenhum soldado, suspirou de alívio. Dois yuans eram dois yuans! E, por sua coragem, merecia aquela grana. O silêncio da rua instigou Xiangzi, calado por natureza, a puxar assunto com seu parceiro careca:

— Vamos cortar caminho? A estrada é de terra batida.

— Claro! — o careca adivinhava a ideia do colega. — É o caminho mais seguro!

CAPÍTULO 2

Não chegaram à estrada de terra batida porque ambos, com os riquixás e passageiros, foram pegos por uma dezena de soldados.

Já era o período de os devotos oferecerem incenso ao Templo do Pico Miao, época em que uma fina camisa de manga não era suficiente para resguardar o corpo da friagem da noite. Xiangzi não trazia nenhum agasalho extra, vestia apenas uma túnica cinza e uma calça azul-marinho do exército que fediam a suor — já encontradas assim antes de vesti-las. Ele se lembrou de sua camisa branca e das largas calças azul-anil. Que bonitas e limpas eram! Claro que existiam roupas no mundo bem mais elegantes do que as suas, mas, para ele chegar a vestir esse traje, por quanta dificuldade não havia passado. Ao sentir o cheiro de suor nas roupas que fora obrigado a vestir, Xiangzi passou a valorizar dez vezes mais sua luta e os resultados alcançados. Quanto mais ele se recordava do passado, mais ódio sentia pelos soldados. Tinham-lhe arrancado tudo, as roupas, os sapatos, o chapéu, o riquixá e até mesmo a faixa de pano que lhe servia de cinto. Tudo o que tinham deixado eram hematomas pelo corpo e bolhas nos pés. Contudo, não lamentava as roupas perdidas, e as feridas pelo corpo sanavam com o tempo; o problema era o riquixá que havia obtido com tanto sangue e suor! Desde que veio parar no quartel havia sumido. Poderia esquecer-se de todas as dificuldades, mas não do seu riquixá!

Ele não temia as dificuldades, mas para arranjar um riquixá não bastava querer, teria que trabalhar vários anos para tanto. O êxito no passado fora em vão, ele teria que começar tudo de novo. Então, Xiangzi chorou. Ele não apenas odiava os soldados, mas passou a odiar tudo à sua volta. Que direito tinham eles para abusar e humilhar as pessoas dessa maneira? Que direito?

— Que direito? — urrou Xiangzi.

Sentiu-se melhor depois de gritar, mas se lembrou do perigo que o cercava. O mais importante era pôr-se a salvo, tudo o mais era secundário.

Onde ele estava? Nem ele sabia ao certo. Nos últimos dias, fora obrigado a acompanhar a retirada dos soldados. O suor corria-lhe da cabeça aos pés. Quando andavam, Xiangzi tinha que carregar, empurrar ou puxar os equipamentos dos soldados, e quando paravam cabia a ele buscar água, acender o fogo e alimentar os animais. Passava o dia inteiro nesses trabalhos de força braçal e não conseguia pensar em mais nada. Quando a noite chegava, deitava a cabeça no chão e tinha a sensação de que, se nunca mais acordasse, não seria uma má ideia.

Lembrava que de início pareceu-lhe que as tropas retiravam-se em direção ao Pico Miao; depois, quando chegaram à encosta da montanha, ele só dava atenção à escalada, receando cair, imaginando seu corpo retorcido no fundo do vale, e as aves de rapina bicando-lhe a carne até os ossos. Marcharam vários dias pelas montanhas. Uma tarde, o terreno se tornou menos acidentado e, quando o sol lhe batia às costas, viu ao longe uma planície se abrir à sua frente. Quando soou o toque para o jantar, os soldados voltaram para o acampamento, com os rifles sobre os ombros e alguns camelos arreados.

Camelos! O coração de Xiangzi quase lhe saltou pela boca e de repente ele raciocinou, como alguém perdido que reconhece um sinal a reconduzi-lo ao caminho. Os camelos não conseguiam escalar montanhas, então era certo que ele se encontrava numa planície. Ele sabia que a oeste de Beijing, como nas vilas

Bali, Huang e Beixin'an, Paço Moshi, Beco dos Wuli, Sanjiadian, havia criação de camelos. Será que depois de dar tantas voltas acabaram desembocando no Paço Moshi? Que estratégia de guerra era essa? Ele desconhecia. Mas o certo é que, se estivessem no Paço Moshi, os soldados não teriam como escapar pelas montanhas, talvez por isso se encontravam na planície em busca de uma saída. O Paço Moshi era um lugar estratégico; indo a nordeste poderia voltar à montanha oeste, ao sul para Changxindian ou Fengtai e a oeste também havia saída. Enquanto matutava os possíveis movimentos da tropa, também planejava sua fuga e pressentia que já chegava a hora. Caso a tropa decidisse retirar-se para as montanhas, não teria como escapar e ainda correria o risco de morrer de fome. Se quisesse fugir, tinha que aproveitar essa chance. Considerou que, se escapasse agora, poderia correr até Haidian, mesmo que até lá ainda tivesse de percorrer uma grande distância. Conhecia bem o caminho. Fechou os olhos e visualizou um mapa em sua mente: queria que ali fosse o Paço Moshi. "Ó, Deus! Tomara que seja!", suplicou. Imaginou-se indo na direção nordeste, atravessando a Montanha do Pico Dourado, depois do Túmulo do Rei Li, seria Badachu. Seguiria ao leste de Sipingtai e chegaria ao Paço do Damasco e logo depois estaria a Vila Nan Xin. Para evitar qualquer surpresa, percorreria as trilhas próximas às montanhas, ao norte da Vila Beixin chegaria à Vila dos Weis; continuaria ao norte até chegar ao Pico Vermelho, ao Palácio do Rei Jie e finalmente ao Jardim Jingyi. Encontrando esse jardim, ele poderia ir de olhos fechados até Haidian! Seu coração estava quase a lhe sair pela boca. Nos últimos dias, parecia que o seu sangue só lhe corria pelos membros, mas nesse instante era como se voltasse ao coração, e sentiu as extremidades do corpo gelarem. A ansiedade o fez estremecer da cabeça aos pés.

Era meia-noite e Xiangzi não conseguia pregar os olhos. A esperança punha-o em brasa, o medo aterrorizava-o. Queria dormir, mas não tinha sono, e mal sentia seus membros prostrados ao chão. Não havia ruído algum, apenas as estrelas acompanhavam o pulsar de seu coração. De repente, ouviu camelos blaterarem próximos dele. Ele gostava de ouvi-los, era como se fosse o cantar dos galos que provoca ao mesmo tempo tristeza e conforto a quem os ouve.

Ao longe, ouviu o ribombar dos canhões, muito distante, mas não havia dúvida. Ele não tinha coragem para se mexer, mas logo todo o acampamento estava sobressaltado. Segurou a respiração e pensou que aquela era sua chance! Ele tinha certeza de que os soldados bateriam em retirada e, sem dúvida, iriam em direção às montanhas. A experiência do último período ensinou-lhe que a estratégia de guerra dessa tropa era como a de um enxame de abelhas presas num quarto: enlouquecidas, zumbindo em todas as direções. Com o ressoar dos canhões, os soldados fugiriam e ele tinha que se manter atento, segurar a respiração e rastejar com cuidado em direção aos camelos. Tinha consciência de que os camelos não o ajudariam em nada, mas, assim como ele, os animais também eram prisioneiros, e isso lhe despertava um sentimento de solidariedade. A confusão era total no acampamento. Encontrou os camelos deitados feito montes de terras. Afora a respiração ofegante, estavam absolutamente imóveis, como se a paz estivesse sobre a terra. Isso deu coragem a Xiangzi, e ele se agachou atrás deles, como faria um soldado que procurasse refúgio atrás de um saco de areia. Rapidamente ocorreu-lhe uma ideia: como o estampido dos canhões vinha do lado sul, significava que a batalha não se travava por lá, mas no mínimo indicava que a saída estava interrompida. Logo, a única alternativa de fugir da tropa eram as montanhas.

CAPÍTULO 2

Se fossem para as montanhas, eles não iriam levar os camelos. Assim, a sorte dos camelos também era a sua. Mas, se não abandonassem os animais, ele estaria perdido; teriam de abandoná-los para ter chance de fugir. Encostou a orelha ao chão, à escuta de passos, o coração batendo-lhe com agitação no peito.

Não se sabe ao certo quanto tempo se passou, mas ninguém veio buscar os camelos. Por fim, recuperou a coragem e se sentou, olhando entre as bossas dos camelos. Em torno, só havia escuridão e mais nada. Era a hora de fugir, e que a sorte estivesse do seu lado.

Capítulo 3

Xiangzi havia corrido uma dúzia de passos quando estancou. Sentia pena de largar os camelos ali. O único bem que tinha agora era sua vida. Como não possuía nada, até a ideia de levantar uma corda inútil do chão lhe agradava, pois serviria de consolo e não ficaria com as mãos vazias. Urgia salvar a vida, mas do que serviria sair de mãos abanando? Resolveu levar os camelos, porque, embora não lhe ocorresse que pudessem ter alguma serventia naquele momento, ao menos eram alguma coisa — e não eram coisas pequenas.

Puxou os camelos para eles se levantarem. Embora desconhecesse como lidar com camelos, não os temia, pois ele era do campo e estava habituado a tratar dos animais. Os camelos puseram-se de pé lentamente e Xiangzi nem reparou se estavam todos atados à mesma corda. Não importava se só um ou todos eles o seguiriam, e começou a caminhar.

Uma vez em movimento, ele se arrependeu da sua decisão, pois os camelos, habituados a cargas pesadas, são lentos. Não bastasse isso, também caminham com cuidado, devido ao medo de cair. Uma poça de água ou lama pode partir-lhes a perna ou deslocar um joelho. O valor de um camelo está inteiramente atrelado às pernas; se machucar gravemente uma delas, arruína o negócio. Além do mais, Xiangzi fugia para salvar a vida.

Mas ele não ia deixá-los para trás e entregá-los ao destino. Não poderia largar o que caíra em seu colo sem nenhum esforço.

O ofício de riquixá desenvolveu o sentido de direção de Xiangzi. Mas, nesse momento, ele se sentia um tanto confuso. Quando encontrou os camelos, concentrou-se neles até conseguir levantá-los, mas não tinha certeza de onde se encontrava, pois a noite ainda estava escura, e o coração apreensivo. Mesmo olhando para as estrelas para se localizar, parecia que elas estavam mais aflitas do que ele, tremeluzentes no céu, e não se atreveu mais a olhá-las. Abaixou a cabeça e seguiu em frente sem pressa. Ele se deu conta de que, para conduzir os camelos, só podia ir pela estrada e não pelas encostas dos morros. Do Paço Moshi — caso realmente fosse essa a localidade onde se encontrava — até a Vila Huang era uma estrada reta e sem desvios, propícia para camelos, e para um puxador de riquixá isso tinha um grande valor. Contudo, não havia cobertura pela estrada. E se topasse com soldados pelo caminho? Mesmo que não, vestindo aquela farda toda esfarrapada, o rosto coberto de lama e os cabelos compridos, alguém acreditaria que ele era um condutor de camelos? Não, decididamente não se parecia com um. Mas sim um desertor! Ser apanhado pelos soldados não seria pior do que encontrar camponeses que, no mínimo, iriam enterrá-lo vivo. Ao se dar conta disso, tremeu da cabeça aos pés. O som macio das patas dos camelos o fez pular de susto. Se realmente pretendesse se salvar, seria melhor desistir de levar esse fardo com ele. Mas, ao final, não largou a corda. Seguiu em frente, pensou que cada passo era um passo, e agiria conforme a situação que encontrasse. Se conseguisse escapar vivo, teria conseguido aqueles camelos a troco de nada; se não, azar!

No entanto, tirou o casaco militar, do qual removeu o colarinho; e os dois botões de latão que ainda restavam, que o comprometeriam, foram arrancados e atirados para a escuridão da noite, sem fazer ruído. A seguir, pôs o casaco pelos ombros e atou as duas mangas cruzadas ao peito como se carregasse um saco às costas, e enrolou as pernas da calça. Acreditava que assim pudesse diminuir as suspeitas de ser um soldado derrotado; apesar de ainda não parecer completamente um condutor de camelos, ao menos atenuava a aparência de um desertor. Além do mais, o rosto empoeirado e o corpo suado causavam a impressão de ser mais um mineiro do que outra coisa.

A mente de Xiangzi trabalhava devagar, mas, quando se dava conta do que tinha de fazer, agia de imediato. Ninguém o via na escuridão da noite. Na verdade, ele nem precisava se apressar, mas estava ansioso, pois tinha perdido a noção do tempo. Talvez raiasse o dia de uma hora para outra. Mesmo que Xiangzi não tenha seguido a trilha montanhosa, durante o dia não teria como se esconder. Se quisesse manter o mesmo ritmo durante o dia, teria que fazer com que as pessoas acreditassem que ele era um trabalhador de minas. Ao pensar nisso, assim o fez de imediato, se sentiu melhor e viu dissipar a sensação de perigo, quase vendo Beijing diante de seus olhos. Ele precisava chegar de forma segura à cidade, porque não tinha nenhum tostão, nenhum mantimento, e não podia desperdiçar tempo. Nesse instante pensou em montar o camelo para poupar forças e aguentar a fome. Contudo, não teve coragem. Mesmo sabendo que era seguro. Ele tinha que ensinar os camelos a se abaixarem para poder montar. O tempo era precioso, não poderia correr riscos desnecessários. Além do mais, se conseguisse montar, não seria capaz de enxergar o caminho devido à altura, e, se o camelo caísse, ele teria de tratá-lo. Desistiu do plano e seguiu.

CAPÍTULO 3

Não fazia a mínima ideia de onde se encontrava nem aonde ia, apenas tinha a sensação de andar ao longo de uma estrada. A escuridão da noite e o cansaço de dias a fio amarfanhavam-lhe o corpo e a mente. Seus passos eram lentos e pesados, e acabou por cochilar. O breu noturno somado ao sereno fazia-o se sentir ainda mais perdido. Imaginava o chão acidentado, mas era bastante plano. Essas sensações contraditórias o deixavam mais irritado e perturbado. Decidiu não olhar mais para o chão e sim para a frente, arrastando os pés. Não enxergava nada ao redor, como se a escuridão do mundo estivesse a sua espera, e o breu da noite o engolia mais a cada passo. Atrás de si, os camelos o seguiam em silêncio.

Pouco a pouco habituou-se ao escuro, o ritmo do coração diminuiu e seus olhos se fecharam naturalmente. Não sabia se estava parado ou andando e balançava de um lado para outro como se estivesse dentro de um mar negro junto com suas sensações, indefinido e confuso. Teve um estalo, como se tivesse ouvido um som ou uma ideia lhe ocorresse na mente — não sabia ao certo, mas abriu os olhos. Continuou a andar, esquecera-se do que estava pensando e no seu entorno não havia movimento algum. O coração acelerou, bateu descompassado, e depois se acalmou. Disse a si mesmo para não fechar mais os olhos, nem se deixar embalar em fantasias. O importante era chegar o mais rápido possível à cidade. Mas sem pensar em nada os olhos facilmente se fechavam, de modo que precisava fixar a atenção em alguma coisa para se manter desperto. Se adormecesse, tinha convicção de que dormiria por três dias seguidos.

No que poderia pensar? Zonzo e desconfortável, Xiangzi coçava a cabeça, sentindo dor nos pés e um amargor na boca seca. Ele não conseguia pensar em outra coisa a não ser na sua miséria, mas nem nisso conseguia se concentrar. Sentia a cabeça inchada e vazia, tinha pensamentos sobre si mesmo, os quais esquecia no momento seguinte, como uma vela no fim, já incapaz de iluminar. A escuridão fazia-o se sentir como se flutuasse dentro de uma nuvem negra e apenas seguia adiante, consciente de sua existência, mesmo sem saber a direção tomada, sentindo-se tão inseguro como um náufrago à deriva na imensidão do mar. Nunca sentira tamanha agonia, incerteza e solidão extremas. Apesar de ser um homem de poucos amigos, sob a luz do sol e rodeado pelas coisas a situação não o deixava com medo. Contudo, o sentimento de incerteza era insuportável. Se os camelos fossem xucros como os burros, ao menos poderia se entreter com eles. No cúmulo de seu desalento, ocorreu-lhe de súbito que os camelos pudessem ter sido engolidos pela escuridão, e ele estivesse apenas arrastando uma corda atada a um bloco de gelo derretido.

Numa certa altura, sentou-se. Caso morresse e existisse vida após a morte, ele também não se lembraria de como nem por que teria se sentado. Talvez o tivesse feito por apenas cinco minutos, quiçá uma hora, ele não fazia a mínima ideia. Nem tinha consciência de que tivesse se sentado para dormir, ou se dormiu e só então se sentou. Provavelmente tenha dormido primeiro antes de se sentar, porque estava tão exausto que era bem capaz de dormir em pé.

Acordou de repente. Não de forma espontânea, mas de sobressalto, como se tivesse pulado de um mundo para outro, num piscar de olhos. Ainda estava escuro, mas ouvia-se claramente o cantar do galo, de forma tão nítida como se bicasse sua cabeça. Sentiu-se lúcido. E os camelos? Não tinha tempo para pensar em outra coisa. A corda ainda estava na sua mão, e os camelos ao seu lado. Ele se tranquilizou e sentiu muita preguiça. O corpo estava dolorido, ele não conseguia se lembrar de nada, mas não se atrevia a voltar a dormir. Ele ainda tinha que pensar, compenetrado, ter uma boa ideia. Justamente nesse instante ele se lembrou de seu riquixá e bradou: "A troco de quê?"

"A troco de quê?" era apenas um grito vazio e inútil. Ele tocou nos camelos, ainda não sabia quantos tinha trazido consigo, mas a seguir percebeu que eram três. Não sabia se isso era muito ou pouco. Concentrou-se em pensar no que iria fazer com os animais, porque seu futuro dependia inteiramente deles.

Pensou que poderia vendê-los e comprar um riquixá novo, e essa ideia quase o fez pular de alegria. Mas ele permaneceu parado, meio envergonhado, por não ter pensado nisso antes. No entanto, o entusiasmo venceu a vergonha e ele sabia o que precisava ser feito. Havia pouco ouvira o cantar do galo e, mesmo que às vezes eles cantassem mais cedo, de todo modo não demoraria a clarear o dia. E, onde havia galo, havia de existir uma aldeia, talvez a aldeia Beixin. Ali havia criadores de camelos e, se apertasse o passo, poderia chegar ao raiar do dia para vendê-los imediatamente, e logo que chegasse à cidade comprar um riquixá. Em tempos de guerra, com certeza o preço de um veículo desses seria melhor. Xiangzi apenas pensava em comprar um riquixá, como se vender camelos fosse a coisa mais fácil do mundo.

Encheu-se de entusiasmo, ao relacionar os camelos ao riquixá, e foi tomado por uma onda de energia. Animava-se mais com essa venda do que se comprasse alguns *mus*[1] de terra ou se trocasse por pérolas. Levantou-se de pronto e iniciou a caminhada com os camelos a tiracolo. Ele desconhecia o mercado de camelos, só tinha ouvido falar que, anos atrás, quando ainda

---

1. Unidade de medida de área chinesa, utilizada até hoje. Um *mu* equivale a 1/15 de hectare. [N.T.]

não existia trem, um camelo valia cinquenta onças de prata, porque além de mais forte rendia mais do que um burro. Ele não queria cinquenta onças de prata, para ele era suficiente oitenta a cem yuans para comprar um riquixá novo.

À medida que ia avançando, o céu começava a clarear. Xiangzi caminhava na direção leste. Com o raiar do dia, mesmo que estivesse tomando a estrada errada, agora ele tinha certeza de que as montanhas ficavam a oeste e a cidade a leste. Tinha certeza. Começava a se localizar na penumbra; mesmo sem as cores visíveis, os campos e as árvores foram tomando forma na distância, ganhando vida. As estrelas rareavam e o céu, amortalhado numa neblina, parecia muito mais alto do que antes. Xiangzi atrevia-se a levantar a cabeça. Sentia o cheiro da relva à beira da estrada e ouvia o pipilar dos pássaros. Seus cinco sentidos recuperaram as faculdades naturais. Embora estivesse em um estado deplorável, estava vivo! Sentia-se como que despertado de um pesadelo, e a vida pareceu-lhe particularmente doce.

Tendo olhado para si, voltou-se para olhar os camelos. Estavam no mesmo estado que ele e, por isso, mais queridos lhe pareceram. Era a época da troca do pelo, e nos lugares onde se percebia a perda viam-se manchas cinzento-avermelhadas na pele. Pareciam enormes pedintes do reino dos animais. O mais patético de tudo eram seus longos pescoços, retorcidos, desajeitados e sem pelos, magros e ridículos feito dragões desarticulados. Contudo, Xiangzi não os rejeitava, pois, por mais que os animais parecessem desajeitados, eram seres vivos. Xiangzi já se supunha o homem mais sortudo do mundo, o céu o havia agraciado com três camelos, quantidade suficiente para serem trocados por um adorável riquixá, e tamanha sorte não acontecia todos os dias. Sorriu, não se contendo de animação.

CAPÍTULO 3

O céu turvo começou a se avermelhar, lançando sombras sobre o chão e as árvores distantes. Vermelho e cinza fundiam-se, alguns lugares assumiam um tom púrpura, em outros, um tom carmim. Uma cor roxo-acinzentada das uvas predominava no céu. Instantes depois, em meio ao escarlate, um dourado aparecia, e todas as cores passaram a brilhar. Rapidamente o dia clareou, e foi possível enxergar tudo ao redor. As nuvens matutinas adquiriram um tom vermelho-escuro, e o céu, azul. As nuvens vermelhas, trespassadas por raios dourados de sol, teciam uma manhã majestosa: os campos, as árvores, a relva, de verde-escuro tornaram-se esmeralda. Os galhos de pinheiros centenários tingiram-se de vermelho-ouro, as asas dos pássaros reluziam, tudo, em torno de Xiangzi, transmitia alegria. Xiangzi sentia vontade de gritar, pois tinha a impressão de não ter visto mais o sol desde que fora capturado pelos soldados. Naqueles dias, ele praguejava de cabeça baixa, inclusive esquecendo-se da existência do sol, da lua e do céu. Agora, caminhando como um homem livre, à luz do sol, que irradiava através do orvalho, sentia o coração aquecer. Xiangzi esquecia-se de todo o sofrimento, perigo e dor anteriores; não importando sua aparência imunda, aquecido que era pela luz solar. Ele vivia em um mundo caloroso e luminoso. Sentia-se tão feliz que tinha vontade de gritar!

Ria dos trapos que lhe cobriam o corpo e dos três camelos com falta de pelos que o seguiam, pensou quão estranho quatro criaturas de aspecto tão miserável conseguiram fugir do perigo e caminhar em direção ao sol. Não era preciso conjecturar mais nada, para ele era a vontade celestial. Reconfortado, seguia lentamente pela estrada e, considerando estar protegido pelos deuses, nada temia. Onde estava? Embora já chegassem aos campos homens e mulheres para a lida, Xiangzi não tinha vontade de perguntar. Resolveu seguir em frente. Mesmo que não conseguisse vender de imediato os camelos, isso também pouco importava. Estava ansioso para chegar a Beijing, desejava rever a cidade, mesmo que ali não tivesse nenhum parente e nenhum bem; considerava-a como sua casa, seu lar e, ao chegar, encontraria a solução para seus problemas. Avistou uma aldeia ao longe, de tamanho razoável; uma fileira de salgueiros à entrada dava ares de altos sentinelas trajados de verde. Em cima dos telhados das casas baixas pairava a fumaça das chaminés. O ladrar distante dos cães era música para seus ouvidos. Xiangzi apressou o passo em direção à aldeia, destemido de qualquer infortúnio ou dos aldeões, pois era um homem bom e estava sob a luz apaziguadora do sol. Caso fosse possível, gostaria de obter um pouco de água; mesmo que não conseguisse, a sede não era nada para quem havia escapado da morte nas montanhas.

Ele não prestou atenção aos cães que ladravam em sua direção, mas se sentiu incomodado com o olhar das mulheres e das crianças. Devia parecer esquisito um homem puxando camelos, pensou; senão, por que as pessoas o encaravam? Que tormento: primeiro, os soldados o trataram como lixo e, agora, ao chegar à aldeia, as pessoas olhavam-no como se fosse um monstro! Não sabia o que fazer. Seu corpo e sua força, que sempre foram motivo de orgulho e pilares de sua autoestima nesses últimos dias, sem nenhum motivo tinham sido maltratados. Sobre o telhado de uma casa viu o sol radiante, mas nesse instante não lhe pareceu tão intenso como antes.

A única estrada da aldeia estava tomada por poças formadas pela urina de porcos e cavalos. Receoso de que os camelos escorregassem e caíssem, Xiangzi decidiu encontrar algum lugar para descansar um pouco. No lado norte da rua, havia uma casa melhor que outras, edificada com tijolos e com uma porteira simples. O coração de Xiangzi palpitou: só os ricos possuíam casas com entrada desse tipo, só em propriedades de criador de camelos! Pois bem, iria descansar ali por um momento e, quem sabe, teria a oportunidade de se livrar dos bichos.

— Ô, ô, ô! — ordenou para os camelos se ajoelharem. Esse era o único comando de voz que Xiangzi conhecia e, faceiro, utilizou-o para demonstrar aos aldeões a sua destreza em lidar com os bichos. Os camelos se ajoelharam e ele sentou-se sob um salgueiro. Todos olhavam para ele, que retribuía o olhar, e essa era a única maneira de afastar a desconfiança dos aldeões.

Ficou sentado apenas por alguns instantes. Um ancião saiu do pátio da suntuosa casa. Vestia um casaco de algodão azul, aberto, e o rosto reluzente confirmava que era homem de posses. Xiangzi tomou uma decisão:

— Senhor, há água para beber? Uma tigela caía-me bem.

— Ah! — exclamou o velho, esfregando a lama do peito, e olhando de modo avaliativo para Xiangzi e depois para os três camelos. — Sim, há. De onde você vem?

— Do oeste! — respondeu Xiangzi, sem coragem de dizer o local exato, porque ainda não sabia onde se encontrava.

— Há soldados naqueles lados? — perguntou o velho, fixando o olhar nas calças de Xiangzi.

— Apanharam-me, mas eu consegui fugir há pouco.

— Ah! Então não há mais perigo para os camelos na direção oeste?

— Os soldados subiram para as montanhas. Não há mais perigo na estrada.

— Hum — assentiu o velho, pensativo. — Espere um momento, vou buscar água para você.

Xiangzi seguiu o velho. Ao chegar ao interior do pátio, viu quatro camelos.

— Senhor, interessa-lhe ficar com os meus três camelos e formar uma cáfila?

— Ah! Uma cáfila? Trinta anos atrás eu tinha três cáfilas. Os tempos mudaram, quem é que consegue alimentar camelos nos dias de hoje? — indagou o velho, parado e olhando para os quatro bichos. Instantes depois, ele continuou: — Há dias que eu estou querendo me juntar com o vizinho e levar os camelos para fora da aldeia para fazê-los pastarem. Mas quem se atreve a sair, tendo soldados tanto a leste quanto a oeste? Fico apreensivo em deixá-los por aqui no verão, veja estas moscas! Dentro de mais alguns dias, o tempo começa a aquecer e isto aqui vai ficar cheio de mosquitos, me dá pena ver bons animais sofrendo! Essa é que é a verdade!

Balançava a cabeça como se a impotência e a frustração tivessem se apoderado dele.

— Senhor, fique com os meus três e leve-os para pastar com os seus — Xiangzi já estava a ponto de suplicar —, mesmo o mais vívido dos animais que for enfrentar aqui o verão, com as moscas e os mosquitos, é quase certo que não resistirá!

— Mas quem tem dinheiro para comprá-los? Agora não é um bom momento para criação de camelos!

— Por favor, fique com eles. Pague o preço que puder. Abro mão deles para poder voltar à cidade e começar a ganhar a vida.

Novamente, o velho avaliou Xiangzi e achou que ele não tinha jeito de bandido. Voltou-se para olhar os camelos do lado de fora do pátio e parecia já alimentar simpatia pelos três. Mesmo sabendo que não teria vantagem nenhuma em ficar com eles, sentia-se como um bibliófilo que não pode ver um livro sem comprar, ou um dono de haras que está sempre atrás de um zaino. Da mesma maneira, o velho, que no passado já tivera três cáfilas, também não se conteve. Ainda mais porque

Xiangzi estava disposto a baixar o preço. Numa negociata, qualquer vantagem é válida, pouco importando se o que se vai adquirir será ou não útil.

— Rapaz, se eu tivesse dinheiro sobrando, bem que eu gostaria de ficar com eles — falou o velho de coração.

— Então fique com eles, haveremos de nos acertar! — A sinceridade de Xiangzi fez com que o velho se sentisse um tanto embaraçado.

— Francamente, rapaz, se fosse há trinta anos, eles valeriam uma fortuna. Mas em tempos como estes, repletos de lutas e confusões, eu... É melhor tentar vendê-los em outro lugar.

— Pague-me quanto puder — insistiu Xiangzi, sem conseguir pensar em outro argumento. Ele sabia que o velho estava dizendo a verdade, mas não lhe agradava a ideia de sair aos quatro cantos do mundo para vender camelos. Caso não se livrasse dos animais, ainda era capaz de se meter em outra confusão qualquer.

— Veja... Tenho vergonha de lhe propor vinte a trinta yuans, mas também me é difícil desembolsar esse valor. Em tempos como estes, não há nada para fazer.

O sentimento de desapontamento tomou conta de Xiangzi. Vinte a trinta yuans? Essa quantia não passava nem perto do preço de um riquixá! Entretanto, ele estava disposto a encerrar o mais rapidamente possível o assunto e não acreditava que teria sorte em encontrar outro comprador.

— Diga lá quanto pode me dar, senhor.

— No que você trabalha, meu rapaz? Pelo jeito não é desse ramo.

Xiangzi contou-lhe a verdade.

— Ah, então você arriscou a vida por esses bichos! — falou o velho para Xiangzi, em tom compadecido, e assossegou-se. Pelo menos os animais não eram roubados, digamos assim; contudo, sempre havia os soldados de permeio. E em tempos de guerra não se pode julgar as coisas pelo padrão dos tempos normais.

— Vamos fazer assim, dou a você 35 yuans. Sou um cachorro se estiver tentando lhe passar a perna! Tenho mais de sessenta anos, que mais posso dizer a você?

Xiangzi sentiu-se sem saída. Geralmente, não abria mão de nenhuma moeda. Entretanto, depois de sua experiência com os soldados, comoveu-se com a franqueza do homem e seus modos amistosos, e sentiu-se envergonhado para continuar a barganhar. Além disso, mais valia ter 35 yuans na mão do que dez mil em sonhos, ainda que representassem uma insignificância para quem arriscara a vida por eles. Três enormes camelos, vivos e fortes como aqueles, por certo valiam muito mais do que 35 yuans, mas que alternativa havia?

— Os camelos são seus, senhor. Peço-lhe apenas mais um favor. Dê-me uma camisa branca e alguma coisa para comer.

— Feito!

Xiangzi bebeu água fresca num só gole. Depois, segurando suas 35 moedas de prata, dois pães de milho e vestindo uma camisa branca de segunda mão que o velho lhe dera, que mal lhe cobria o peito, pôs os pés na estrada. Tudo o que queria era chegar à cidade numa passada.

Capítulo 4

Durante três dias, Xiangzi caiu de cama numa pensãozinha em Haidian, ora ardendo em febre, ora tiritando de frio, semiconsciente. Das suas gengivas levantaram-se pústulas púrpuras. Não sentia fome, só sede. Três dias depois, a febre baixou e seu corpo emagreceu. Foi provavelmente nesse período que os outros ouviram falar dos camelos, durante seus delírios febris, e, assim, ao acordar, havia adquirido o apelido de "Camelo Xiangzi".

Desde que chegara à cidade, ele era tratado por "Xiangzi", como se não tivesse sobrenome; contudo, a partir de então, "Camelo" tornara-se seu prenome, e definitivamente nunca mais alguém se importou em saber qual era seu nome completo. Na realidade, sempre pouco lhe importou como os outros o chamavam. Entretanto, tinha a impressão de ter feito o pior negócio do mundo, pois, além de ter vendido os animais por uma bagatela, ainda lhe custou um apelido desses.

Mal conseguiu se pôr em pé, quis sair para dar uma volta. Não imaginou que sentiria suas pernas bambas e estatelou-se no chão em frente à porta da pensão. Ficou nessa posição por um longo tempo, com a cabeça empapada de suor. Depois, abriu os olhos e sua barriga roncou. Sentia fome. Levantou-se com sofreguidão e se arrastou lentamente até uma taverna de *huntun*. Comprou uma tigela e voltou a sentar-se no chão. O primeiro gole do caldo revolveu o estômago, mas aguentou firme, mantendo o líquido na boca e forçosamente o engoliu. Não queria mais. No entanto, logo depois, a sopa quente chegava diretamente ao estômago e Xiangzi soltou dois arrotos ruidosos, o que o fez perceber que não ia morrer.

Com alguma coisa na barriga, passou a observar o seu corpo. Havia emagrecido bastante e a calça estava marcadamente suja. Tinha preguiça de se mexer, mas, caso quisesse se recuperar logo, teria de tomar providências rapidamente, pois não se conformava em se apresentar na sua cidade de forma maltrapilha e abatida. Para isso tinha que gastar dinheiro. Raspar a cabeça, comprar roupas, sapatos e meias. Estava fora de questão tocar nos 35 yuans, que não passavam nem perto do valor necessário para comprar um riquixá. Por outro lado, sentia pena de si próprio. Embora tivesse sido levado pelos soldados por apenas alguns dias, parecia-lhe que tinha sido um pesadelo. E esse pesadelo o havia envelhecido, como se de uma hora para outra levasse sobre as costas mais alguns anos de idade. Não reconhecia seus enormes pés e mãos, apesar de saber que eram mesmo os seus, de sempre, mas com a sensação de tê-los encontrado ao acaso. Sentia-se mal à beça. Não se atrevia a recordar os perigos e sofrimentos pelos quais havia passado, tudo ainda lhe parecia tão vivo quanto o cinza no horizonte de um dia chuvoso. Seu corpo lhe era particularmente precioso e decidiu não ser tão duro com ele. Pôs-se de pé. Mesmo ainda se sentindo fraco, já era hora de se arrumar, pois tinha certeza de que, tão logo raspasse a cabeça e mudasse de roupa, recuperaria as forças.

No total, custou-lhe dois yuans e vinte centavos para recuperar um ar apresentável. Por um casaco e uma calça de pano cru, desembolsou um yuan; por um par de alpargatas azuis, oitenta centavos. As meias, também de pano cru, custaram-lhe quinze centavos, e um chapéu de palha, 25 centavos. Trocou os trapos que vestia por duas caixas de fósforos.[2]

Segurando as duas caixas de fósforos, partiu em direção ao Portão Xizhi na rua principal. Não tinha ido longe e já se sentia cansado e enfraquecido. Mas aguentou firme. Não podia tomar uma condução, nada justificava: onde já se viu um camponês não aguentar andar entre oito e dez *li*[3], ainda mais sendo ele um puxador de riquixá? E mais: seria ridículo um rapagão de seu tamanho se deixar abater por uma indisposição. Nunca se entregaria, a não ser que lhe esvaíssem as forças a ponto de cair duro no chão; caso contrário, iria rastejando até a cidade. Se não fosse capaz de chegar à cidade hoje, então era o fim de Xiangzi, pensou. Se havia uma coisa na qual acreditava era na própria força, não importando que doença tivesse.

Retomou a caminhada num passo cambaleante. Mal se afastara de Haidian e começou a ver estrelas. Apoiou-se num salgueiro para se manter de pé, o céu e a terra rodavam, mas ele não se sentou. Aos poucos a vertigem passou e ele sentiu seu coração voltar ao devido lugar. Enxugou o suor da testa e continuou o caminho. Como havia raspado a cabeça e comprado roupas e sapatos novos, considerou que já tinha mostrado autocomiseração, então cabia às pernas cumprirem o seu dever, que era andar. Sem pausas, num só fôlego, caminhou até Guangxiang. Ao ver os carros e as pessoas entrecruzarem-se, ao

---

2. A pólvora foi descoberta e utilizada pelos chineses desde o século XI. Contudo, com a derrota das Guerras do Ópio e a consequente queda da produção e crise econômica do pós-guerra, o fósforo tornou-se um item de consumo importado do Reino Unido. [N.T.]

3. Antiga medida chinesa de medição; um *li* equivale a quinhentos metros. [N.T.]

ouvir os sons estridentes e sentir o chão empoeirado, macio sob os pés, ficou com vontade de se abaixar e beijar essa terra fétida que lhe dava o sustento! Não tinha pais, irmãos, nem parentes; essa cidade antiga era sua única amiga. Ela lhe proporcionara tudo o que tinha; mesmo que ali passasse fome, amava-a mais do que à aldeia. Ali havia coisas para ver e ouvir, luzes e sons por todo o lado. Desde que trabalhasse duro, havia ali uma infinita riqueza para conquistar, além das suas capacidades de consumo. Ali, mesmo um pedinte poderia obter uma tigela de sopa rala, enquanto no campo se conseguiria apenas um pão de milho. Quando chegou ao lado oeste da Ponte Gaoliang, sentou-se na margem do rio e chorou de alegria.

O sol caía a poente. Nas margens do rio, os cimos dos velhos salgueiros contorcidos reluziam feito ouro. A água do rio estava baixa e tomada por algas verdes, o que lhe dava a aparência de uma fita estreita, longa e escura, de onde exalava um odor apodrecido. O trigo na margem norte do rio já germinara, baixinho e seco, e suas folhas estavam tomadas pela poeira. No lado sul do rio, formara-se uma lagoa de lótus, na qual flutuavam pequenas folhas verdes e rebentavam, de tempos em tempos, bolhas de ar. No lado leste, o tráfego sobre a ponte era ininterrupto e iluminado pelos raios lusco-fuscos, e parecia ainda mais corriqueiro, como se a iminência do pôr do sol suscitasse em todos uma sensação de intranquilidade. Mas, para Xiangzi, tudo era encantamento. Para ele, esse rio era único, bem como as árvores, o trigal, as folhas de lótus e a ponte também. Porque tudo isso pertencia a Beijing.

Ficou sentado ali, sem pressa de partir. Via-se rodeado por tudo que estava acostumado e de que gostava. Sentia-se tão feliz que poderia morrer ali. Depois de um longo descanso, dirigiu-se até uma extremidade da ponte e comeu uma tigela de *doufu* fermentado, temperado com vinagre, molho de soja, óleo de pimenta e molho de cebolinha que, ao ser misturado ao caldo fervente, exalava um aroma maravilhoso. Xiangzi teve de travar a respiração; com a tigela entre as mãos estremecidas, ficou com o olhar fixo sobre os pedacinhos verde-escuros de cebolinha. Comeu um bocado e sentiu o *doufu* queimar sua garganta e esquentar seu corpo. A seguir, adicionou mais duas colheradas de molho de pimenta. Ao acabar de comer, já estava empapado de suor até a cintura. Com os olhos semicerrados, estendeu o braço, entregou a tigela vazia e pediu outra.

Quando se levantou, sentia-se homem de novo. O sol quase desaparecia no poente e o crepúsculo tingia de rosa as águas do rio. Sua vontade era de gritar de alegria. Tocou na cicatriz em seu rosto, apalpou o dinheiro em seu bolso e olhou mais uma vez para os raios de sol. Esqueceu a doença e todo o resto. Partiu para o centro da cidade, como se seguisse uma vocação.

A passagem na porta da cidade estava apinhada de carros e pessoas de todos os tipos e, embora ninguém se atrevesse a andar depressa, todos queriam passar o mais rápido possível. O estalar dos chicotes, os berros, as buzinas, o tilintar de campainhas e as gargalhadas misturavam-se todos num ruído incômodo, como se o túnel fosse um amplificador. Xiangzi abriu caminho por meio da multidão com seus pés grandes, em largas passadas, ora para a direita, ora para a esquerda, erguendo e baixando os braços magros e longos, como nadadeiras de um peixe, e entrou na cidade como se estivesse nadando. Seu olhar reluziu ao avistar a avenida Xinjiekou, larga e reta. Sentiu-se regozijado.

Naturalmente, ele se dirigia à Garagem Harmonia, na avenida do Portão Xi'an. Como era solteiro, morava lá desde sempre, embora nem sempre puxasse um de seus riquixás. O proprietário da Harmonia, o senhor Liu Si, já beirava os setenta anos.

Apesar da idade, era esperto. Quando novo, servira no depósito do exército, administrara cassino, traficara escravos, bem como emprestara dinheiro a juros exorbitantes que enrubesceriam o diabo. Tinha todas as qualificações necessárias daqueles que trabalhavam nesse ramo — força, artimanha, boas relações —, além de gozar de boa reputação. Antes da queda da dinastia Qing, participara de motins populares, raptara mulheres e fora torturado. Nessas ocasiões, o velho Liu Si não fraquejou nem pediu clemência, e isso lhe valeu sua "reputação". Ao sair da cadeia, a república tinha sido proclamada, e logo percebeu que o poder da polícia estava aumentando. O tempo de heróis populares era coisa do passado; ainda que Huang Tian Ba[4], o tirano, ressuscitasse, não vingaria na nova conjuntura. Assim, Liu Si abriu um negócio de riquixá. De origem humilde, ele sabia como lidar com os pobres, quando ser duro e quando abrandar. Era um manipulador de primeira. Não havia um puxador de riquixá que ousasse enganá-lo. Um arregalar de olhos ou uma gargalhada sua era suficiente para confundir qualquer um, como se um pé estivesse pisando no céu e o outro no inferno, colocando todos à sua mercê. Liu Si possuía sessenta riquixás, não trabalhava com carros estragados, a maioria era constituída por seminovos. O valor da locação era mais alto do que o dos concorrentes, mas concedia dois dias de folga extra nos três feriados principais.[5] A Garagem Harmonia possuía camas de graça para os puxadores solteiros, tendo como única condição que eles pagassem o aluguel do riquixá. Aqueles que não conseguiam ou ficavam enrolando para

---

4. Lendário espadachim justiceiro do período do reinado Kangxi (1662-1722) da dinastia Qing (1644-1911). [N.T.]
5. Os três feriados principais da China são o Ano-Novo Lunar, o Dia do Duplo Cinco (solstício de verão) e o Dia da Lua (equinócio de outono). [N.T.]

pagá-lo tinham seus cobertores confiscados e eram atirados no meio da rua, com a mesma facilidade de quem descarta um bule de chá quebrado. No entanto, se alguém se encontrasse em dificuldades, bastava avisá-lo, que ele não titubeava em fazer de tudo para ajudar. Isso, entre outras coisas, era o que lhe garantia a reputação que tinha.

O senhor Liu Si era um autêntico tigre. A despeito da idade, não era corcunda e ainda suportava caminhar de dez a vinte *li*. Com seus olhos redondos enormes, nariz protuberante, maxilar quadrado e caninos salientes, bastava-lhe abrir a boca para ficar parecido com um tigre. Era tão alto quanto Xiangzi e mantinha a cabeça e a barba raspadas de forma impecável. Ele mesmo se reconhecia como tigre e apenas lamentava por não ter tido um filho. Sua única descendente era uma filha, uma "tigre fêmea" de trinta e sete ou trinta e oito anos. Todos que conheciam o senhor Liu Si certamente conheciam a filha, "Tigresa", como a chamavam. E assim a designavam com razão, porque ela também tinha um aspecto tigrino, motivo que assustava qualquer pretendente, apesar de ser uma boa ajudante nos negócios do pai. Ela agia tal qual um homem, até no insulto fácil e direto, por vezes com floreados de sua própria autoria. Com o senhor Liu Si cuidando do atendimento externo e Tigresa ocupando-se dos assuntos internos da Garagem Harmonia, o negócio de locação ia de vento em popa. A Garagem Harmonia tornara-se a autoridade no ramo para os concorrentes e puxadores, que citavam seus métodos como referência, como os eruditos citam os clássicos para provar seus pontos de vista.

Antes de conseguir comprar seu carro, Xiangzi trabalhara com os riquixás da Garagem Harmonia. E entregara suas economias para o senhor Liu Si guardar. Quando conseguiu acumular a quantia suficiente para a aquisição do novo veículo, pediu seu depósito de volta.

— Senhor Liu Si, veja o meu riquixá! — comemorou Xiangzi ao chegar à Garagem Harmonia.

— Nada mal — comentou o velho, acenando com a cabeça em sinal de aprovação.

— Vou ficar morando aqui até conseguir arranjar um emprego fixo, depois me mudo para a casa do meu cliente — acrescentou Xiangzi, orgulhoso.

— Tudo bem! — assentiu de novo o velho.

Assim, quando Xiangzi conseguia trabalho fixo ia morar na casa do patrão; e quando era demitido trabalhava por corrida e voltava a morar na Garagem Harmonia.

De acordo com os puxadores, Xiangzi era o único que tinha o privilégio de morar na Garagem sem ter que alugar um carro do senhor Liu Si. Por isso, alguns conjecturavam que Xiangzi era parente do velho. Mas a maioria acreditava que decerto o velho o havia escolhido como genro, devido à sua condição humilde. Embora houvesse certa inveja nessas especulações, ninguém duvidava que pudesse ser verdade; portanto, um dia, quando o velho morresse, Xiangzi seria o proprietário da Garagem Harmonia. Mas ninguém se atrevia a comentar nada abertamente com Xiangzi, ficando apenas no plano das hipóteses.

Mas, na realidade, o velho Liu tinha seus próprios motivos para justificar esse privilégio. Xiangzi era conservador, mesmo em um novo ambiente. Caso se alistasse na tropa, não era porque vestira a farda que passaria a maltratar seus semelhantes. Quando chegava à garagem, limpava o suor do corpo e procurava algo para fazer: espanava os riquixás, calibrava os pneus, pendurava os encostos, lubrificava as engrenagens... E tudo isso

CAPÍTULO 4

sem ninguém ordenar, fazia com prazer, por livre e espontânea iniciativa, como se fosse um passatempo. A garagem alojava cerca de vinte puxadores, em média. Estes, ao estacionarem o veículo, ficavam sentados conversando ou iam dormir. Xiangzi não. No início, todos pensavam que ele estava querendo mostrar serviço ao velho Liu, puxar-lhe o saco; com o passar dos dias, perceberam que não havia nenhuma má intenção. Por sua sinceridade, Xiangzi calou a boca de todos.

O velho Liu nunca lhe lançara uma palavra de elogio, nem lhe dirigira um olhar a mais do que em relação aos outros, mas sabia que Xiangzi era um bom ajudante e aceitava que ele morasse sob o seu teto, mesmo que não alugasse um riquixá seu. Isso sem contar o pátio e a entrada da garagem sempre bem varridos.

Quanto a Tigresa, era agradável para ela tratar com o grandalhão, porque ele sempre a ouvia. Ele era diferente dos demais puxadores, amargurados e mal-humorados pela sofreguidão da vida, que se dirigiam a ela sempre com rispidez. Ela não tinha medo deles, mas também fazia pouco-caso. Por isso, guardava o que tinha a dizer para Xiangzi. Quando Xiangzi conseguia emprego fixo, pai e filha tinham a impressão de que haviam perdido um amigo e, quando ele voltava, até os insultos do velho pareciam menos rudes.

Xiangzi entrou na Garagem Harmonia segurando as duas caixas de fósforos. Ainda não tinha anoitecido, o velho Liu e a filha jantavam. Ao vê-lo entrar, Tigresa colocou os pauzinhos sobre a mesa.

— Ô, Xiangzi! Foi sequestrado pelos lobos ou foi para a África em busca de ouro? — perguntou.

— Hum! — assentiu Xiangzi, não querendo revelar mais nenhum detalhe.

O velho Liu arregalou os olhos e examinou Xiangzi de cima a baixo, sem comentar nada.

Ainda com o chapéu novo na cabeça, Xiangzi sentou-se à mesa, de frente para eles.

— Se ainda não jantou, junte-se a nós! — convidou Tigresa, como se estivesse recepcionando um bom amigo.

Xiangzi permaneceu imóvel, mas sentiu, de repente, seu coração inundado por um calor reconfortante. Sempre considerara a Garagem Harmonia como sua casa. Até porque não possuía uma carteira fixa de clientes, com quem pudesse conversar. Ali era o único lugar onde ele sempre podia ficar e manter certo círculo social. Depois de escapar da morte, conseguir voltar para o lugar de seus velhos conhecidos e ser convidado para comer até parecia uma peça de mau gosto que a vida lhe pregava. Estava prestes a chorar.

— Acabei agora mesmo de comer duas tigelas de *doufu* — respondeu de forma educada.

— Por onde andaste? — perguntou o velho Liu ainda com os olhos fixados nele. — Onde está seu riquixá?

— Riquixá? — Xiangzi cuspiu no chão, enojado.

— Vamos, venha! Duas tigelas de *doufu* não enchem a barriga e uma tigela de comida não vai lhe fazer mal! — convocou Tigresa, puxando Xiangzi para se sentar, como uma tia faria a um sobrinho.

Antes de se servir, Xiangzi tirou do bolso o dinheiro, guardou de volta o troco, e estendeu-o ao velho Liu, dizendo:

— Senhor Liu Si, antes de tudo, quero que guarde para mim estes trinta yuans.

— De onde vem esse dinheiro? — perguntou o velho Liu, levantando o cenho.

Enquanto comia, Xiangzi contou-lhes o que tinha passado, em como caíra nas mãos dos soldados.

— Ah, que idiota! — abanou a cabeça o velho Liu depois de ouvir a história toda. — Se tivesse trazido esses camelos para a cidade, os açougueiros lhe pagariam mais de dez yuans por animal. E no inverno, com os pelos crescidos, conseguiria vender os três camelos por sessenta yuans no mínimo.

Com tudo o que havia passado, esse comentário o fez se sentir ainda pior. Mas, pensando bem, caso vendesse os camelos ao açougue seria uma perversidade: afinal, os camelos haviam escapado juntos e tinham tanto o direito de viver quanto ele. Não disse nada, mas essa constatação o reconfortou.

Enquanto Tigresa recolhia a mesa, o velho Liu olhava para cima, como se lembrasse de alguma coisa. De repente, sorriu, deixando à mostra os caninos enormes, que pareciam crescer com o passar dos anos:

— Então ficou doente em Haidian, hein? Por que não veio direto pela estrada da Vila Huang, idiota?

— Estava com medo de ser apanhado na estrada principal, por isso voltei pelas colinas. Ainda temia que os aldeões me tomassem por desertor!

O velho Liu soltou uma gargalhada e ficou pensando com seus botões. Estava ressabiado de que Xiangzi estivesse mentindo e os trinta yuans tivessem sido roubados e, nesse caso, não queria ser cúmplice disso. O velho Liu bem se lembrava do quanto ele próprio havia aprontado na juventude, mas agora, arrependido, tinha que ter cautela, e era bom nisso. A história de Xiangzi parecia furada, mas, como o rapaz respondera sem pestanejar, o velho sentiu-se mais aliviado.

— O que quer fazer com o dinheiro? — perguntou.

— Faço o que o senhor sugerir.

— Comprar outro riquixá? — comentou o velho Liu, mostrando mais uma vez os caninos, como se dissesse: "Está pensando em viver aqui de graça como antes, se comprar outro riquixá?"

— Não, chega! — disparou Xiangzi, sem reparar naqueles caninos. — Se comprar outro, será um novo.

— Quer um empréstimo? Dez por cento de juros; para os outros, cobro 25.

Xiangzi abanou a cabeça.

— É melhor pagar os juros para mim do que para um agiota.

— Não vou comprar à prestação — respondeu Xiangzi, como se estivesse em transe. — Vou poupar o dinheiro pouco a pouco. E, quando juntar o necessário, pago à vista.

O velho Liu olhou com raiva para ele, como quem observa um estranho, mas não manifestou nada. Por fim, recolheu o dinheiro da mesa e perguntou:

— Trinta contos? Não fica com nada?

— É isso aí — respondeu de pronto e levantou-se. — Vou dormir. Tome uma caixa de fósforos para o senhor.

Xiangzi colocou uma das caixas sobre a mesa e ficou olhando para o vazio.

— Não diga nada aos outros sobre os camelos.

Capítulo 5

Mesmo que o velho Liu não tenha mesmo contado nada a ninguém sobre as peripécias de Xiangzi, a história dos camelos se espalhou rapidamente de Haidian até a cidade. Se antes não havia quem lhe colocasse defeito, era consenso que seu temperamento teimoso e ríspido isolava-o do grupo, feito um antissocial. Contudo, alguma coisa mudara a partir da difusão do apelido "Camelo Xiangzi", somado à sua personalidade silenciosa de sempre. A opinião geral era de que ele tinha ganhado uma bolada, de forma obscura. Alguns diziam que ele havia encontrado um relógio de ouro; para outros, tinha arranjado do nada trezentos yuans, e havia ainda quem dissesse, de fonte segura, que ele trouxera trinta camelos das colinas do oeste. Apesar das várias versões, chegavam todos à mesma conclusão: Xiangzi tinha enriquecido de forma ilícita. Não é fácil vender a força para sobreviver e todos gostariam de ter a sorte de ganhar um dinheiro fácil, por isso, mesmo que Xiangzi fosse considerado um "companheiro à margem", sua suposta malandragem, ou sorte que fosse, devia ser respeitada por uma questão de tradição. Dessa forma, do dia para a noite, independentemente do temperamento amuado e antissocial de Xiangzi, ele se tornou, aos olhos de todos, um afortunado;

e era justificável o seu comportamento, pois constantemente o importunavam.

— Conte, Xiangzi, vamos lá! Como foi que ficou rico?

Xiangzi ouvia a mesma conversa todos os dias, mas se mantinha em silêncio. No entanto, quando o atazanavam muito, a cicatriz em seu rosto avermelhava-se e ele disparava:

— Rico? Eu? Então onde foi parar a merda do meu riquixá?

E isso era verdade: onde estava o seu riquixá? Nessas horas, ficavam todos pensativos. Contudo, como é mais agradável somar-se aos brados festivos do que às lamentações, todo mundo logo se esquecia do riquixá de Xiangzi e recomeçava a matutar sobre sua sorte. Algum tempo depois, ao perceberem que Xiangzi continuava a puxar riquixá e não tinha mudado de ramo, nem comprado terra e construído casa, as especulações arrefeceram e passaram a lhe dar menos atenção. E, quando mencionavam seu apelido, ninguém mais questionava por que era Camelo Xiangzi e não outro animal. Pelo contrário, a todos parecia normal que ele tivesse esse apelido.

No entanto, Xiangzi não conseguiu ignorar seu infortúnio. O que ele queria era comprar logo um novo riquixá, e quanto mais aumentava a sua ânsia mais pensava no seu primeiro veículo. Ele trabalhava de sol a sol, sem descanso e sem queixume, mas a experiência recente não lhe saía da cabeça e o sufocava. Não podia deixar de questionar para que servia tanto esforço. A lógica de justiça do mundo não estava à mercê disso! Perguntava-se com que direito tinham levado seu riquixá, e a troco de nada! Mesmo que logo comprasse outro, quem lhe garantiria que não fosse ter o mesmo destino do anterior? O passado estava se tornando um pesadelo que lhe roubava a fé no futuro. Às vezes, quase sentia inveja dos outros, que ao menos fumavam, bebiam e andavam sempre atrás de um rabo de saia. Se tanto esforço era inútil, por que não gozar o presente? Os outros estavam certos. E ele, mesmo que não se metesse em baiucas, bem que podia beber umas e outras de vez em quando e relaxar. Cigarro e aguardente começavam a lhe exercer certo fascínio, pois lhe pareciam uma fonte barata de escape e força para continuar a lutar e fazê-lo esquecer dos infortúnios do passado.

Ainda assim, ele resistia. Devia poupar o máximo que pudesse, pois só desse modo poderia adquirir o próprio riquixá. Não comprar um era algo impensável, mesmo que no dia seguinte o tomassem dele. Essa era sua ambição, sua esperança, quase sua religião. Caso não conseguisse um riquixá todinho seu, teria vivido em vão. Ele não se imaginava um funcionário público ou um endinheirado homem de negócios, pois a única coisa que sabia fazer era puxar riquixá. Ele depositava todas as suas esperanças na compra do veículo e, se não conseguisse, ficaria em débito consigo mesmo. Remoía esses pensamentos da manhã à noite, calculando quanto ainda faltava. Esquecer o que aconteceu seria ignorar a si próprio e tornar-se apenas um animal de tração, sem nenhum valor. Por melhor que fosse o riquixá alugado, era como carregar uma pedra às costas. Entretanto, não descuidava do riquixá e mantinha-o limpo e bem polido, tendo o cuidado de não o arranhar ou estragar, mas isso ele fazia por pura prudência e não por prazer. É claro que limpar seu riquixá era diferente, como contar o dinheiro que lhe pertencia, uma fonte de prazer. Assim, continuou a se manter longe dos cigarros e da bebida, bem como dos chás de boa qualidade. Outros puxadores de riquixá, fortes feito Xiangzi, faziam questão de tomar chá com dois pacotinhos de açúcar a dez centavos, depois de uma longa corrida, para se recuperar e se recompor. Quando Xiangzi tinha corrido até o suor lhe escorrer pelo rosto e sentir o peito arder como uma bola de fogo, apreciaria a ele fazer o mesmo, não para se dar o luxo ou para espelhar o hábito dos colegas, mas porque também precisava de dois copos de chá para se reconfortar. Limitava-se, entretanto, a apenas pensar na ideia e continuava a sorver um chá dez vezes mais barato. Às vezes tinha vontade de se repreender por levar a vida com tantas restrições, mas o que um puxador de riquixá poderia fazer para poupar alguns trocados? Suportar com resignação. Devia esperar até conseguir comprar seu riquixá. Tudo valeria a pena em busca do objetivo.

Sovina que era, não desperdiçava nenhum centavo. Quando não conseguia um emprego fixo, saía logo pela manhã com um riquixá alugado e só voltava quando atingia certa quantia diária, fizesse sol ou chuva, doessem-lhe ou não as pernas. Por vezes, passava um dia e uma noite inteiros sem parar. Assim tinha de ser e assim era! Antigamente, não disputava trabalho com outros puxadores, sobretudo se fossem velhos e deficientes. Sua força e o seu riquixá eram muito superiores. Mas agora não tinha mais esses escrúpulos. Tudo o que via pela frente era dinheiro, quanto mais melhor, e pouco lhe importava o tipo de trabalho ou com quem concorria. Feito uma hiena faminta, estava disposto a tudo. Ficava satisfeito somente quando conseguia uma corrida, pois era sua única esperança para comprar um carro novo.

A reputação do Camelo Xiangzi estava aquém do que fora antes, quando ainda lhe chamavam apenas de Xiangzi. Por várias vezes, depois de ganhar uma disputa por corrida de outro puxador, deixava atrás de si um lastro de insultos. Limitava-se a baixar a cabeça e correr, pensando consigo: "Se não fosse para comprar um riquixá, eu não seria tão descarado!", e era como se tivesse feito um pedido de desculpa a todos. Nas paradas de riquixás ou nas casas de chá, quando se dava conta de que o olhar de todos estava sobre ele, queria explicar a sua situação. Mas, ao ser recebido com indiferença, somado ao fato de que nunca bebia, nem jogava ou conversava com ninguém, ele apenas podia engolir as desculpas e se calar. Sua frustração gradualmente transformou-se em ressentimento e, por dentro, Xiangzi ardia, de modo que, quando os outros o encaravam, ele devolvia o olhar do mesmo modo. Ao comparar a maneira como agora o tratavam e como o tinham respeitado logo a seguir ao seu regresso da deserção, sentia-se ainda pior. Quando se sentava sozinho em uma casa de chá ou em uma parada de riquixás, contando as moedas que ganhara na corrida, era uma luta dentro de si para conter a raiva. Ele não queria ir às vias de fato, embora nada temesse. Os outros estavam sempre dispostos a entrar em uma boa rixa, mas ninguém se atrevia, pois não eram páreos para ele, e, mesmo que vários se juntassem para lhe surrar, também poderiam se dar mal. Xiangzi não podia fazer mais do que suportar até ter seu novo riquixá, e então tudo se arranjaria. Assim, podia deixar de pensar no pagamento diário do aluguel do riquixá e voltar a ser generoso, sem roubar a corrida dos outros e sem magoar mais ninguém. Era assim que tinha de pensar e, nesses momentos, olhava para todos como se dissesse: "Esperem para ver!"

Mas a verdade é que ele não devia ter exagerado. Depois de ter regressado à cidade, ainda sem se ter recomposto devidamente, logo recomeçara a trabalhar. Não queria admitir o fato, mas, mesmo sentindo-se esgotado, não se permitia descansar. Ele acreditava que correndo e suando essa preguiça havia de desaparecer. Quanto à alimentação, não ficava sem comer, mas não se permitia alimentar-se direito. Percebeu que havia emagrecido um bocado, porém continuava alto como sempre e os músculos rijos como nunca, por isso se sentia sossegado. Ele acreditava que, por ser mais opulento do que os outros, seria mais resistente. Nunca lhe passou pela cabeça, no entanto, que por ser maior e trabalhar muito mais exigia que se alimentasse melhor. Tigresa já havia lhe chamado a atenção:

— Ei, grandalhão! Se continuar trabalhando desse jeito vai acabar por cuspir sangue e a culpa será só sua.

Ele sabia que ela dizia isso para o seu bem, porém, se sentindo esgotado, retrucava impaciente:

— Mas, se eu não trabalhar assim, quando é que poderei comprar outro riquixá?

Se fosse qualquer outra pessoa que falasse com ela desse jeito, certamente seria amaldiçoada durante horas; mas com Xiangzi ela era muito mais condescendente e solícita.

— Mesmo assim, tem que se cuidar, você pensa que é de ferro? Precisa descansar, no mínimo, por três dias! — retorquiu-lhe fazendo beicinho e, percebendo que Xiangzi não lhe deu a mínima, continuou: — Faça como quiser, mas não me culpe se cair morto de cansaço!

O velho Liu Si também estava descontente com ele. Embora não houvesse restrição quanto ao tempo de ocupação do veículo, se todos começassem a trabalhar feito um condenado, dias e noites inteiras, desgastariam sua frota e os veículos estariam condenados seis meses antes do previsto. Mesmo o riquixá mais forte não aguentaria tratamento similar. Além disso, como Xiangzi só se preocupava em correr de um lado a outro atrás de passageiros, não lhe restava tempo para limpar os riquixás e varrer o pátio, como era seu hábito, e essa negligência era percebida. O velho sentava-se azedo, mas nada comentava. A regra era o aluguel por dia, sem limite de horário, e a ajuda em outros afazeres era uma questão de amizade, não obrigação, e para um homem com o seu status não seria por aí que poderia cobrar

Xiangzi. Tudo o que podia fazer era olhá-lo de soslaio em desaprovação e manter-se calado.

Às vezes, pensava em atirar Xiangzi no meio da rua, porém, quando observava a filha, não se atrevia. Não tinha intenção alguma de tomar Xiangzi como seu genro, mas, como a filha demonstrava afeição pelo rapaz disparatado, era melhor não fazer nada. Ela era filha única e, pelo jeito, não havia esperança de casá-la, de forma que não poderia mandar embora o seu amigo. De mais a mais, Tigresa era tão útil ao seu negócio que ele não estava disposto a abrir mão dela e perder sua melhor ajudante. Esse pensamento egoísta fazia o velho se sentir em débito com ela e, por isso, a receava. Durante toda a sua vida nunca temeu nem o céu nem a terra, e eis Liu Si agora, depois de velho, com medo da própria filha. Racionalizou seu tormento muito filosoficamente: enquanto ele sentisse medo de alguma coisa, provava-se que ainda não era desalmado. Assim sendo, talvez seus crimes não se apoderassem dele no seu leito de morte. Muito bem, então, por reconhecer que o medo que tinha da filha era justificado, não devia mandar Xiangzi embora. Isso não significava que ela pudesse fazer o que quisesse e casar com Xiangzi. Não. Ele percebia a intenção da filha, mas Xiangzi nunca se atreveu a almejar esse casamento, algo acima de sua condição.

Portanto, tudo o que o velho Liu Si tinha a fazer era ficar atento. Definitivamente, não valia a pena aborrecer a filha.

Xiangzi não percebera a expressão do velho e nem tinha tempo para essas trivialidades. Se ele tivesse a intenção de deixar a Garagem Harmonia, não seria nunca por se sentir ofendido, mas por conseguir um trabalho fixo. Ele estava um tanto farto de só pegar corridas avulsas. Primeiro, porque os outros o desprezavam por ele roubar passageiros e, depois, porque nunca tinha a certeza de quanto iria ganhar por dia. Às vezes ganhava mais, às vezes menos. Não podia prever quando conseguiria obter a quantia para comprar um riquixá. Ele preferia contar com uma receita fixa, ainda que fosse baixa, mas o suficiente para poupar, isso era o que daria esperança e o faria se sentir seguro. Ele era o tipo de pessoa que gosta das coisas claras e corretas.

Até que ele conseguiu um emprego fixo. No entanto, era tão ruim ou pior quanto as corridas avulsas. Dessa vez, o empregador era um tal Yang, de Xangai, cuja primeira mulher era de Tianjin, e a segunda, de Suzhou. Um senhor e duas esposas, com sotaques de norte a sul, e inúmeros filhos.

O primeiro dia de serviço quase enlouqueceu Xiangzi. De manhã cedo, a primeira mulher foi ao mercado de riquixá. Quando voltou para casa, era a vez de levar as crianças à escola. Algumas estavam no ginásio, outras, no primário, e havia ainda as que frequentavam o jardim de infância. Apesar de estudarem em escolas diferentes e terem aparências distintas, eram todas igualmente arteiras, sobretudo no riquixá, onde a mais comportada era pior que um macaco. Depois de levar as crianças, era a vez de conduzir o senhor Yang ao foro. A seguir, tinha de voltar depressa a casa para levar a segunda mulher ao mercado Dong'an ou para visitar amigos. Mais tarde, devia buscar as crianças na escola para o almoço e, depois de almoçarem, levá-las outra vez para lá. Xiangzi tinha pensado que, nesse ínterim, teria um tempo para comer, mas a primeira mulher, a que falava com um sotaque de Tianjin, mandou-o ir buscar água. A água potável era trazida por um entregador, mas a água para lavar roupa e para a faxina da casa era tarefa que cabia a ele. Embora isso estivesse fora dos termos do contrato, Xiangzi resolvera não argumentar para manter o emprego e, em silêncio, encheu o barril de água. Assim que pousou os baldes, ia iniciar a refeição quando a segunda mulher o mandou ir comprar qualquer coisa.

As duas não se davam bem, mas possuíam a mesma visão na administração do lar. Um dos consensos dizia respeito a não permitir o ócio aos empregados e, o outro, não deixá-los comer. Xiangzi desconhecia a regra da casa e pensou que havia começado a trabalhar em um dia atarefado. Assim, tornou a acatar a ordem sem nada dizer e saiu para comprar alguns pastéis de forno, que pagou do próprio bolso. Era como se estivesse a sangrar da própria carne, mas, para manter o emprego, aguentou tudo em silêncio.

Quando regressou das compras, a primeira mulher ordenou-lhe varrer o pátio. O senhor Yang e suas mulheres costumavam se vestir de forma impecável quando saíam, mas em compensação o pátio da casa parecia uma pocilga. Enojado, Xiangzi tratou logo de varrer, esquecendo-se que um puxador de riquixá não aceitava trabalhos desse tipo. Varrido o pátio, a segunda mulher o chamou para varrer os quartos, por já estar com a mão na massa. Xiangzi não protestou, mas admirou-se que os quartos onde essas belas e dignas senhoras dormiam estivessem tão sujos que era até difícil achar lugar onde colocar os pés! Limpos os quartos, a segunda mulher meteu-lhe nos braços um bebê, que não deveria ter mais de um ano de idade. Xiangzi sentiu-se completamente perdido. De qualquer trabalho que exigisse força, ele não fugia, mas nunca tinha segurado uma criança no colo. Agarrou-a com ambas as mãos, com medo, por um lado, de deixá-la cair se não a segurasse com força e, por outro, temendo esmagá-la se a apertasse demais. Transpirava por todos os poros. Decidiu passar a criança para os braços da ama Zhang, uma mulher do norte de Jiangsu, que não havia enfaixado os pés.[6] Ao encontrá-la, ela desatou a insultá-lo. Via de regra, a família Yang não aguentava os criados por mais de três a cinco dias, porque para o senhor Yang e suas esposas eles eram como escravos, como se a única maneira de eles valerem a ninharia que lhes pagavam fosse fazê-los trabalhar até o limite. A ama Zhang era um caso especial. Estava com a família havia cinco ou seis anos, porque se alguém a incomodava ela estava sempre pronta para reagir, fosse com quem fosse, e os patrões não eram exceção. A combinação do sarcasmo típico de Xangai do senhor Yang com as invectivas de Tianjin da primeira mulher e os insultos eloquentes da segunda tinham se mostrado ineficazes para com a ama, uma megera que respondia sempre na mesma altura. Os patrões admiravam nela essa personalidade impetuosa, e a mantinham sob suas ordens como a verdadeira comandante da casa.

Xiangzi nascera e fora criado numa aldeia do norte, onde ninguém insultava ninguém, porque era tabu. De todo modo, homem que é homem não bate boca com mulher, e portanto ele não faria isso com a ama Zhang. Limitou-se a encará-la com fúria. Ela, por outro lado, como se adivinhasse algum perigo, calou-se. Nesse meio-tempo, a primeira esposa mandou Xiangzi ir buscar as crianças na escola. Ele apressou-se em devolver o bebê aos braços da mãe. A segunda esposa interpretou a atitude como um insulto e o decompôs de cima a baixo. A primeira esposa, que já estava desgostosa com ele por tê-lo visto com a criança da outra nos braços, pôs-se também aos berros, em um linguajar viperino. De súbito, Xiangzi viu-se alvo de insultos de toda a sorte. Bateu em retirada com seu riquixá, tão depressa

---

6. Ter os pés enfaixados denotava elegância, tal qual o uso de espartilhos pelas mulheres ocidentais. [N.T.]

quanto conseguiu, esquecendo-se até de se zangar, pois nunca em toda a sua vida encontrou-se em semelhante situação, fato que o deixou entontecido.

Por turnos, as crianças finalmente estavam todas de volta. O pátio tornou-se mais barulhento do que o mercado público. As três mulheres começaram a disparatar e aquele pandemônio de crianças fazia uma algazarra diabólica, tão desvairada quanto à saída dos espectadores dos teatros de Dashilar. Por sorte, Xiangzi ainda tinha de ir buscar o senhor Yang, por isso saiu porta afora outra vez. Os gritos das pessoas e o barulho dos cavalos pareciam mais suportáveis do que a balbúrdia que ele deixara para trás.

Já era meia-noite quando Xiangzi conseguiu enfim descansar. Ele não apenas se sentia exausto e com a cabeça zunindo, como, mesmo depois de toda a família Yang ter adormecido, parecia-lhe que a voz do patrão e das patroas continuava, em uníssono, a ressoar ao pé de seu ouvido como se fossem três gramofones reverberando simultâneos dentro de sua pobre cabeça, empenhados em atormentá-lo. Não teve tempo para pensar em mais nada além de dormir. Mas, mal entrou no seu pequeno quarto, sentiu uma pontada de decepção e perdeu o sono. Era um cômodo próprio de porteiro, com duas portas, uma de cada lado, e dividido ao meio por um biombo. A ama Zhang ocupava um dos lados, e ele o outro. Não tinha lâmpada no quarto, na parede que dava para o exterior havia uma minúscula janela, de onde entrava a luz do candeeiro de rua, que iluminava o interior. O quartinho cheirava a mofo e o chão estava coberto por uma camada de pó com a espessura de uma moeda de cobre, e, além de um estrado de madeira encostado à parede, nada mais havia no quarto. Xiangzi analisou a cama e se deu conta de que, para ficar com a cabeça e o corpo esticados, teria de encostar os pés no alto da parede, enquanto, para manter os pés sobre a cama, tinha de encolher as pernas. Ele não conseguiria dormir todo enrolado como uma bola. Pensou por um instante e desencostou o estrado da parede e o estendeu de esguelha. Assim, aproveitava ao máximo o espaço e conseguia pousar a cabeça sobre a cama, mas as pernas ficavam penduradas para fora.

Foi buscar seu colchonete e o edredom e, ajeitando-se o melhor possível, deitou-se. No entanto, como não estava habituado a dormir com as pernas no ar, não conseguia pegar no sono. Forçando-se a fechar os olhos, disse a si mesmo, tentando se consolar: "Dorme! Amanhã você tem que levantar cedo. Depois de tudo aquilo que passou, isso não é nada. A alimentação é péssima, o trabalho é árduo, mas talvez eles tenham muitos convidados em casa para jogar *mahjong* ou para jantar. Afinal, por que veio para cá? Por causa do dinheiro, certo? Ganhando dinheiro, você pode aguentar o resto." Ao raciocinar assim, sentiu-se mais calmo e até o cheiro de mofo do quarto parecia se atenuar. Mal se dava conta de que os percevejos o picavam e não se deu ao trabalho de tentar apanhá-los.

Dois dias depois, Xiangzi estava completamente desiludido. Mas, no quarto dia, chegaram algumas senhoras para jogar *mahjong* e a ama Zhang apressou-se a pôr a mesa de jogo. Seu coração, que parecia um lago congelado, sentiu como um vento morno a anunciar a chegada da primavera. Ao começarem a jogar, as esposas entregaram as crianças aos criados. Como a ama Zhang tinha que servir, em um vaivém, cigarros, chá e toalhas molhadas em água quente, é lógico que as crianças ficaram a cargo de Xiangzi. Ele as achava insuportáveis, mas quando olhou em direção à sala de jogos viu a primeira mulher compenetrada jogando as pedras, então pensou que, mesmo que ela fosse uma déspota intratável, poderia, nessas ocasiões, criar oportunidades aos criados de ganharem algum dinheiro extra. E, assim, Xiangzi mostrou-se especialmente zeloso com os capetinhas, tratando-os feito pequenos senhores e pequenas senhoras.

Quando o jogo acabou, as donas da casa o chamaram e ordenaram-lhe que levasse as convidadas embora. Como as duas queriam partir ao mesmo tempo, foi necessário chamar outro riquixá. A primeira senhora Yang começou a apalpar a roupa em busca de trocados para pagar a corrida, mas a convidada recusou polidamente uma ou duas vezes.

— O quê, amiga? Nem pensar em vir a minha casa e pagar a corrida — nesse momento ela conseguiu encontrar o dinheiro, precisamente dez centavos.

Quando entregou o dinheiro a Xiangzi, ele notou que as mãos dela tremiam ligeiramente.

Depois de levar as convidadas embora, Xiangzi ajudou a ama Zhang a recolher a mesa e arrumar a sala de jogos, depois fixou o olhar na primeira senhora. Esta ordenou à ama Zhang que lhe trouxesse um copo de água quente[7] e, quando a criada se afastou, ela tirou do bolso dez centavos.

— Pega e deixa de olhar para mim com esses olhos!

O rosto de Xiangzi enrubesceu de repente, ele endireitou-se, como se a sua cabeça fosse tocar no teto, pegou o dinheiro e atirou-o na cara gorda da senhora.

— Pague-me os quatro dias de trabalho!

— O quê? — esbravejou.

Mas depois de olhar bem para ele, sem dizer nenhuma palavra, a mulher pagou-lhe.

Xiangzi pegou a roupa de cama e, mal passou pela porta da casa, ouviu uma torrente de insultos.

---

7. É hábito chinês beber água quente. [N.T.]

Capítulo 6

Nessa noite de início do outono, as folhas das árvores farfalhavam com o vento sob um céu estrelado. Xiangzi olhou para a Via-Láctea distante e suspirou. Uma noite assim tão fresca e ele sentindo seu largo peito sufocado, como se faltasse ar. Sua vontade era de sentar e chorar toda a amargura que sentia. Como é que ele, forte, tenaz e determinado que era, acabara por ser tratado pior do que um cão e incapaz de se manter no emprego? Não só culpou toda a família Yang, como também se desesperou com a sensação de que nunca chegaria a lugar nenhum, quando sua vida acabasse um dia. Carregava a roupa de cama a passos arrastados, não parecendo nem sombra do Xiangzi que era capaz de uma corrida de oito a dez *li* sem parar.

    A avenida principal estava vazia, mas bastante iluminada. Isso fazia com que aumentasse ainda mais o sentimento de desolação que envolvia Xiangzi. Para onde poderia ir? Naturalmente, voltar à Garagem Harmonia. Sentiu-se triste. Quem vive do comércio ou da venda da força braçal para ganhar o sustento não teme a falta de clientela, mas sim perder aquele cliente tido como fiel, como alguém que entra na barbearia ou no restaurante e, depois de uma olhada em torno, dá meia-volta e sai.

CAPÍTULO 6

Xiangzi sabia que encontrar um emprego e desistir dele não era nada de outro mundo e que, se não o quisessem num lugar, em outro haveriam de querer. Mas, só porque queria comprar um riquixá, trabalhava sob qualquer condição e permitia-se passar por humilhações. Ao final, perdeu o emprego em apenas três dias e meio. Não havia diferença alguma entre ele e aqueles que mudavam de emprego com frequência, e isso é o que o amargurava. Sentia certa vergonha de voltar à Garagem Harmonia e ouvir a chacota de todos: "Vejam, afinal de contas, o Camelo Xiangzi só resiste três dias e meio!"

Mas, se não voltasse à Garagem Harmonia, para onde haveria de ir? Evitando pensar demasiado no assunto, tomou a direção da avenida do Portão de Xi'an. A fachada da Garagem Harmonia, que dava para a rua, era dividida em três espaços: o central servia como escritório para o atendimento, onde os puxadores pagavam o aluguel ou tratavam de assuntos pertinentes ao negócio, e era proibido usá-lo como entrada ao pátio interno, porque os dois espaços laterais serviam de residência ao velho Liu e à sua filha.

Próximo do quarto oeste havia uma entrada para os riquixás, com um portão pintado de verde. Por cima, pendia de um arame grosso um bico de luz com uma lâmpada potente, que iluminava a placa com a inscrição em caracteres dourados "Garagem Harmonia". Era por esse portão que os puxadores entravam e saíam, em serviço ou não. O portão verde-escuro e os caracteres dourados brilhavam sob a luz elétrica, que também iluminava os riquixás com boa aparência, sejam os pintados de preto ou de amarelo, com o estofado branco como a neve, que muito orgulhava os puxadores, fazendo-os se sentirem como a nata da classe. Ao entrar pelo portão e contornando a oeste encontrava-se um grande pátio quadrado, em cujo centro havia uma acácia centenária. As edificações dos dois lados eram destinadas ao estacionamento dos veículos, enquanto a dos fundos tinha quartinhos que serviam de acomodação aos puxadores.

Devia passar das onze quando Xiangzi viu o ponto de luz estranhamente solitário. O escritório e a residência do lado leste estavam às escuras, enquanto a outra estava iluminada. Ele percebeu que Tigresa ainda estava acordada. Pensou em entrar na ponta dos pés, para que ela não o ouvisse, pois não queria que fosse exatamente a primeira a vê-lo e a testemunhar sua derrota, porque ele sabia que, aos olhos dela, era diferente dos demais. No momento exato em que passava pela janela dela, Tigresa saiu do quarto.

— Xiangzi, mas o quê...? — Tigresa calou-se, sem concluir a indagação, ao ver Xiangzi de cabeça baixa, sem ânimo e a roupa de cama no assento de passageiro.

Acabou por acontecer o que ele temia. Xiangzi ficou parado sem jeito, constrangido e desconfortável. Ele olhava para Tigresa, mudo. Hoje havia algo diferente, muito diferente nela. Talvez fosse a iluminação ou o pó de arroz em seu rosto que tornava sua pele mais alva do que de praxe e, assim, encobria aquela ferocidade da expressão. Tinha mesmo os lábios pintados de vermelho, o que lhe conferia certo ar sedutor. Xiangzi estranhou que seu coração tivesse disparado. Nunca havia reparado nela como mulher, mas, ao notar de repente seus lábios carmim, sentiu-se encabulado. Tigresa vestia uma túnica de seda verde-claro e pantalonas pretas de crepe. O verde da túnica curta pelo efeito da luz reluzia suave, com certo ar trágico, e, além disso, revelava a cinta branca das calças, fazendo sobressair a delicadeza do verde. As calças pretas, largas, farfalhavam à brisa, como se fossem um espírito sinistro querendo se desvencilhar da luminosidade e se perder na escuridão da noite.

CAPÍTULO 6

Xiangzi tratou de baixar a cabeça, sem mais coragem para seguir olhando. No entanto, a imagem da túnica verde não lhe saía da mente. A senhorita Tigresa, em geral, não se vestia assim, disso ele sabia. A família Liu era suficientemente rica para que ela vestisse sedas e cetins todos os dias, mas, na rotina diária para lidar com os puxadores, ela andava sempre em trajes discretos de algodão. Xiangzi sentia agora que estava olhando para algo extraordinário e excitante, e ao mesmo tempo familiar. Sentiu-se confuso.

A infelicidade que lhe tomava o coração e esse encontro inesperado à luz da lâmpada com essa criatura incomum tinham-lhe roubado toda a iniciativa. Não sentia vontade de se mover, mas desejava que ela entrasse em casa ou então que lhe desse alguma ordem. Xiangzi já não aguentava mais essa tensão, que era diferente de tudo que até então vivera, e era insuportável.

— Ei! — disse ela em voz baixa e aproximando-se um passo dele. — Não fique aí parado, vá, estacione o riquixá e volte aqui. Quero lhe falar uma coisa. Espero você lá dentro.

Acostumado a ajudá-la nas suas tarefas, ele obedeceu. No entanto, hoje ela estava muito diferente do habitual, tanto que Xiangzi sentiu vontade de ponderar o assunto; mas ficar ali de pé ia fazê-lo parecer um palerma e, assim, já que não tinha nada melhor para fazer, puxou o riquixá para dentro. Reparou que os quartinhos estavam escuros e imaginou que os puxadores estavam dormindo ou ainda trabalhando. Estacionou o riquixá e voltou, como ela lhe dissera. De repente, o coração disparou aos pulos.

— Entre! Quero falar contigo! — disse ela, meio rindo, meio impaciente, metendo a cabeça para fora da porta. Xiangzi entrou em passos lentos.

Sobre a mesa havia algumas peras recém-amadurecidas, um bule de aguardente, três taças de porcelana branca e um prato enorme com meia galinha cozida ao molho de soja, fígado e tripas defumadas, além de outras carnes frias.

— Olha — disse Tigresa e indicou-lhe uma cadeira, esperando que ele se sentasse para continuar —, nesta noite estou recompensando o meu trabalho. Coma você também! — enquanto falava, serviu-lhe uma taça de aguardente. O cheiro do álcool, das carnes defumadas, parecia-lhe pesado. — Beba! Coma um pedaço de galinha. Deixe de cerimônia, eu já terminei de comer. Ainda há pouco joguei a sorte com o dominó e ele previu que você viria. Que pedra certeira, não é?

— Eu não bebo — disparou Xiangzi, olhando fixamente para a taça.

— Se não bebe, então cai fora daqui! Você vai me fazer desfeita? Camelo burro! Será que não percebe quando alguém lhe quer bem? Não tem veneno na bebida, viu, até eu posso beber quatro taças. Não acredita? Então veja! — e, pegando a taça, Tigresa entornou a aguardente em um só gole, de olhos fechados, e estalou os beiços exalando o aroma. E completou com a taça levantada: — Vamos, beba! Senão te levanto pelas orelhas e enfio a bebida goela abaixo!

Depois de tudo o que havia passado, cheio de ressentimento, a brincadeira dela instigou-lhe a fuzilá-la com o olhar. Mas Tigresa sempre fora boa para ele, e ele sabia que ela era direta e franca com todo mundo, e que não deveria desagradá-la. Já que não podia ofendê-la, pensou melhor e decidiu desabafar sobre as injustiças que sofrera. Não era habitualmente um homem de muita conversa, mas hoje era como se tivesse um amontoado de palavras dentro dele, ávidas para se libertarem de seu peito. Tinha de se abrir. Vendo as coisas sob esse ângulo, ele achou que Tigresa não lhe era indiferente e que estava sinceramente preocupada com ele. Ele tomou a taça e sorveu-a em um gole. Sentiu uma ardência descendo, de forma certeira e rascante, até o estômago. Espichou o pescoço, estufou o peito e soltou dois arrotos, desajeitadamente.

Tigresa riu. Ele tivera de fazer um esforço enorme para entornar a bebida, e a gargalhada dela o fez virar a cabeça de imediato e olhar na direção leste.

— Não tem ninguém lá — ela parou de rir e comentou sorrindo. — O velho foi à festa de aniversário da minha tia e vai ficar fora pelo menos dois ou três dias. Minha tia mora em Nanyuan.

Enquanto falava, serviu-lhe mais bebida. Ao ouvir isso, ele ficou ressabiado e pressentiu algo estranho em tudo o que estava acontecendo. Ao mesmo tempo, não tinha vontade de deixar o aposento, porque o rosto dela estava bem próximo ao seu, a roupa sedosa, os lábios tão vermelhos, tudo o fazia sentir-se estimulado. Ela continuava feia como sempre, mas havia nela uma vivacidade que parecia que tinha se tornado outra pessoa. Ainda era ela, mas com algo a mais. Ele não se atrevia a avaliar o que era novo. Se por um lado receava em aceitar esse novo desconhecido, também não o recusava. Corou e, para ganhar coragem, bebeu mais.

Ainda havia pouco pensara em abrir o peito e relatar as injustiças sofridas, mas agora tinha se esquecido de tudo o que queria dizer. Com a face muito corada, não conseguia evitar olhar para ela. Quanto mais a olhava, menos à vontade se sentia, porque aquela coisa que ele não conseguia perceber o que era ia crescendo, e a força que emanava dela transformava-a pouco a pouco em algo imaterial e abstrato.

Ele ligou o alerta de que tinha de tomar cuidado, mas, ao mesmo tempo, encheu-se de coragem. Sorveu uma taça, seguida de outra e, ao arrematar a terceira, ficou vulnerável. Na tonteira, olhou para ela e não sabia por que se sentia tão exaltado e bravo, o suficiente para se jogar naquele instante a uma nova e feliz experiência. Em geral, ele a temia, mas agora não havia nada nela que lhe metesse medo. Pelo contrário, ele é que se tornara imponente, forte, a ponto de pegá-la na mão, feito um gatinho.

A luz do quarto apagou-se. O céu estava escuro. De vez em quando, uma ou duas estrelas cadentes transpassavam a Via--Láctea, riscando a escuridão. A luz das caudas incandescentes ou esbranquiçadas, etéreas ou sólidas, caía ou varria o céu. Às vezes, os rastros luminosos tremiam ou vibravam, provocando agitação. Havia momentos em que uma ou duas estrelas, ou várias, se lançavam ao voo, rompendo a quietude da noite outonal. Outras vezes, uma superestrela trespassava o espaço com sua longa cauda, soltando faíscas, ora vermelhas, ora amarelas e, por fim, rompia o breu, em uma luz leitosa, que iluminava o horizonte. As estrelas aglomeravam-se de novo e pareciam sorrir à brisa do outono. Na terra, vaga-lumes voavam à procura de amantes e brincavam como as estrelas.

No dia seguinte, Xiangzi acordou muito cedo, levantou-se, pegou o riquixá e saiu. Sua primeira experiência com a aguardente deixara-o meio grogue, mas não o incomodava. Sentado na entrada de uma ruela, sentia que a brisa logo levaria para longe a dor de cabeça que sentia. Outros problemas lhe atormentavam a mente. Os acontecimentos da noite anterior tinham-no deixado confuso, envergonhado, infeliz e, o pior de tudo, acenderam nele o sinal de alerta.

Não conseguia entender Tigresa. Que ela não era virgem, Xiangzi descobrira havia apenas algumas horas. Sempre sentira um grande respeito por ela e, embora ela fosse direta no trato com todos, nunca ouvira fofocas sobre ela pelas costas. Se os puxadores de riquixá tinham alguma queixa, seria só por ser austera, nada mais. Então, por que o assanhamento da noite passada?

Por mais estúpido que possa parecer, Xiangzi começou a duvidar do que acontecera naquela noite. Tigresa sabia que ele estava fora, que tinha emprego fixo, então como poderia estar à sua espera? Poderia ter sido qualquer um... Xiangzi baixou a cabeça. Ele viera do campo e, apesar de ainda não ter pensado em casamento até então, tinha lá seus planos. Quando conseguisse ter o próprio riquixá e a vida estivesse estabilizada, e se ele assim quisesse, voltaria ao campo para procurar uma moça forte, capaz de aguentar as agruras da vida, lavar roupa e tomar conta de uma casa.

Quase todos os rapazes de sua idade, mesmo aqueles menores ou comprometidos, frequentavam os bordéis. Xiangzi, no entanto, nunca quisera seguir os outros. Em primeiro lugar, orgulhava-se de sua determinação em juntar dinheiro e não desperdiçá-lo com mulheres. Em segundo, porque tinha visto com os próprios olhos aqueles palermas — alguns com apenas dezoito ou dezenove anos —, com a cabeça encostada à parede, sem conseguirem urinar. Por último, ele tinha de se comportar decentemente para poder encarar sua futura mulher, pois, se ele viesse a se casar, haveria de ser com uma moça imaculada, por isso tinha de se precaver. Mas agora, agora... Pensar em Tigresa como amiga era uma coisa. No entanto, ao avaliá-la como mulher, ela era feia, velha, tinha a língua afiada e era uma sem-vergonha! Até os soldados que lhe tinham roubado o riquixá não eram tão odiosos quanto ela. Ela havia destruído nele a decência que trouxera do campo, tinha feito dele um corruptor de mulheres, um miserável!

Além do mais, seria pior se o assunto se espalhasse e chegasse aos ouvidos do velho Liu. Será que o velho sabia o tipo de filha que tinha? Caso ignorasse, não iria pôr toda a culpa sobre ele? Caso soubesse desde sempre e não quisesse controlá-la, então que diabo de gente era essa? O que seria dele, misturado com essa laia? Mesmo que pai e filha o aceitassem, ele nunca poderia casar com ela, nem que o velho tivesse, em vez de sessenta, seiscentos ou seis mil riquixás!

Tinha de sair imediatamente da Garagem Harmonia e romper por completo com eles. Afinal, ele tinha capacidades próprias, que lhe permitiriam comprar o próprio riquixá e encontrar a própria mulher — de maneira honesta e decente! Tendo chegado a essa conclusão, ele tornou a levantar a cabeça, confiante. Nada tinha a temer, com que se preocupar. Era só trabalhar duro que seria bem-sucedido.

Mas, depois de ceder duas corridas a outro puxador, não conseguiu mais nenhum passageiro. E tornou a se sentir angustiado. Não queria mais pensar no assunto, mas estava obcecado, porque esse era diferente de todos os outros que podiam ser solucionados. Esse não tinha como esquecer. O corpo parecia-lhe maculado, uma mancha negra sob o coração, impossível de ser removida. Não importava quanto a odiasse, ela havia lhe roubado o coração; quanto mais tentava não pensar nela, mais ela ressurgia diante dos olhos, nua, entregando-lhe toda a sua feiura e bondade. Era como comprar um monte de sucata e encontrar entre os ferros-velhos uma bugiganga qualquer, de pedras falsas, mas emanando um brilho irresistível. Ele nunca experimentara tanta intimidade com ninguém antes e, apesar de ter sido seduzido de surpresa, ainda assim era uma relação difícil de esquecer. Tentou colocá-la de lado, mas percebeu que ela já havia tomado conta de seu coração, enraizando-se. Não se tratava apenas de uma nova experiência, aquilo o perturbava a ponto de não conseguir compreender o que sentia. Já não sabia como tratar com ela, consigo próprio, com o presente e o futuro. Sentia-se feito um inseto preso numa teia de aranha e, por mais que lutasse, era demasiado tarde.

Fez duas ou três corridas alheado, mesmo enquanto corria. Seus pensamentos seguiam de forma desordenada, ora concentrando-se num sabor, ora num cheiro. Noutro momento focava num sentimento, mas tudo parecia ao mesmo tempo difuso e real. Sentia-se tão atormentado que pensava em encher a cara, beber até cair, ficar inconsciente para não pensar em nada. No entanto, não se atrevia a beber. Não devia por causa dessa história, poderia se destruir. Conseguiu desviar sua atenção para a compra do riquixá, mas não era capaz de concentrar-se — sempre havia alguma coisa a lhe cutucar. Num instante, essa coisa intrometia-se e ocupava-lhe a mente, feito uma nuvem negra encobrindo o sol. Na hora de se recolher, sentiu-se ainda pior. Ele precisava retornar à Garagem Harmonia e tinha medo. O que fazer, caso topasse com ela? Levando o riquixá vazio, deu duas ou três voltas na quadra da Garagem Harmonia. Toda vez que se aproximava do estacionamento, dava meia-volta e tomava outra direção, feito criança que mata aula e não tem coragem para entrar em casa.

O mais estranho era que, quanto mais pensava em se esconder dela, mais pensava em encontrá-la. Esse desejo crescia à medida que o dia escurecia. De sã consciência sabia que era impróprio, mas se encheu de coragem, queria experimentar, mesmo sabendo que estava cometendo um erro, preso nas garras da paixão. Como quando, na infância, fora cutucar um ninho de marimbondos com uma vara. Mesmo com o coração batendo acelerado, teve de espicaçar o ninho, como se tivesse sido enfeitiçado. Uma força superior comprimia-o e o atirava à fogueira. Não conseguia conter-se mais.

Retornou ao Portão Xi'an para não se atrasar mais, e estava determinado a ir direto ao escritório e ao encontro dela. Ela não tinha mais uma identidade, era apenas uma mulher. De repente, sentiu um calorão pelo corpo. Ao chegar à entrada, havia um homem de uns quarenta e poucos anos sob a lâmpada. Xiangzi achou seu rosto familiar, mas reprimiu um cumprimento. Em vez disso, instintivamente ofereceu seus préstimos:

— Riquixá?

O homem parou, olhou para ele e perguntou:

— Xiangzi?

— Sim — respondeu. — Senhor Cao?

O senhor Cao sorriu em sinal de anuência.

— Xiangzi, se não possui um emprego fixo, que tal vir trabalhar para mim? O fulano que tenho lá em casa é um preguiçoso, nunca limpa o riquixá, embora corra ligeiro. O que acha?

— Como posso recusar, senhor? — Xiangzi parecia ter se esquecido de como sorrir. Continuou a limpar o rosto com uma pequena toalha e indagou: — Quando posso começar?

— Deixe-me ver... — respondeu o senhor Cao, pensativo. — Depois de amanhã.

— Certo, senhor! — Xiangzi refletiu por um instante e perguntou: — Quer que o leve para casa?

— Não é preciso. Lembra que fui para Xangai durante certo tempo? Depois de voltar, me mudei. Agora moro na rua Beichang. Saí agora à noite para a minha caminhada noturna. Vemo-nos depois de amanhã. — O senhor Cao disse o número de sua casa a Xiangzi e complementou: — É melhor usarmos o meu riquixá.

Xiangzi quase deu um salto de alegria, e toda a tristeza dos últimos dias dissipou-se num instante, como as pedras da rua, brancas, lavadas por uma boa chuvarada. O senhor Cao tinha contratado Xiangzi antes e, embora não tivessem estado juntos por muito tempo, tinham-se dado particularmente bem. O senhor Cao era uma pessoa muito simpática e de família pequena, apenas a mulher e um menino.

Xiangzi levou correndo o riquixá de volta à Garagem Harmonia. A luz ainda estava acesa no quarto de Tigresa e, ao constatá-la, Xiangzi ficou estatelado.

Ficou parado por um momento e decidiu encontrá-la para contar que arranjara um emprego fixo, pagar o aluguel referente aos dois últimos dias do riquixá e pedir suas economias de volta. A partir de então, sua relação com ela estaria encerrada. Isso ficaria subentendido, é claro, e ela perceberia.

Começou por estacionar o riquixá. Depois, voltou e chamou-a, em tom seco.

— Entra! — disse ela. Ele abriu a porta. Ela estava estendida na cama, vestida com as roupas de sempre e de pés descalços. Sem se mexer, ela perguntou: — Então, quer mais festa?

O rosto de Xiangzi enrubesceu feito um pimentão. Ficou de pé e disse gaguejante:

— Encontrei outro trabalho fixo, começo depois de amanhã. O patrão tem o próprio riquixá.

Tigresa olhou para ele e interrompeu-o:

— Você não tem noção de nada, não é? — apontou para ele, meio sorrindo e meio aborrecida. — Aqui tem comida e roupa lavada. Só se dará por satisfeito ganhando a vida sozinho? O velho não pode mais mandar em mim, eu não posso ficar solteirona a vida inteira! E, mesmo se o velho não concordar, eu tenho minhas economias e posso comprar dois ou três riquixás para alugarmos. Isso poderá render uma moeda por dia; não parece muito melhor do que andar e suar o dia inteiro?

Ou pareço tão ruim assim? Sou apenas alguns anos mais velha do que você, mas é pouca diferença! Posso proteger você e tratá-lo com mimo!

— Prefiro puxar riquixá — respondeu Xiangzi, sem melhor argumento.

— É mais teimoso que uma mula! Sente-se, eu não mordo — e riu, mostrando os caninos salientes.

Xiangzi sentou-se desajeitado, os músculos tensos.

— Onde está o meu dinheiro?

— Está com o velho e não precisa se preocupar. Mas é melhor não pedir, você sabe o temperamento dele. Quando conseguir juntar o montante para um riquixá novo, ele vai lhe entregar o dinheiro, sem faltar um tostão. Se for pedir para ele agora, há de praguejar até não poder mais. Ele é bom para você. Se faltar uma moeda, eu pago a você em dobro. Sua cabeça de anta, não me faça ter de parti-la.

Xiangzi ficou sem palavras. Baixou a cabeça e tateou os bolsos por um momento, colocando na mesa as moedas para pagar o aluguel de dois dias do riquixá.

— Isso é de dois dias. — E lembrou-se de acrescentar: — Devolvo o riquixá hoje, amanhã tiro uma folga. — Na realidade, não tinha a menor vontade de descansar um dia, mas pareceu-lhe que dessa maneira sinalizava o rompimento. Uma vez que tivesse entregado o riquixá, nada o obrigava a ficar na Garagem Harmonia.

Tigresa se aproximou, pegou o dinheiro da mesa e o enfiou no bolso de Xiangzi.

— Nesses dois últimos dias, teve-me a mim e ao riquixá de graça! Tirou a sorte grande, por isso não seja mal-agradecido! — E trancou a porta do quarto.

Capítulo 7

Xiangzi foi trabalhar na casa da família Cao.

Sentia-se um tanto em débito com a senhorita Tigresa. Entretanto, como havia sido ela a começar toda aquela situação e ele não tinha sequer interesse no dinheiro dela, não via desonra no rompimento. O que de fato o preocupava eram suas economias nas mãos do velho Liu Si. Se fosse pedi-las nesse momento, era capaz de levantar as suspeitas do velho. Caso nunca mais procurasse pai e filha, era possível que ela, num rompante, contasse tudo ao velho, e então adeus ao dinheiro. Deixando o valor depositado com o velho, ao chegar à Garagem Harmonia toparia com ela e seria uma situação constrangedora. Sem conseguir achar uma saída para o problema, sentia crescer a preocupação dentro de si.

Pensou em falar com o senhor Cao, mas como puxar o assunto? Seria incapaz de contar o que acontecera entre ele e Tigresa. Ao pensar nisso, sentia-se completamente arrependido. Ele se deu conta de que não tinha como romper com ela; era como uma tatuagem gravada na pele. Sem motivo, ele perdera o riquixá e, do mesmo modo, havia metido uma corda no próprio pescoço. Quanto mais puxava, mais o laço apertava. Depois de pensar e repensar o assunto, uma coisa se tornava clara para ele:

no fim de tudo, acabaria por ter de casar com ela. Não porque a quisesse. Teria sido influenciado por aquela conversa a respeito dos riquixás? E ele ainda comeria a sobra de outros? A ideia parecia-lhe insuportável, mas era provável que ainda fosse esse o desfecho da história. Restava-lhe seguir em frente e se preparar para o pior. Ele já não se sentia tão confiante. Nessa altura, sua opulência e força não valiam de nada. A vida era sua, só que agora o controle da situação estava em mãos alheias.

Era para ele se sentir satisfeito, porque, de todas as casas para quem trabalhara, a dos Caos era a mais agradável. O pagamento não era melhor do que nas outras, e à parte as bonificações das festas, não eram de dar gorjetas, mas compensavam pela forma cordial com que o tratavam. Apesar de Xiangzi querer ganhar mais dinheiro do que tudo, ele estava satisfeito em ter um quarto decente e fazer as três refeições. Toda a casa dos Caos era limpa, inclusive os quartos dos criados. A comida era boa e não lhe davam restos. Tendo seu próprio quarto e podendo realizar as refeições de maneira sossegada, somando à boa educação dos patrões, Xiangzi — até mesmo Xiangzi — podia deixar de pensar apenas em ganhar dinheiro. Além de receber alimentação e acomodação adequadas, o trabalho leve permitiria a Xiangzi recuperar suas forças. Se fosse para ele pagar do próprio bolso a refeição, jamais iria se alimentar bem. Agora, com a comida servida às horas certas e a oportunidade de digerir em paz e sossego, por que não haveria de aproveitar? Comida custa dinheiro e Xiangzi sabia disso. Comer e dormir bem eram uma oportunidade de viver como gente e isso era difícil de encontrar.

Embora a família Cao não tivesse o hábito de jogar *mahjong* e nem recebesse muitos amigos, ao fazer algum serviço extra podia obter gorjeta dos patrões. Por exemplo, ao ir à farmácia para buscar algum remédio para o filho, a senhora Cao lhe dava dez centavos extras, mesmo sabendo que as pernas de Xiangzi corriam mais do que ninguém. Ainda que a quantia fosse insignificante, o simples gesto representava consideração e era um bálsamo para o peito.

Xiangzi já havia tido um número considerável de patrões. Destes, nove em cada dez pagavam o salário com um dia de atraso, para demonstrar que, se pudessem, nem sequer lhes pagariam, que não tinham por eles o menor respeito e que valiam menos que cachorros. A família Cao era uma exceção, por isso ele gostava dali. Ele varria o pátio e regava as plantas sem ninguém ordenar, e toda vez os Caos o elogiavam e aproveitavam para lhe dar alguma coisa de segunda mão, para que ele pudesse trocar por caixas de fósforos. Na maioria das vezes eram coisas ainda em bom estado, e ele as usava. Nesse ponto, ele percebia a benevolência dessa família.

Aos olhos de Xiangzi, o velho Liu Si era comparável à Huang, o tirano. Embora terrível, preocupava-se com as aparências e era conservador. Outro personagem histórico que conhecia era Confúcio, mas não fazia a mínima ideia de quem teria sido, apesar de ter ouvido falar que fora um homem letrado e razoável. Em todas as casas onde trabalhara, houve homens de letras e outros militares. Dentre os militares, nenhum era comparável ao senhor Liu Si. Quanto aos homens de letras, apesar de haver professores universitários e funcionários públicos da justiça, sendo, portanto, sujeitos com grande saber dos livros, nunca encontrou um só que fosse razoável. Quer dizer, mesmo que fossem tratáveis, a mulher e as filhas eram difíceis de contentar. Apenas o senhor Cao, um homem letrado e razoável, e sua mulher eram condignos de respeito. Por isso, quando Xiangzi imaginava a forma de Confúcio, sempre lhe vinha à mente o senhor Cao. Pensava nisso desconsiderando a opinião que o próprio Confúcio teria a respeito.

Na realidade, o senhor Cao não era tudo isso que Xiangzi imaginava. Era apenas um homem mediano, que por vezes ensinava e que aceitava outros trabalhos. Dizia-se um "socialista" e, ao mesmo tempo, esteta, com certa influência de William Morris. Não tinha grande compreensão seja da política, seja das artes. Seu ponto forte, porém, era colocar em prática aquilo que acreditava na sua vida cotidiana. Parecia que ele tinha consciência de sua limitada capacidade para fazer algo impressionante, por isso organizava seu trabalho e sua vida familiar de acordo com suas crenças. Embora isso não contribuísse para a melhoria da sociedade, era ao menos coerente e sem hipocrisia. Como se, ao prestar atenção a cada pequeno detalhe do bem-estar de sua família, pudesse ficar isento das questões maiores da sociedade. Às vezes, essa sua atitude o envergonhava. Noutras, dava-lhe satisfação, porque lhe parecia claro que sua família era como um pequeno oásis em meio ao deserto, cuja única função era prover as necessidades básicas.

Por sorte, Xiangzi desembocara nesse oásis depois de ter andado pelo deserto. Para ele era um milagre. Como nunca conhecera ninguém como o senhor Cao, ele considerava-o um santo homem, feito Confúcio. Talvez isso se devesse à sua inexperiência ou porque pessoas desse tipo eram difíceis de encontrar. Quando levava seu patrão a algum lugar, este sempre trajava roupas simples, mas de classe. Era animado sem perder a dignidade. Xiangzi assumia uma postura melhor, parecendo maior e mais forte, com prazer redobrado de correr, como se apenas ele merecesse servir a tal senhor.

A casa da família Cao era sempre impecavelmente limpa e silenciosa, o que fazia Xiangzi sentir paz e contentamento.

Na sua aldeia, ele costumava ver os velhos sentados a se aquecerem sob o sol invernal ou a fumarem seus cachimbos de bambu sob a lua do outono, silenciosos e imóveis. Ainda que jovem demais para imitá-los, sentia prazer em observá-los. Sabia que gozavam de algo muito especial. Agora, mesmo estando na cidade, a paz da casa dos Caos fazia-o recordar sua terra natal e sentir como se também ele estivesse fumando cachimbo e ruminando pensamentos.

Infelizmente, aquela mulher e suas parcas economias não o deixavam sossegado. Era como se o seu coração tivesse sido enredado pelos fios do bicho-da-seda, que se preparava para encapsulá-lo no casulo. Andava tão preocupado que, às vezes, até se enganava nas respostas que dava, quando alguém lhe dirigia uma pergunta, mesmo quando era o senhor Cao. E isso o aborrecia muitíssimo. A família Cao se recolhia cedo, geralmente não havia mais nada a fazer depois das nove horas da noite. Nesses momentos, Xiangzi sentava-se só no quarto ou no pátio, remoendo seus problemas. Até considerou casar imediatamente, de modo a acabar com qualquer esperança de Tigresa. Mas como sustentar uma família apenas com um riquixá? Ele conhecia o tipo de vida árdua que levava quem trabalhava como puxador, vivendo em cortiços, com suas mulheres a costurarem roupas de pobres, as crianças a procurarem por restos de carvão em meio a cinzas.[8] No verão, elas roíam cascas de melancia e, no inverno, entravam na fila da sopa comunitária. Para Xiangzi, isso era inadmissível. Além do mais, caso ele se casasse, talvez o velho Liu não lhe devolvesse o dinheiro. Tigresa não o deixaria

---

8. Como o inverno de Beijing é rigoroso, os menos favorecidos vasculham as ruas em busca de carvão ainda aproveitável, utilizado para calefação em casas mais abastadas, para poderem se aquecer. [N.T.]

em paz! Xiangzi não suportava a ideia de perder suas economias, pois tinha arriscado sua vida.

Havia comprado seu riquixá no início do outono passado. Mais de um ano havia se passado desde então, e não tinha nada além de trinta e poucos yuans e aborrecimentos. Sentia-se cada vez mais desgostoso.

Dez dias depois da Festa do Meio Outono, a temperatura caiu. Ele iria precisar de mais duas mudas de roupas quentes. Dinheiro outra vez! Não tinha como poupar, tendo que comprar roupa. Arrefecia o plano de adquirir um riquixá. Quase não havia mais esperança! Mesmo que ficasse empregado para sempre com um trabalho fixo, que tipo de vida seria aquela?

Certa noite, trazendo o senhor Cao num horário mais tardio que o de costume, do lado leste da cidade, Xiangzi tomou o cuidado de trafegar na principal rua em frente à Praça da Paz Celestial. Havia pouca gente, soprava uma leve brisa sob a luz serena dos candeeiros. Xiangzi alargou os passos. Por um momento, ouvindo o som de seus pés e dos amortecedores, esqueceu-se de todos os seus males. Abriu o casaco e deixou entrar o ar frio contra o peito. Sentia-se revigorado, como se corresse sem destino, até esvaírem todas as suas forças. Corria cada vez mais ligeiro, ultrapassou um riquixá e a Praça da Paz Celestial tinha ficado para trás. Seus pés pareciam molas, mal tocando o chão. As rodas do riquixá rolavam tão depressa, que nem se viam os raios, e os pneus pareciam descolados do chão, como se ambos, puxador e riquixá, estivessem ao vento. Com as lufadas lhe batendo no rosto, o senhor Cao devia estar cochilando, pois de outro modo teria certamente impedido Xiangzi de ir tão depressa. Xiangzi impunha aquela velocidade certo de que uma boa corrida o faria suar e se cansar o suficiente para gozar de uma boa noite de sono, sem pensar em mais nada.

Já se aproximavam da rua Beichang, cuja parte norte fica sob a sombra das acácias, do lado de fora das paredes vermelhas. Xiangzi estava a ponto de diminuir a velocidade quando seu pé tropeçou em algo. Primeiro o pé, depois a roda. Xiangzi caiu de cabeça, enquanto um dos varais se partiu.

— O que foi? — perguntou o senhor Cao, ao sentir-se atirado e caindo no chão.

Xiangzi, em vez de responder, tratou de se pôr em pé. O senhor Cao também se levantou e tornou a perguntar:

— O que aconteceu?

Ao lado da estrada, havia um enorme monte de pedras que tinha sido descarregado recentemente para a reparação da rua, mas sem nenhuma sinalização vermelha.

— O senhor se machucou? — perguntou Xiangzi.

— Não. Vou caminhando. Traga o riquixá — falou com tranquilidade o senhor Cao. Olhou e tocou no chão para ver se não havia perdido alguma coisa.

Xiangzi observou o varal partido e examinou-o com cuidado.

— Não quebrou muito, o senhor ainda pode sentar — Xiangzi puxou o riquixá de cima do monte de pedras. — Suba, senhor, que o levo para casa.

Ao ouvir a voz chorosa de Xiangzi, o senhor Cao assentiu, contrariado, e subiu de volta no veículo.

Quando chegaram à rua Beichang, a primeira lâmpada da rua lançou sobre eles um clarão. O senhor Cao notou que tinha ferido de leve a mão direita.

— Para, Xiangzi!

Xiangzi voltou a cabeça. O sangue escorria-lhe pelo rosto.

Chocado, o senhor Cao, sem saber o que dizer, mudou de ideia.

— Vamos, rápido!

Xiangzi interpretou mal as palavras do senhor Cao e tratou de correr mais depressa para casa.

Ao parar o veículo, reparou que o sangue escorria da mão do senhor Cao e saiu correndo a procurar pela senhora, para fazer um curativo no marido.

— Não se preocupe comigo — disse o senhor Cao, também correndo. — Vamos primeiro tratar de você.

Xiangzi olhou para si e começou a sentir dor. Seus joelhos e o cotovelo direito sangravam. O que ele pensava ser suor no rosto, era sangue. Demasiado grogue para saber o que fazer ou no que pensar, sentou-se nos degraus de pedra do portão do pátio e, com um olhar vazio, ficou observando o varal partido do riquixá. Pareciam duas peças brancas estilhaçadas de madeira, como uma boneca de papel com duas espigas de milho onde deviam estar as pernas. Ficou olhando para as duas pontas brancas.

— Xiangzi! — acudiu a criada Gao, da família Cao. — Xiangzi! Onde está você?

Ele não se mexeu, continuou com os olhos fixados no varal do riquixá, como se lhe tivessem atravessado o coração.

— Que diabos, o que você tem? Não fica aí parado, sem dizer nada. Você está me assustando, o senhor está lhe chamando!

A ama Gao sempre dizia o que tinha para dizer. O resultado era um discurso confuso e sentimental. Ela era uma viúva de trinta e dois anos, honesta, direta, rápida e meticulosa nos afazeres. Em outros serviços, achavam-na exagerada, metida e faladeira. Contudo, seus defeitos eram virtudes para os Caos. Já trabalhava havia dois ou três anos com a família e acompanhava-a em suas mudanças.

— O senhor está lhe chamando — repetiu ela com ênfase.

Mas, quando viu Xiangzi se levantar com o rosto ensanguentado, ela berrou:

CAPÍTULO 7

— Minha nossa, o que aconteceu? Quer me matar de susto? Vamos depressa, senão vai acabar pegando tétano! Venha! O senhor Cao tem medicamentos!

Com a ama Gao atrás dele, ralhando, entraram no gabinete, onde a senhora Cao fazia um curativo na mão do marido. Ao ver Xiangzi, ela soltou uma exclamação.

— Senhora, dessa vez foi um grande tombo! — disse a ama Gao, com receio de que a patroa pudesse menosprezar os ferimentos de Xiangzi. Ela apressou-se em colocar água em uma bacia e mais do que depressa desatou a ralhar. — Eu sabia! Ele sempre corre feito louco, eu sabia que mais cedo ou mais tarde aconteceria um acidente. Eu tinha razão, viram? Mexa-se, Xiangzi, lave-se para passarmos um remédio. Sinceramente!

Xiangzi, agarrado ao seu braço direito, não se mexia. Com a cara toda ensanguentada, sentia-se deslocado em meio ao gabinete limpo e elegante. Todos emudeceram, inclusive a ama Gao, diante da sensação de algo estar errado.

— Senhor! — Xiangzi chamou em voz baixa, mas firme e abaixando a cabeça. — É melhor procurar outra pessoa. Poupe o meu salário deste mês para compensar os estragos. Um dos varais está partido e também o vidro da lâmpada do lado direito. O resto está tudo bem.

— Primeiro lave-se e trate desses ferimentos, depois veremos o resto — o senhor Cao olhava para a mão que a mulher lhe fazia o curativo.

— Venha, lave-se primeiro! — a ama Gao recuperava a voz. — O senhor Cao não decidiu nada, não adiante as coisas.

Xiangzi continuou imóvel.

— Não é preciso lavar, daqui a pouco estarei bem. Quando um puxador mensalista deixa o passageiro cair ao chão e bate o riquixá, é o fim... estou sem cara para... — De repente, faltaram-lhe as palavras, a emoção que o dominava era tão evidente que ele estava prestes a romper em soluços. Aos seus olhos, deixar o trabalho e abdicar do pagamento era quase o mesmo que se suicidar. No entanto, o senso do dever e o amor-próprio representavam para ele mais no momento que a própria vida. Isso por se tratar do senhor Cao, e não de outra pessoa. Se tivesse acontecido com a senhora Yang, até lhe teria parecido bem feito. Com ela, poderia ter se permitido ser tão rude como qualquer arruaceiro, porque não havia a mínima razão para ser educado; ela nunca o tratara como ser humano. Só o dinheiro contava, e o amor-próprio não tinha nada que ver com aquele quadro; essa era a regra geral.

Mas o senhor Cao era diferente, por isso Xiangzi tinha de colocar o dinheiro de lado, para manter a sua honra. Ele não odiava ninguém, pois esse era o seu fado. Ele estava até mesmo disposto a nunca mais puxar riquixá depois de sair da casa dos Caos. Já que sua vida de nada valia, podia fazer dela o que bem entendesse, mas e a vida dos outros? Caso matasse alguém em um acidente, o que seria dele? Nunca antes havia pensado nisso, mas o incidente com o senhor Cao pusera-o diante desse problema.

Pois bem, abriria mão do salário e mudaria para um trabalho em que não se responsabilizasse pela vida de ninguém. Puxar riquixá era sua profissão ideal e desistir dela significava desistir da vida. Ele pensou que, a partir de então, sua vida se tornaria vazia e sem sentido. Abandonaria a aspiração de ser um bom puxador. Tinha crescido em vão! Pensou em quantas vezes arrebatara uma corrida de outro colega, os insultos recebidos. Esses atos desavergonhados justificavam-se devido à sua determinação de comprar o próprio riquixá. Mas qual seria sua explicação para o acidente, depois de conseguir um emprego fixo?

Se soubessem que Xiangzi havia derrubado o patrão no chão e danificado o riquixá, ele seria motivo da chacota de todos. Que tipo de puxador seria Xiangzi? Não tinha saída e o melhor era pedir demissão, antes que o senhor Cao o fizesse.

— Xiangzi — o curativo do senhor Cao já estava pronto —, lave-se e não fale mais em demissão. Não é culpa sua, deveriam ter sinalizado com a luz vermelha de aviso em frente àquele monte de pedras. Esqueça o que passou. Lave-se e cuide desses ferimentos.

— Sim, senhor — a ama Gao interveio. — Xiangzi está todo preocupado e não é para menos, com o senhor machucado desse jeito. Mas, já que o senhor diz que não é culpa sua, não fique assim! Olhem só para ele, um rapagão desse tamanho, forte, encolhido feito um menininho. Diga-lhe, senhora, que não se preocupe! — A maneira de falar da ama Gao era como um gramofone, enrolando a todos sem aparente esforço.

— Lave esses ferimentos, tenho medo! — foi tudo o que a senhora Cao falou.

Xiangzi hesitou, sem saber o que fazer ao ouvir que a senhora tinha medo de sangue. Só então carregou a bacia à porta do gabinete e se lavou. A ama Gao esperava-o com os curativos na mão, encostada à ombreira da porta.

— E os cotovelos e os joelhos? — perguntou, espalhando antisséptico por sua face.

— Está tudo bem — apressou-se a dizer Xiangzi, abanando a cabeça.

O casal Cao foi descansar. A ama Gao, com o frasco de antisséptico na mão, seguiu Xiangzi até o quarto dele. Pousou o frasco e falou ao pé da porta:

— Passe você mesmo, e não se preocupe mais com isso. Quando o meu velho ainda era vivo, eu também sempre largava os empregos. Primeiro, porque me enfurecia o modo como ele era mole, enquanto eu me matava de trabalhar. Segundo, porque a gente quando é jovem tem o pavio curto. Caso o patrão falasse algo que eu não gostasse, adeus! Eu dizia: "Vendo a minha força de trabalho e não sou escrava de ninguém. Vocês podem ser podres de rico, mas mesmo uma boneca de barro tem suas qualidades. Não queiram me enganar!" Com a morte de meu marido, não tenho mais nada com que me preocupar e o meu humor melhorou muito.

Quanto a este lugar, estou aqui há quase três anos. Isso mesmo, comecei a trabalhar no nono dia do nono mês lunar. Não dão muita gorjeta, é verdade, mas eles tratam todos bem. Vendemos nossa força de trabalho por dinheiro, e palavras bonitas não enchem a barriga. Mas, por outro lado, é melhor ver as coisas a longo prazo. Se ficar sempre mudando de emprego a cada dois ou três dias, vai acabar seis meses parado sem ganho algum. É muito melhor ter um patrão boa-praça e aguentar o trabalho o maior tempo possível. Ainda que não haja muitas gorjetas, com o tempo a gente consegue poupar algum dinheiro.

O senhor não contou nada do que se passou hoje, por isso esqueça! Por que não? Não estou me aproveitando por ser mais velha, mas você ainda é novo e o fogo costuma subir mais rápido à cabeça. Deixe estar. A impetuosidade não põe comida no prato. Um rapaz honesto e decente como você devia aquietar-se aqui e ganhar a vida de maneira sossegada. É muito melhor do que ficar pulando de galho em galho. Não estou pensando neles, mas em você. E nós nos damos muito bem! — A ama Gao interrompeu-se por um momento para retomar o fôlego, e depois acrescentou: — Muito bem, até amanhã, e pare com essa teimosia absurda. Eu sou sincera e direta!

CAPÍTULO 7

O cotovelo de Xiangzi doía muito e ele só foi conseguir pegar no sono depois da meia-noite. Pesando os prós e os contras das palavras da ama Gao, concluiu que ela tinha razão. Tudo era ilusório, só o dinheiro era verdadeiro. Tinha de poupar para o riquixá que queria comprar, e perder a cabeça não ia lhe encher a barriga. Ao chegar a essa conclusão, sentiu finalmente o sono se apoderando dele.

Capítulo 8

O senhor Cao mandou consertar o carro e não descontou do salário de Xiangzi. A senhora Cao ofereceu-lhe dois comprimidos que ele não tomou. Não tornou a falar em demissão. Por alguns dias sentiu-se constrangido, mas finalmente os conselhos da ama Gao acabaram por convencê-lo. Alguns dias depois, a vida retomou o curso normal, ele se esqueceu do acidente por completo e sentiu renascer a esperança.

Quando estava sentado e sozinho no quarto, seus olhos reluziam e pensava em como poupar, em que riquixá compraria. Ficava balbuciando palavras incompreensíveis, como se tivesse algum problema mental. Ele não era bom em cálculo, mas ficava repetindo "seis vezes seis, 36" — o que não tinha nada a ver com a quantia que ele precisava. No entanto, a repetição constante aumentava-lhe a confiança, como se tivesse uma conta bancária.

Ele admirava muito a ama Gao e achava-a mais capaz e perspicaz do que muitos homens. Suas palavras eram certeiras e lógicas. Xiangzi não tinha coragem para puxar conversa com ela, mas, sempre que a encontrava no pátio ou na entrada da casa, adorava ficar ouvindo-a quando desembestava a falar. Tudo o que ela dizia, ele levava meio dia pensando a respeito.

Por isso, a cada encontro com ela, ele apenas exibia um sorriso, com a intenção de que ela percebesse sua admiração. Ela sentia-se toda orgulhosa e, mesmo sem tempo, sempre lhe dirigia algumas palavras.

Porém, em relação ao trato do dinheiro, ele não se arriscava a seguir as ideias dela. Quanto a essas, Xiangzi não as achava de todo ruim, mas arriscadas. Ele aceitava que tinha de aprender a ter mais malandragem, a ser mais sociável. Contudo, ainda mantinha a ideia fixa de não desperdiçar dinheiro.

Na verdade, a ama Gao tinha uma solução: desde que ficara viúva, ela pegava o que lhe sobrava ao mês e emprestava dinheiro a juros. Não importava se um ou dois yuans. Ela emprestava para outras empregadas ou patrulheiros, até mesmo a pequenos comerciantes. Obtinha no mínimo trinta por cento de juros. Essa gente, muitas vezes, entrava em parafuso por causa de um yuan, e, mesmo que a proposta fosse de tomar emprestado um para ter de devolver dois depois, aceitavam. Eles não se davam conta de que o dinheiro que tomavam era envenenado e, ao pegá-lo, teriam todo o sangue deles chupado, como vítimas de sanguessuga. Mas não tinham outra saída, precisavam tomar o empréstimo. Esse dinheiro dava fôlego a eles. Para continuar vivendo, tinham de respirar e o resto se resolveria depois.

Quando o marido da ama Gao ainda era vivo, também experimentara desse veneno. Ele voltava bêbado para casa e pedia mais um yuan para beber. Se não tivesse, ficava em frente a casa fazendo arruaça. Nessas horas, desesperada, ela não se importava com o valor dos juros, queria apenas se livrar dele. Ela aprendeu a partir dessa experiência e começou a praticar o negócio. Não por retaliação, pois acreditava que era justo e quase uma caridade. Alguns tinham a urgência de tomar um empréstimo, outros aceitavam emprestar. Era uma sintonia perfeita entre o algoz e o condenado.

Como não havia problema moral no empréstimo, a ama Gao não tinha pruridos em tomar medidas efetivas a fim de não perder dinheiro. Isso exigia olhar atento, tática, precaução e certa agressividade para se resguardar. Ela era mais escrupulosa que gerente de banco no empréstimo, e tinha de ser, caso contrário perderia tudo. Embora o montante pudesse ser maior ou menor, a filosofia era a mesma porque todos viviam sob o sistema capitalista. Era como se o dinheiro caísse, pouco a pouco, por uma peneira fina gigantesca, que diminuía cada vez mais. Porém, não havia nada a temer, porque, ao final das contas, o dinheiro era imaterial, e por mais fina que fosse a peneira sempre haveria de passar algum dinheiro. Todos diziam que a ama Gao era dura. Ela mesma admitia isso, havia aprendido com a vida árdua que levara. Ao pensar no trabalho que tinha passado e com aquele marido insensível, ela cerrou os dentes e se tornou uma pessoa implacável. Ela poderia ser bastante simpática e ao mesmo tempo diabólica. Para ela, era a única forma de sobreviver neste mundo.

Assim, ela aconselhava Xiangzi a largar o dinheiro na praça. Bem-intencionada, se dispunha a ajudá-lo.

— Vou te dizer, Xiangzi, dinheiro guardado no bolso não cresce. Solte o dinheiro para ele se multiplicar. Mas sempre com os olhos bem abertos. Mire primeiro em um negócio para liberar o dinheiro sem hesitação. Se não, os patrulheiros não pagam os juros ou caloteiam a conta. Nessa hora, tem que ir dar queixa a seus superiores! Concluindo, tem que saber o dia que lhe pagam o soldo e ir buscá-lo. Então, não há como dar errado. Mas você tem que conhecer bem sua clientela, saber a quem se pode emprestar. É fundamental conhecer a pessoa. Ouça-me, não há erro, eu asseguro.

Xiangzi não precisou dizer nada, era só observar sua expressão de admiração para com a ama Gao. Porém, continuava a acreditar que era mais seguro ficar com o dinheiro na mão. A ama Gao estava certa, se ficasse com o dinheiro guardado não daria cria, mas também era verdade que arriscava perdê-lo. Pensando nisso, pegou na mão os trocados que conseguira poupar nesses dois ou três meses — moedas de prata de um yuan — e ficava revirando entre os dedos com medo de deixá-los cair no chão. Ah, como eram brilhantes e consistentes, ele não abriria mão delas, a não ser para comprar um riquixá. Ele não precisava seguir à risca todos os conselhos da ama Gao.

Antes, ele havia trabalhado numa família chamada Fang. Todos os membros, inclusive a criadagem, tinham uma conta poupança no Banco Postal. A senhora Fang aconselhou:

— É preciso apenas um yuan para abrir uma conta. Por que não abrir? Como diz o ditado: quem não poupa nos tempos de abundância, sofre nos tempos de penúria. Você é jovem e tem que aproveitar a força dos braços para ganhar dinheiro. Prepare-se para os dias sem sol. Além do mais, abrir uma conta é muito simples, seguro e ainda há a rentabilidade. Quando estiver apertado pode sacar o dinheiro, é um ótimo negócio! Vá até o correio e pegue uma ficha de cadastro, se tiver qualquer dificuldade, eu te ajudo!

Xiangzi sabia que a ajuda dela era bem-intencionada. Sabia também que tanto o cozinheiro Wang quanto a ama Qin tinham uma caderneta de poupança, e isso o estimulava a abrir uma conta. No entanto, houve um dia em que a filha mais velha dos Fangs o mandou ir ao correio e depositar dez yuans. Ele olhou detidamente para a caderneta, as letras impressas e os carimbos vermelhos. A caderneta não passava de uma dúzia de folhas. Depois de entregar o dinheiro ao caixa, o depósito foi registrado e recebeu um carimbo na caderneta. Xiangzi acreditou que aquilo era uma fraude: o dinheiro vivo depositado fora substituído por rabiscos e carimbos num pedaço de papel. Ele não seria enganado, não mesmo! Passou a desconfiar de um conluio entre a família Fang e o tal banco. Imaginou que estariam envolvidos em todos os tipos de negócios e sob o nome de várias empresas tradicionais, como o magazine Ruifuxiang e o mercante Hong. Agora percebia tudo, era por isso que a senhora Fang estava tão interessada em atraí-lo para o negócio! Mas não importava o que fosse, era melhor dinheiro vivo na mão do que apenas uns rabiscos em uma caderneta de poupança, muito mais seguro!

Para ele, os bancos representavam apenas um ótimo ponto de referência para pegar passageiros. Quer dizer, isso quando não havia guardas que não deixavam os puxadores estacionarem. Quanto ao que faziam lá dentro, ele não conseguia nem imaginar. De fato, ali devia ser um lugar para se ganhar dinheiro, mas ele não entendia disso e pouco lhe importava, já que dificilmente travaria alguma relação com aquela gente. Logo, não precisaria se preocupar. Havia muitas coisas na cidade das quais não entendia e, muitas vezes, ficava atordoado de ouvir discussões infindáveis de conhecidos nas casas de chá. Cada cabeça uma sentença, e ninguém era especialista. Ele estava farto e não queria mais pensar sobre isso. Sabia que assaltar um banco era o melhor negócio do mundo, mas, como não estava interessado em ser bandido, o melhor que tinha a fazer era manter suas economias junto de si. Nada mais importava e essa era a sua certeza.

A ama Gao sabia que ele estava obcecado em comprar um riquixá, então lhe deu outra ideia:

CAPÍTULO 8

— Xiangzi, eu sei que você não quer tomar empréstimo para comprar o riquixá. Eu entendo. Se eu fosse homem e puxador, também iria querer ter meu próprio carro. Trabalharia cantando e não pediria nada a ninguém. Não mudaria de emprego, mesmo que me dessem em troca uma cidade para administrar. Puxar riquixá é um serviço árduo, mas se eu fosse homem e forte preferia fazer isso a ser patrulheiro, que fica circulando pelas ruas do inverno ao verão, com salário baixo, sem conseguir obter ganho extra, sem liberdade. Não há nada de atrativo em ser da polícia. Agora, se você quiser comprar logo um riquixá, vou lhe dar uma sugestão. Organize uma corrente da fortuna com dez pessoas ou mais, no máximo vinte. Cada uma contribui com dois yuans por mês, sendo você o primeiro contemplado a usar o montante. Assim, você poderá ter a curto prazo em torno de quarenta yuans, e, somando às suas economias, poderá comprar o seu riquixá. Você não precisará pagar juros, e essa é uma alternativa honesta. Que tal, topa fazer? Eu participo! Então, o que acha?

Xiangzi sentiu o palpitar ligeiro do coração. Caso conseguisse juntar trinta ou quarenta yuans aos trinta e poucos que estavam com o velho Liu Si, mais alguns trocados que possuía, teria uns oitenta yuans! Apesar de não serem suficientes para comprar um riquixá novo, bastavam para um seminovo. Dessa forma, poderia pedir seu dinheiro de volta ao velho Liu Si. Essa situação não poderia se prolongar mais. Não era má ideia um riquixá seminovo, seria um começo, e com o tempo poderia adquirir um zerinho.

Mas como faria para juntar vinte pessoas? Mesmo que conseguisse, quando viessem mais tarde lhe convidar para participar de outra corrente, teria que aceitar em retribuição, não é? Nessa época de carestia, a corrente não se sustenta. Homem que é homem não pede ajuda a ninguém; o melhor ainda é dispor da própria força. "Vou comprar, mas sem pedir favor a ninguém!"

Vendo Xiangzi sem reação, a ama Gao conteve-se em instigá-lo. No entanto, nada fez, considerando a honestidade dele. Limitou-se a dizer:

— Está bem. Siga suas convicções. Talvez seja melhor para você.

Xiangzi não respondeu. Depois de a ama Gao se afastar, ele assentiu satisfeito consigo mesmo: estava certo em se agarrar ao seu dinheiro.

Era início do inverno. À noite, nas ruelas, anúncios de "Castanhas carameladas!" e "Amendoim torrado!" somavam-se aos gritos de "Olha o urinol!". Nos seus cestos, o vendedor também tinha cofres de barro em forma de cabaça, e Xiangzi escolheu um dos maiores. Aconteceu de ser ele o primeiro cliente e o vendedor não tinha troco. Xiangzi, que tinha reparado num pequeno urinol verde, disse por impulso:

— Esqueça o troco, fico com um desses também!

Depois de guardar o cofre, pegou o urinol e dirigiu-se aos aposentos principais da casa.

— O senhorzinho ainda não dormiu? Tenho um brinquedo para ele!

Todos estavam ao redor de Xiaowen, o filho dos Caos, olhando-o tomar banho. Quando viram o presente de Xiangzi, não puderam deixar de soltar uma gargalhada. O casal Cao nada comentou, talvez pensando que, embora o presente fosse despropositado, o que contava era a intenção, e assim sorriu em agradecimento. Claro que a ama Gao tinha de se meter no assunto:

— Olhem para isso! Francamente, Xiangzi, com esse seu tamanho não poderia pensar em um brinquedo melhor? Que descabido!

Xiaowen, pelo contrário, tinha adorado o presente, que de imediato encheu de água.

— Este bule de chá tem uma boca grande! — falou Xiaowen, rindo.

Todos desataram a rir alto. Xiangzi ajeitou a roupa do corpo, endireitando-se, porque quando se sentia satisfeito nunca sabia o que fazer. Deixou o quarto jubiloso, pois essa fora a primeira vez que alguém lhe dirigia uma gargalhada de prazer, como se ele fosse uma pessoa importante. Sorrindo, pegou as moedas de prata e deixou-as cair uma a uma pela ranhura do cofre. Disse para si mesmo: "Essa é a maneira mais segura! Quando eu tiver poupado o suficiente, jogarei o cofre contra a parede, e bum! Terei mais moedas do que cacos para contar."

Ele decidiu que nunca pediria ajuda a ninguém. Apesar da confiança, o velho Liu Si não era uma pessoa inteiramente de seu agrado. O dinheiro estava seguro nas mãos do velho, mas Xiangzi sentia-se pouco à vontade. Essa coisa chamada dinheiro é como anel, é sempre melhor tê-lo na própria mão. A ideia de não pedir ajuda o deixava aliviado, como se tivesse apertado mais um pouco o cinto e posto o peito reto e firme para fora.

O tempo esfriava cada vez mais, no entanto Xiangzi permanecia impávido. Agora que tinha estabelecido uma meta, tudo estava claro na sua mente e isso o aquecia. A primeira geada congelou as ruas sujas. Tudo estava seco e sólido; a terra negra apresentava traços de cor amarelada, como se a última gota de água tivesse evaporado. Sobretudo na alvorada, quando os sulcos das carroças marcavam o gelo e as rajadas de vento, cortantes, dissipavam a neblina matinal expondo o azul-celeste, no alto. Era essa a hora que Xiangzi gostava de sair com o riquixá. O vento gelado entrava-lhe pelas mangas e ele se arrepiava, como se tivesse tomado um banho frio. Por vezes, havia um vento que lhe cortava a respiração, mas ele baixava a cabeça, cerrava os dentes e furava o caminho, feito um peixe gigante nadando contra a corrente. Quanto mais forte fosse o vento, maior sua força e resistência, como se estivesse lutando pela vida. Se por momentos uma rajada não lhe permitisse respirar, mantinha a boca fechada durante alguns minutos e depois soltava um arroto, como se emergisse do fundo das águas. Depois de tomar fôlego, metia o corpo ao vento outra vez, mantendo cada músculo rígido, feito um gigante desimpedido.

Seu corpo todo estava empapado de suor. Ao estacionar o veículo, respirava fundo, soltava um longo suspiro e limpava a areia amarela do canto da boca. Sentia-se invencível, abanava a cabeça feito um cumprimento à tempestade de areia. A rajada de vento encurvava as árvores, rasgava os toldos das lojas, arrancava os jornais dos murais que encobriam o sol, e era acompanhada por um canto, um grito, um lamento. Por vezes, avançava como um espírito assustado, enorme, rasgando o céu e a terra, separando-os à sua passagem, na sua fuga disparatada; então, de repente, como que em pânico, corria em todas as direções, como um demônio enlouquecido; e de novo, agora em diagonal, varrendo tudo, como se quisesse atropelar qualquer coisa que estivesse no caminho, partindo galhos, levando as telhas pelos ares, arrebentando a fiação dos postes de luz. E Xiangzi se limitava a olhar, estático, porque era vitorioso: tinha atravessado a fúria devastadora da tempestade de areia. Às vezes, quando ia em direção ao vento, precisava apenas segurar firme os varais e seguir o curso da ventania. O vento, feito um amigo, empurrava-o e fazia girar as rodas.

Xiangzi não era cego para não ter visto os velhos e fracos que a custo avançavam com seus riquixás. Seus trajes esfarrapados eram ora atravessados por um vento fraco, ora rasgados por um vento forte. Seus pés estavam enrolados em trapos. Nas paradas de riquixás, tiritando de frio, espreitavam de um lado para outro, feito ladrões, e ao sinal do primeiro passante disputavam em uníssono: "Riquixá!" Ao transportar um passageiro, conseguiam se aquecer, o suor ensopava seus trapos. Ao esperarem o próximo passageiro, o suor congelava os trapos sobre as costas. Ao topar com a ventania, eram incapazes de levantar os pés, mal tendo forças para fazer movimentar o riquixá. Quando o vento soprava de cima para baixo, ficavam com a cabeça grudada ao peito; quando o vento soprava de baixo para cima, os pés quase saíam do chão. Outras vezes, conforme a força do vento, agarravam-se aos varais do riquixá, com medo de que o carro fosse levantado feito uma pipa, enquanto, se o vento viesse pelas costas, perdiam completamente o controle do veículo e de si próprios. E, ainda assim, esforçavam-se da maneira que fosse, no limite da força dos músculos, para levar o riquixá ao seu destino, quase se matando por algumas moedas de cobre.

Depois de cada corrida, o suor e a poeira colavam-se à cara, deixando descobertos apenas três círculos vermelhos: os olhos e a boca. Aqueles dias eram curtos e gélidos e quase não havia ninguém pelas ruas. O trabalho árduo de um dia nem sempre significava uma refeição decente. Os puxadores mais velhos tinham filhos e esposa para sustentar, enquanto os mais jovens, pais idosos e irmãos mais novos. O inverno era um longo inferno para eles, e nem um fantasma precisava trabalhar tão pesado por tão pouco. A única esperança era caírem mortos na estrada, como cães. Dizia-se que aqueles desgraçados que morriam congelados à beira das estradas e pelas ruas tinham sempre um sorriso nos lábios.

Claro que Xiangzi havia visto tudo isso. Contudo, ele não tinha tempo para se preocupar com os outros. Estavam todos no mesmo barco, mas ele era jovem e forte, conseguia aguentar as provações, não tinha medo do frio nem do vento. Tinha um quarto asseado onde dormir e roupas limpas para trajar, por isso se considerava de uma categoria diferente. Ele penava como os outros, mas em grau diferente. Nesse momento, ele não sofria daquelas privações e talvez, no futuro, escapasse dessa sina. Não se imaginava puxando um riquixá decrépito e passando fome e frio na velhice. Acreditava que sua atual boa sorte seria a garantia de um futuro vitorioso para ele.

A atitude de Xiangzi para com os velhos e fracos era a mesma dos motoristas de carro que, ao encontrarem os puxadores de riquixá à entrada de restaurantes ou residências, nunca lhes dirigiam a palavra. Os motoristas acreditavam ser de uma categoria superior, e perderiam a dignidade ao dar atenção a quem consideravam estar em nível abaixo. Estavam todos no mesmo inferno, mas em diferentes escalas. Para eles era inimaginável a união de todos, eles que eram tão individualistas. Cada um seguia sozinho seu caminho, cego pelas próprias esperanças e esforços. Cada um acreditava que, partindo do nada, de mãos vazias, podia ascender na vida e, por essa razão, continuavam a tatear no escuro. Xiangzi não queria saber de nada nem de ninguém. Tudo o que lhe interessava e o preocupava era o seu dinheiro e o sucesso futuro.

As ruas foram pouco a pouco adquirindo uma aparência festiva à aproximação do Ano-Novo. Em dias de sol, sem vento, o frio era suportável e a rua tornava-se colorida com cartazes de Ano-Novo, lanternas e velas vermelhas. Flores de seda enfeitavam os cabelos das mulheres, e o comércio de carne caramelada se dava a todo vapor. Era uma visão alentadora, mas incômoda, porque, ainda que todos quisessem gozar uns dias de felicidade, todos tinham seus problemas.

CAPÍTULO 8

Um brilho crescia no olhar de Xiangzi, com toda a animação das vendas do Ano-Novo nas ruas. Ele sabia que os Caos haveriam de enviar presentes aos amigos e podia ganhar gorjetas por corrida. A gratificação de Ano-Novo era baixa, uns dois yuans; mas haveria as visitas dos amigos, que ele levaria de volta para casa. Isso lhe renderia mais vinte ou trinta centavos por corrida. Tudo era lucro. O seu cofre não o deixaria esmorecer. Durante as folgas noturnas, ficava admirando horas a fio esse amigo de barro, que só engolia moedas e nunca as regurgitava. Sussurrava para o cofre:

— Come, meu velho, come! Quando tiver a barriga cheia, também eu hei de ficar contente!

O Ano-Novo se aproximava e já era o oitavo dia da décima segunda lua do ano lunar. Tanto as alegrias quanto as preocupações obrigavam as pessoas a se planejar e a se organizar. No entanto, o dia continuava a contar com as habituais 24 horas, mas esse período era diferente dos demais, porque não podia ser passado como antes, era preciso fazer algo, principalmente na véspera da passagem do ano. Parecia que o tempo tomava consciência de sua existência, como se tivesse sentimento e estimulasse as pessoas a pensarem e agirem.

Xiangzi fazia parte dos felizes. O burburinho nas ruas, as chamadas dos vendedores, a expectativa pela bonificação e pelas gorjetas do fim de ano, o descanso e a boa comida das festas, tudo o deixava feliz feito criança, mantendo-o em compasso de espera. Ele decidiu abrir uma exceção, gastar entre oitenta centavos e um yuan na compra de um presente para o senhor Liu Si. Seria apenas uma lembrancinha, que mostraria grande respeito. Ele tinha de levar um presente quando fosse visitá-lo, por um lado para se desculpar de não tê-lo feito antes e, por outro, para lhe pedir de volta os trinta yuans, confiados à sua guarda.

Gastar um yuan para reaver trinta era uma bagatela. Decidido isso, balançou com carinho seu cofre de barro e imaginou como seria agradável o tilintar com mais trinta moedas. Com o dinheiro de volta a suas mãos, não teria com que se preocupar.

Certa noite estava prestes a balançar seu pote da fortuna, quando ouviu a ama Gao gritar-lhe:

— Xiangzi! Tem uma moça lhe procurando no portão. Encontrei-a na rua, procurando por você. — Quando Xiangzi saiu do quarto, ela complementou baixinho: — Ela é uma torre negra, arrepiante.

Xiangzi corou como se a cara tivesse pegado fogo. Sabia que problemas o aguardavam.

Capítulo 9

Xiangzi mal tinha forças para atravessar o portão. Ainda do lado de dentro, atordoado, espreitou para fora. A tênue luz da rua o ajudou a ver a senhorita Liu. Ela tinha empoado de novo o rosto que, sob a luz, reluzia numa coloração cinzento-esverdeada, dando-lhe o aspecto de uma folha seca na geada. Xiangzi não se atreveu a olhá-la nos olhos.
A expressão dela era confusa. De seus olhos reluzia certo desejo de revê-lo, enquanto os lábios ligeiramente rasgados revelavam um sorriso de escárnio. O franzir do nariz sugeria entre as dobras desdenho e ansiedade. As sobrancelhas arqueadas e o rosto grosseiramente maquiado conferiam-lhe, ao mesmo tempo, ares de sedução e tirania.
Quando viu Xiangzi sair, ela fez alguns beicinhos e os sentimentos mistos sobre o seu rosto pareciam não saber qual expressão assumir. Ela engoliu em seco, como que para controlar as emoções que sentia. Tinha alguns dos trejeitos dissimulados que o pai usava em situações idênticas, meio nervosos e meio brincalhões, como se não estivesse nem aí, e gracejou:
— Que vida boa, hein! Ainda não tinha visto um cachorro a quem se desse um osso e não voltasse para pedir mais! — falou alto, como quando batia boca com os puxadores na Garagem

Harmonia. Mas, a seguir, interrompeu o sorriso, numa espécie de vergonha e vulgaridade. Mordeu os lábios.

— Não grite! — Xiangzi empregou toda a sua força sobre os lábios ao romper de modo sussurrante mas audível essas duas palavras, carregadas de veemência.

— Ah, pensa que tenho medo? — e deu uma gargalhada, baixando, no entanto, a voz involuntariamente. — Não me admira que andasse se escondendo de mim, agora que encontrou uma ama puta e velha! Eu já sabia que você era um canalha. Não se faça de surdo, seu grandalhão estúpido, nem de desentendido! — Tigresa começou a levantar a voz de novo.

— Não grite! — Xiangzi tinha medo que a ama Gao pudesse ouvir atrás do portão. — Não grite! E venha comigo! — À medida que disse essas palavras, atravessou a rua.

— Eu não tenho medo nenhum, tanto faz falar aqui ou ali. Gosto de falar em voz alta! — protestou contrariada, mas foi ao encontro de Xiangzi.

Uma vez do outro lado, entraram na rua lateral a leste, contornando os muros vermelhos do parque. Xiangzi, que não esquecera o costume dos camponeses, acocorou-se.

— O que você veio fazer aqui?

— Eu? Ah, muita coisa! — colocou a mão esquerda sobre a cintura e empinou a barriga com força. Abaixou a cabeça para olhá-lo, pensou um instante, em tom bondoso, como se tivesse pena dele. — Xiangzi! Eu tenho um motivo para lhe procurar!

A zanga de Xiangzi parecia ter arrefecido ao ouvir seu nome com doçura. Ele levantou a cabeça e a observou. Não havia nada de adorável nela, mas aquele "Xiangzi" ecoara carinhoso e íntimo em seu coração, reavivando suas lembranças de afetos e laços impossíveis de negar e romper. Em voz baixa e mais afetuosa, perguntou:

CAPÍTULO 9

— Que motivo?

— Xiangzi! — ela aproximou-se mais. — Estou com um problema!

— Que problema? — perguntou estupefato.

— Este! — e apontou para a barriga. — O que vai fazer a respeito?

— Ah! — soltou um grito estrangulado, como se tivesse recebido uma pancada na cabeça. Num repente, tudo tinha se tornado claro para ele. Milhares de pensamentos, que nunca lhe ocorreram antes, invadiram a sua mente, como num turbilhão, que no instante seguinte esvaziou, como acontece no cinema quando um rolo de filme arrebenta.

A rua estava silenciosa, a lua, encoberta por algumas nuvens cinzentas. O vento soprava, em pequenas rajadas, as folhas secas. Ao longe, ouviam-se miados estridentes de gatos. Mas, como a mente de Xiangzi estava confusa e vazia, nada ouviu. Com o queixo apoiado na mão, olhava fixo para baixo, a ponto de ter a impressão de que se movimentava. Não lhe surgia nenhuma ideia e nem queria pensar em nada. Sentia-se simplesmente cada vez menor, mas não o suficiente para se enfiar por baixo do chão. Toda a sua vida estava presa a esse momento doloroso e nada mais! Começou a sentir frio, seus lábios tremiam.

— Não fique aí parado, fale alguma coisa! Levante-se! — Ela também parecia ter frio e queria se mexer.

Ele levantou-se sem dizer nada, seguindo-a em direção ao norte. Não conseguia achar nenhuma palavra, sentia o corpo dormente, como se tivesse congelado durante o sono.

— Não tem nenhuma ideia? — ela olhou para ele, com doçura.

Ainda não lhe ocorria nenhuma palavra para dizer.

— No dia 27 o velho faz aniversário. Você tem de ir.

— É fim de ano, vou estar muito ocupado.

— Bem sei que você só reage à base de pancada, falar contigo com bons modos é uma perda de tempo! — falou ela, outra vez em voz alta, destacando-se no silêncio da rua deserta, e envergonhando Xiangzi. — Você acha que eu tenho medo de alguém? O que você pretende fazer? Se não quiser me ouvir, eu é que não tenho tempo para gastar saliva com você. Se não chegarmos a um acordo, vou ficar plantada em frente ao portão e amaldiçoar você por três dias e três noites! Não adianta fugir, eu hei de encontrar você! Não pense que vai escapar!

— Pode parar de gritar? — falou Xiangzi, afastando-se dela.

— Ah, tem medo que eu grite? Depois de comer até se fartar? Quando foi para subir em cima de mim estava ótimo, não é? Você teve o que queria e agora quer que eu suporte as consequências sozinha? Ora! Quem você pensa que eu sou?

— Calma, fale devagar, eu estou escutando — suplicou Xiangzi, que até ali estava sentindo frio, mas, depois de ser xingado desse jeito, seu corpo começou a ferver. O calor saía pelos poros da pele congelada, sentia comichão pelo corpo todo e espetadas no couro cabeludo, que o deixavam tonto.

— Assim é que se fala! Não torne as coisas ainda piores para você — os lábios se rasgaram e revelaram os caninos. — Sem brincadeira, eu gosto de você, e essa é a sua sorte, não abuse de minha paciência! Acredite no que lhe digo, não servirá de nada teimar como uma mula!

— Não... — Xiangzi queria dizer "não me bata primeiro para depois me afagar", mas não lhe ocorreu a frase certa. Ele conhecia uma série de expressões pequinesas, mas não sabia usá-las de forma correta, ainda que as entendesse quando ouvia alguém empregá-las.

— Não o quê?

— Fale você primeiro.

— Eu tenho uma boa ideia — Tigresa parou na frente dele. — Olha, se você chamar uma casamenteira para vir pedir a minha mão em casamento[9], é capaz de meu pai recusar. Ele é proprietário de riquixá e você é puxador, e ele não vai aceitar um genro abaixo de sua posição social. Mas estou me lixando para essas coisas, eu gosto de você e isso já basta. O resto que vá para o inferno! De qualquer modo, meu pai sempre vai dizer não para qualquer proposta, porque ele só tem em mente os riquixás. Ele já me recusou a homens melhores que você. Esse é um problema que tenho que resolver eu mesma, eu escolhi você, nós colocamos o carro em frente aos bois e, seja como for, estou grávida e não temos outra saída. Mas também não podemos ir direto ao assunto com ele. O velho está cada vez mais caduco, se antecíparmos para ele é provável que ele arranje uma mulher e me enxote de casa. O velho, apesar de quase setenta anos, ainda é duro na queda, se ele casar de novo, aposto com você que ainda terá dois ou três filhos, acredite ou não.

— Vamos caminhando e conversando — Xiangzi notou que o patrulheiro de serviço já tinha passado por eles duas vezes, e isso não o agradava em nada.

— Falo aqui mesmo e ninguém tem nada a ver com a nossa vida! — ela seguiu o olhar de Xiangzi e viu também o patrulheiro. — Você não está com o riquixá, tem medo de quê? Ele não vai lhe arrancar as bolas sem mais nem menos! Era só o que faltava! Vamos voltar ao nosso assunto. Veja, eu pensei em você ir visitá-lo no dia 27, data do aniversário dele. Vá lá, ajoelhe-se tocando com a testa três vezes no chão, em sinal de reverência.

---

9. De acordo com a tradição chinesa, um pedido de casamento deve ser intermediado por um terceiro. Existem pessoas que vivem desse afazer. [N.T.]

Depois, no dia do Ano-Novo, vá lá outra vez e cumprimente-o pela passagem do ano. Isso vai agradá-lo e, ele estando feliz, eu preparo algo para comer e beber. Quando ele estiver quase bêbado, você passa o ferro enquanto ainda está quente, pedindo para ele reconhecê-lo como afilhado. Mais tarde, vou dar a entender a ele que eu não ando me sentindo muito bem. Com certeza, ele vai me interrogar, mas não vou lhe contar nada de início. Quando ele se desesperar, direi o nome de uma pessoa, vou dizer que foi aquele Qiao Er, um vizinho e dono da loja em frente à nossa e que morreu por esses dias, que me emprenhou. Ele não tinha família nenhuma, e já está enterrado, de modo que, se o velho quiser saber a verdade, tem de ir ao cemitério do Portão de Dongzhi para confirmar e eu tenho cá as minhas dúvidas que o defunto lhe dê alguma resposta. E, quando ele estiver sem saber o que fazer, podemos sugerir que a melhor saída seria ele concordar com nosso casamento. No fim, que diferença há entre ele ser o seu padrinho ou seu sogro? Assim, sem histórias, ajeitamos tudo de forma a evitar escândalo. O que acha do meu plano?

Xiangzi manteve-se calado.

Sentindo que já dissera mais do que o suficiente, Tigresa começou a andar em direção ao norte. Tinha a cabeça ligeiramente curvada, como se saboreasse seu discurso e também para dar tempo a Xiangzi para refletir.

O vento nesse momento dispersou as nuvens e foi sob um luar prateado que chegaram à extremidade norte da rua. A água do fosso do palácio estava congelada, estendia-se prateada, plana e sólida, em torno dos muros da Cidade Proibida, como que a ampará-los. De dentro da Cidade Proibida não se ouvia nenhum som. As torres de vigia intricadas, os arcos magníficos, os portões carmim e os pavilhões na Colina da Paisagem pareciam atentos à conversa. Um vento sereno, quase um lamento, entrava e saía dos pavilhões e ladeava os muros, como se contasse histórias antigas, de tempos passados.

Tigresa começou a andar em direção a oeste, e Xiangzi a seguiu, até um dos arcos do extremo da Ponte Beihai. O local estava quase deserto e o luar, mortiço, derramando frio e desolação sobre o gelo. Os pavilhões distantes, meio obscurecidos por nuvens cinzentas, estavam imóveis, como se congelados sobre o lago, e um brilho velado recaía sobre as telhas amarelas. As árvores chacoalhavam docemente, o luar mais e mais fraco. A Dágaba Branca erguia-se no alto, entre as nuvens. Sua brancura lançava um reflexo frio em torno, de modo que os três lagos, apesar de artificiais, revelavam a desolação característica das paisagens do norte. Quando chegaram à ponte, a friagem do lago congelado fez Xiangzi tremer. Não queria caminhar mais.

Normalmente, quando atravessava a ponte com o riquixá, concentrava a atenção nos pés, por medo de cair, e não tinha tempo para olhar em torno. Agora que tinha tempo para isso, achava, no entanto, a vista assustadora. O gelo cinzento, o balançar das árvores, o branco mortífero da Dágaba, tudo tão soturno e desolado que ficava com a impressão de que soltaria um grito a qualquer momento, ou saltaria enlouquecido. Até a ponte sob seus pés lhe parecia de uma pedra mais branca, ainda mais por estar deserta, causando a impressão de ser mais alva do que as próprias luzes das lâmpadas. Ele não queria mais prosseguir, não queria ver mais nada, e muito menos ficar junto a Tigresa. O que na realidade lhe apetecia era pular da ponte, de ponta-cabeça, quebrar o gelo, afundar-se e congelar como um peixe morto.

— A gente se vê amanhã! — Xiangzi rompeu e virou-lhe as costas, afastando-se.

— Xiangzi! Então estamos assim combinados. Nos vemos no dia 27! — disse ela, sem que Xiangzi voltasse a olhá-la. Depois, lançando um olhar à Dágaba Branca, ela suspirou e caminhou em direção a oeste.

Sem mesmo um olhar rápido para trás, como se fugisse do diabo, Xiangzi afastou-se num tal estado que quase ia batendo contra os muros que encerram o velho palácio imperial. Apoiou-se ao muro, quase a desfazer-se em lágrimas. Imóvel e aturdido, ficou parado ali um momento até que ouviu alguém chamar por ele, da ponte.

— Xiangzi, Xiangzi! Venha cá, Xiangzi! — era Tigresa.

Muito lentamente, deu dois passos em direção à ponte. Tigresa vinha ao encontro dele, com o corpo ligeiramente inclinado para trás, por estar descendo, e os lábios abertos.

— Xiangzi, venha cá, tenho uma coisa para você! — Antes que ele se mexesse, ela já estava junto a ele. — Tome, os seus trinta yuans. Havia alguns trocados e eu completei o que faltava para inteirar mais um yuan. Pegue! Isso é só para lhe mostrar a minha intenção sincera contigo. Sinto sua falta de verdade e preocupo-me com os seus interesses e com você. Desde que não seja ingrato, não quero saber do resto. Tome, guarde bem e não venha me culpar se perder!

Xiangzi pegou o maço de notas. Não sabia o que dizer.

— Muito bem, então até o dia 27! Não vá esquecer! — Tigresa sorriu. — Está prestes a fazer um bom negócio, então vê se não faz asneira. — Com essas palavras, virou-lhe as costas e partiu.

Xiangzi apertou o dinheiro na mão e ficou observando-a se afastar, até ela desaparecer por detrás da ponte. Nuvens cinzentas voltaram a encobrir a lua. As lâmpadas da rua tornaram-se mais iluminadas e a ponte branca, vazia e fria. Ele virou-se e

CAPÍTULO 9

afastou-se o mais rápido que suas pernas permitiam e, ao chegar ao portão de entrada dos Caos, ainda trazia nos olhos a imagem da ponte, incomodamente branca, como se tudo tivesse acontecido havia apenas um segundo.

De volta ao quarto, a primeira coisa que fez foi contar as notas de dinheiro. Contou-as duas ou três vezes, suas mãos suadas tornaram-nas pegajosas. A cada vez totalizou um valor diferente. Por fim, enfiou tudo no cofre. Sentado na beira da cama, ficou olhando para o pote de barro e decidiu não pensar em mais nada. Tendo dinheiro, tudo teria uma solução; acreditava que o cofre cheio seria a solução de seus problemas. Não havia necessidade de pensar em mais nada. O fosso, a Colina da Paisagem, a Dágaba Branca, a ponte, Tigresa e a sua barriga eram tudo um sonho; no entanto, ao acordar tinha mais de trinta yuans; e sim isso era real!

Cansado de olhar para o cofre de barro, escondeu-o bem e resolveu dormir. Por maiores que fossem as dificuldades, poderia muito bem resolvê-las no dia seguinte.

Deitou-se, mas não conseguia pregar os olhos. Seus problemas eram como um enxame de abelhas — saía uma, entrava outra e cada uma com um ferrão!

Ele não queria pensar, era inútil. Tigresa o havia encurralado. O melhor seria fugir, mas Xiangzi não queria. Preferia ser mandado a ficar de guarda da Dágaba Branca no Parque Beihai a voltar para o campo. Ir para outra grande cidade? Ele não conseguia imaginar um lugar melhor do que Beijing. Não, não partiria.

Já que não queria partir, não adiantava quebrar a cabeça. Tigresa era mulher de levar a cabo o que dizia e, se não agisse nos conformes, ela o perseguiria de forma permanente. Era só ele ficar em Beijing que ela o encontraria. Na verdade, não adiantava fugir dela. Se ela se zangasse, podia pedir ajuda ao pai, que era bem capaz de contratar um homem ou dois — não seriam necessários muitos — para darem cabo dele em algum lugar deserto, longe dos olhos de testemunhas.

Relembrando tudo o que ela dissera, sentiu-se como se tivesse caído em uma armadilha e tivesse o corpo preso em amarras — sem possibilidade de escapar. Não havia como ele argumentar contra suas ideias, porque não havia brecha. Sentiu que ela tinha lançado sobre ele uma rede mortal da qual nem um peixinho do tamanho de um polegar seria capaz de escapar. Já que não conseguia analisar toda a situação em detalhes, sentia que ela o esmagava por completo, como um bloco de metal de uma tonelada de peso. E esse peso esmagador convencia-o de que o destino de um puxador de riquixá resumia-se a duas palavras: grande azar!

Um verdadeiro puxador devia manter as mãos nos varais do veículo e ficar longe das mulheres, para evitar problemas. O velho Liu Si, por possuir algumas dezenas de riquixás, e Tigresa, com a sua boceta fedorenta, o haviam trapaceado. Ele não precisava analisar nada. Caso aceitasse o destino, então faria uma reverência e reconheceria o velho como seu padrinho, e depois era esperar para se casar com aquela puta. Caso não aceitasse o fado, então sua vida estaria em perigo.

Nessa altura, pôs de lado Tigresa e suas palavras. Não, toda essa tempestade estava acontecendo com ele não por ela ser dura e cruel; era o destino de um puxador de riquixá, do mesmo modo que um cão é apedrejado e maltratado até por crianças, sem razão aparente. Por que se agarrar a uma vida dessas? O diabo que a levasse!

Perdeu o sono. Enervado, deu um pontapé no edredom e sentou-se na cama. Decidiu comprar uma bebida e encher a cara. O que era o certo e o que era o justo, se ele estava seguindo tudo à risca? Que todos fossem se foder! Queria era beber até cair! Que dia 27 o quê! Nem no dia 28 ele apareceria diante do velho para fazer-lhe reverência, nem a ele nem a ninguém, e que alguém se atrevesse a lhe tocar! Enfiou o casaco de algodão grosso e saiu correndo porta afora, com a tigela de chá na mão.

    O vento soprava mais forte e as nuvens cinzentas dissiparam-se do céu. A lua pequenina emanava uma luz fria. Xiangzi, que saíra de debaixo do edredom, tinha a respiração ofegante. Não havia pedestres nas ruas, apenas um ou dois riquixás parados, e de pé junto a eles os puxadores, com as mãos em conchas sobre as orelhas e batendo os pés para se manterem aquecidos.

    Numa corrida, Xiangzi acelerou até o boteco no lado sul da rua. Para manter o calor da área interna, o bar mantinha apenas uma janelinha aberta, por onde os clientes estendiam o dinheiro e recebiam a bebida e o petisco. Xiangzi pediu meio litro de aguardente e três cobres de amendoim. Com a tigela na mão, não conseguia correr, como se carregasse uma liteira. Ao chegar ao quarto, enfiou-se embaixo do edredom e ficou por um instante rangendo os dentes de frio. Não quis voltar a se levantar. A aguardente sobre a mesa exalava um cheiro forte que lhe desagradava, e não tinha vontade de comer amendoins. O ar gélido, como um balde de água fria, o fizera despertar por completo e, assim, ficou com preguiça de estender o braço, agora que já não tinha o coração em brasas.

    Depois de ficar deitado por algum tempo, espiou a tigela com a bebida sob o cobertor. Não, ele não podia, por tão pouco, destruir a si próprio. Não poderia quebrar o seu juramento de não beber. Realmente a situação era difícil, mas devia haver alguma brecha para ele escapar. Mesmo que não houvesse saída, ele também não poderia rolar na lama. Tinha de manter os olhos bem abertos e se precaver para que não o empurrassem para baixo.

Apagou a luz e cobriu a cabeça com o cobertor, esperando o sono. Mas não conseguiu dormir. Afastou a coberta e olhou em volta.

Do pátio, os raios do luar entravam pela janela do seu quarto, conferindo-lhe um tom azul-pálido, como se o dia estivesse prestes a começar. A ponta do nariz percebia o frio e o cheiro da aguardente impregnava o ar gélido. De repente, sentou-se, pegou a tigela e emborcou em um gole a aguardente.

Capítulo 10

Xiangzi não era suficientemente inteligente para resolver seus problemas um a um, nem tinha a força necessária para solucioná-los de uma só vez. Sem escape, ficava o dia inteiro remoendo seu ressentimento. Mas não existe criatura viva que, uma vez molestada, não procure tirar da situação o melhor proveito. Um grilo de rinha, depois de perder uma perna, tenta se virar com as pernas que sobraram. Assim era Xiangzi. Não vendo nenhuma alternativa, a única coisa que podia fazer era esperar a passagem dos dias e resignar-se às coisas como elas se davam, contentando-se em se arrastar tão longe quanto pudesse, até não conseguir mais saltar.

Faltavam quase duas semanas para o dia 27, data em que se concentravam todas as suas atenções. Estava marcado na sua mente, em seus atos e sonhos; o número 27 parecia ecoar como se, uma vez passada essa data, fosse surgir a solução para os seus problemas. Mas ele sabia que isso era só um desejo.

Às vezes os pensamentos iam mais longe. Por exemplo, se partisse para Tianjin com o seu dinheiro, talvez conseguisse mudar de profissão, abandonar o riquixá. Tigresa poderia persegui-lo até Tianjin? Para ele, qualquer lugar que tivesse de ir de trem era muito longe, então considerava que ela não o seguiria até lá. Parecia-lhe uma boa ideia, mas ele sabia que isso seria sua última alternativa; se pudesse, queria ficar em Beijing. Dessa forma, ele voltava a mentalizar o dia 27. Melhor pensar no que está mais à mão. Se conseguisse passar esse dia sem problemas, mesmo que ficassem algumas pendengas, teria resolvido um pepino de cada vez.

Mas como transpor esse primeiro problema? Havia duas alternativas: a primeira, ignorar tudo e não fazer visita nenhuma de aniversário. A segunda, seguir o conselho de Tigresa. Embora as duas opções fossem contraditórias, o resultado era um só: se ele não aparecesse, ela não o deixaria em paz; e, se aparecesse, ela também não desistiria dele. Ele ainda se lembrava de quando começara a puxar riquixá. Vivia imitando os outros e cortava caminho pelas ruelas. Certa vez, por engano, meteu-se pela Luojuan, fez uma volta enorme e acabou por sair na mesma avenida. Agora era como se ele tivesse entrado em uma dessas ruelas, não importava qual caminho tomasse, o resultado seria o mesmo.

De tão perdido que estava, começou a tentar pensar pelo lado positivo. E se aceitasse? Que mal tinha afinal em se casar com Tigresa? Porém, por qualquer viés que tentasse encarar a coisa, a ideia do casamento o deixava doente. Tentou considerar o aspecto físico dela, mas isso logo o deixava inquieto. Desconsiderou sua aparência e pensou no seu comportamento. Eca! Como poderia ele, uma pessoa de conduta exemplar e determinada, casar com uma porcaria daquelas? Nunca mais seria capaz de olhar alguém nos olhos, nem os espíritos de seus pais depois de morto! Além do mais, quem poderia garantir que a criança na barriga dela era de fato dele? Ou que ela traria alguns riquixás? O velho Liu não era fácil de enfrentar! Mesmo que tudo desse certo, de qualquer modo Xiangzi sentia que não

CAPÍTULO 10

aguentaria tudo aquilo; não se sentia capaz de bater de frente com Tigresa. Era só ela apontar o dedo para fazê-lo correr feito um tonto, perdendo o senso de direção. Ele sabia que ela era uma peste. Não poderia casar com ela, isso estava fora de questão. Se a aceitasse seria o seu fim, além do mais, ainda tinha amor-próprio. Não havia saída!

Incapaz de encontrar uma maneira para lidar com ela, ele começou a odiar-se e sentir vontade de se esbofetear. Por outro lado, também era verdade que não havia cometido erro nenhum. Fora tudo armação dela, só esperando que ele caísse na armadilha. Parecia-lhe que o seu problema era ser íntegro demais e esse tipo de gente estava predestinado a cair nas piores situações e em problemas.

O que o deixava mais triste era não ter como apelar por ajuda a ninguém. Ele era órfão, não tinha irmãos nem amigos. Geralmente, orgulhava-se de ser um homem independente, inabalável, livre e desimpedido. Só agora é que se dava conta de que ninguém podia viver de forma isolada. Passou a sentir certo afeto pelos colegas de profissão. Caso tivesse feito amizade com alguns, nem meia dúzia de Tigresas seria capaz de intimidá-lo... Se tivesse amigos, agora estariam por aconselhá-lo sobre o que fazer, tomariam o seu partido. Entretanto, solitário desde sempre, não era fácil fazer amigos de última hora. Ele sentiu um medo nunca antes experimentado. Se continuasse assim, qualquer um poderia abusar dele e enganá-lo. Um homem sozinho não aguenta o peso do céu!

Esse medo o fez começar a perder a confiança. No inverno, quando o patrão tinha compromissos para jantar ou para ir ao teatro, Xiangzi era habituado a tirar a lata de água da lâmpada de carbureto e segurá-la contra o peito, porque se a deixasse no riquixá, congelava. Todo suado depois de correr, mal encostava ao corpo sentia um arrepio, e a lata levava algum tempo a esquentar. Mas ele nunca havia se queixado, às vezes até se sentia com alguma superioridade em relação aos puxadores de riquixás mais velhos, que não podiam se dar ao luxo de ter uma lâmpada dessas. Porém, agora ele se dava conta de que ganhava uma ninharia de salário por mês e tinha de enfrentar todos os tipos de dificuldades, até aquecer contra o próprio corpo uma lata de água para que não congelasse. Parecia-lhe que o seu salário valia menos que uma lata miserável. Antes, pensava que o seu ideal era ser puxador de riquixá e que isso o levaria a constituir família e ter algum êxito. Agora, era assaltado por dúvidas silenciosas. Não admirava que Tigresa abusasse dele — ele valia menos do que uma lata de água!

Três dias depois de Tigresa procurá-lo, o senhor Cao foi com amigos assistir a um filme, numa sessão noturna. Xiangzi os aguardou em uma pequena casa de chá com a lata de água gelada pendurada no peito. Fazia um frio danado, a porta e as janelas da casa de chá estavam bem fechadas. O ambiente fedia a carvão e a cigarro ordinário. Os vidros das janelas estavam cobertos de gelo.

Quase todos os frequentadores eram puxadores de riquixá empregados. Uns estavam com a cabeça encostada à parede, aproveitando o calor do ambiente para cochilar. Outros seguravam uma tigela de aguardente e, depois de olharem em volta e brindarem, bebericavam como se fosse chá, soltando estalidos com os lábios após cada gole. Havia ainda os que comiam pães grandes, metade de um pão sumindo a cada dentada, a boca tão cheia que a pele do pescoço ficava esticada e vermelha. Ainda havia um, de cara amarrada, que reclamava em voz alta de como tinha trabalhado da madrugada até aquele momento. Não havia feito uma pausa sequer e perdera a conta do número de vezes em que o suor lhe secara no corpo. O restante batia papo. Ao ouvirem a reclamação do outro, fez-se silêncio por um instante, para logo a seguir, feito pássaros em debandada, eles lamentarem mutuamente as agruras de suas rotinas. Até aquele que tinha a boca cheia de pão encontrou nela espaço para mexer a língua, falando e engolindo ao mesmo tempo, as veias saltando-lhe na testa.

— Vocês pensam que um filho da puta de um puxador de riquixá leva a vida na boa? Desde as duas horas, burp!, até agora não tive nada para mastigar ou beber! Dei três voltas com um filho da puta, de Qianmen até Pinzemen! O frio congelou até rachar o meu cu e agora não paro de peidar! — Olhou em volta, para todos, acenando a cabeça em tom afirmativo e deu mais uma mordida no pão.

Isso mudou o rumo da conversa para o tempo e deu a oportunidade a todos para falarem das dificuldades impostas pelo frio. Xiangzi mantinha-se em silêncio, mas prestava atenção no que diziam. As histórias de cada um, o tom com que as contavam e os sotaques que tinham eram todos diferentes, mas cada um amaldiçoava a sua sorte e queixava-se das injustiças que sofria. Essas histórias tocavam o coração de Xiangzi, como se fossem gotas de chuva absorvidas pelo solo árido. Ele não conseguia e nem sabia como contar sua história do princípio ao fim. Tudo o que lhe restava era sorver as amarguras da vida nas palavras dos outros. Todos se sentiam miseráveis e ele não era exceção: Xiangzi reconhecia-se e se solidarizava com todos. Nas partes tristes de suas histórias, ele franzia o cenho, e nas partes engraçadas, ria. Embora mantivesse o silêncio, comungava com eles das mesmas experiências e sentia que todos eram sofredores como ele. Antes, teria considerado toda aquela conversa um desperdício — se ficassem naquilo o dia todo, nunca haveriam de enriquecer. Hoje era a primeira vez que percebia que aquilo não era papo de pobre e que desabafavam em seu lugar. Expressavam as misérias e os sofrimentos de todos os puxadores de riquixá.

Quando a conversa atingiu o ponto alto da animação, de repente a porta se abriu e uma rajada de vento frio cruzou o ambiente. Todo mundo se virou, de cenho franzido, para ver quem tivera a coragem de abrir a porta. E, quanto mais impacientes eles ficavam, mais parecia que os movimentos do recém-chegado eram lentos de propósito. Um dos atendentes, meio que brincando, meio que o apressando, gritou-lhe:

— Ô, tiozinho, entre rápido! Não deixe o ar quente escapar para a rua!

Mal acabara de falar, o recém-chegado, também um puxador de riquixá, adentrou. Aparentava cinquenta e poucos anos, vestia uma jaqueta acolchoada de algodão, nem curta nem comprida, tão esburacada como um cesto de vime, com tufos de algodão a sair dos buracos, no peito e nos cotovelos. Parecia que não lavava a cara havia vários dias, e não era possível ver a cor de sua pele, apenas duas orelhas congeladas, vermelho-brilhantes, como frutas maduras prestes a cair. O cabelo branco e desalinhado saía debaixo de um chapéu tão surrado quanto a jaqueta. Havia gelo nas suas sobrancelhas, e tinha a barba curta. Mal entrou, cambaleante, procurou um banco e se acomodou.

— Um bule de chá — pediu, articulando com dificuldade.

Essa casa de chá era frequentada apenas por puxadores com emprego fixo; habitualmente, esse velho não teria entrado ali.

Todos ficaram olhando para ele, um tanto comovidos depois de tudo o que haviam falado até então. Ninguém dizia nada. Nos dias normais, havia sempre um ou dois jovens imaturos para soltar alguma piada e fazer gozação com um cliente como esse. Mas dessa vez ninguém comentou nada.

Antes de chegar o chá, a cabeça do velho puxador começou a tombar, cada vez mais baixa, até ele cair do banco.

Em um repente, todo mundo se levantou.

— O que foi? O que foi? — perguntaram, ao mesmo tempo que se aproximaram do velho.

— Fiquem todos parados! — clamou o dono da casa de chá, num tom de quem estava acostumado com aquilo. Aproximou-se sozinho e afrouxou o colarinho do velho, levantou-o, encostou-o a uma cadeira e segurou-lhe os ombros.

— Tragam água com açúcar, depressa! — ordenou.

Depois, encostou o ouvido à garganta do velho e pôs-se a escutar, e falou sozinho:

— Não é catarro.

Ninguém se mexeu, mas também ninguém se sentou. Ficaram todos ali a piscar os olhos na sala cheia de fumaça, olhando para as duas figuras perto da porta. Parecia que todos estavam pensando a mesma coisa: "É assim que todos nós vamos acabar! Quando tivermos o cabelo branco, chegará o dia em que cairemos e morreremos na rua!"

Quando lhe puseram a tigela de água açucarada nos lábios, o velho gemeu duas vezes. Ainda de olhos fechados, levantou a mão direita, preta, feito uma peça lacada, e limpou a boca com o dorso da mão.

— Beba água! — falou o dono da casa de chá ao pé do ouvido do velho.

— An?! — o velho abriu os olhos e, vendo que estava sentado no chão, fez menção de se levantar.

— Espere, beba água — insistiu o proprietário da casa, soltando-lhe os ombros.

Todos se apressaram em se aproximar.

— Ai, ai! — o velho olhou ao redor e, segurando a tigela com ambas as mãos, pôs-se a bebericar a água com açúcar.

Bebeu devagar e, quando acabou, tornou a olhar de novo.

— Ai, queiram me desculpar! — falou em uma voz tão delicada que era difícil de acreditar que as palavras tivessem saído daquela boca escondida pela barba áspera e malfeita.

Tentou se levantar outra vez e três ou quatro puxadores se apressaram a ajudá-lo. Sorrindo, ainda com aquela doçura na voz, disse:

— Estou bem, posso me levantar sozinho. Foi só uma tontura, devido ao frio e à fome. Não há de ser nada! — ainda que o rosto estivesse coberto de uma grossa camada de barro, o sorriso tornava sua expressão bondosa e sincera.

A comoção tomou conta de todos. O homem de meia-idade acabou por sorver toda a bebida. Os seus olhos estavam vermelhos e mareados:

— Garçom, mais meio litro!

Quando a aguardente chegou, o velho puxador já estava acomodado em uma cadeira encostada à parede. O homem estava quase bêbado, mas de maneira muito educada colocou a bebida diante do recém-chegado, dizendo:

— Eu o convido para beber, por favor, aceite. Já tenho mais de quarenta, na verdade, mal consigo suportar um trabalho fixo e minhas pernas não me deixam mentir. É uma questão de tempo. Daqui a dois ou três anos estarei como o senhor! Já tem quase sessenta anos, não?

— Ainda falta, tenho cinquenta e cinco! — o velho sorveu um gole, antes de responder. — Com esse tempo frio, não há passageiros por aí. E eu, bom, estou de barriga vazia. Gastei os últimos centavos com bebida, para ver se aguentava o frio. Ao caminhar até aqui, estava morto de cansaço, por isso entrei para me aquecer um pouco. O salão estava tão quente, e eu sem ter comido nada, desmaiei. Mas não há de ser nada! Desculpem-me por ter incomodado todos vocês.

Nesse momento, o cabelo grisalho do velho, a poeira do rosto, as mãos enegrecidas e aquele chapéu e jaqueta surrados reluziam certo ar de pureza, feito a aura que envolve as estátuas de santos em templos abandonados, sagrados, apesar de decrépitos.

Todos olhavam para o velho com receio de que ele partisse. Xiangzi tinha ficado no seu canto, silencioso o tempo todo. Quando ouviu que o velho estava com o estômago vazio, deu um salto, saiu correndo para fora e voltou, com dez pães recheados de carne de carneiro, fumegantes sob uma folha de acelga. Pousou-os em frente ao velho e falou:

— Sirva-se — e voltou a se sentar no seu lugar, de cabeça baixa, como se estivesse muito cansado.

— Ai, ai! — o velho parecia contente e, ao mesmo tempo, prestes a chorar. Virou lentamente a cabeça e olhou para todos, acenando em um gesto afirmativo. — Somos todos companheiros, não somos? Podemos puxar riquixá com toda a força que temos, mas como é difícil conseguir alguns centavos extras! — levantou-se e dirigiu-se para a porta.

— Coma! — disseram todos em uníssono.

— Vou chamar Xiaoma, o meu netinho. Ele ficou lá fora para cuidar do riquixá.

— Deixa que eu vou, por favor, fique sentado — falou o homem de meia-idade. — Não há como perder o carro aqui, fique tranquilo. No outro lado da rua há uma guarida policial. — E abriu uma fresta, chamando: — Xiaoma! Xiaoma, o seu avô está chamando você, estacione o riquixá aqui!

O velho acariciou os pãezinhos recheados, sem pegá-los na mão. Quando o jovem entrou, o velho pegou um e lhe ofereceu:

— Xiaoma, meu querido, isto é para você.

Xiaoma não passava de um garoto de doze ou treze anos. Seu rosto era magro, mas estava bem agasalhado, o nariz, vermelho de frio, escorria. Tinha as orelhas protegidas por um par de protetores surrados. De pé, em frente ao velho, pegou o pão com a mão direita e, mecanicamente, outro com a mão esquerda. Deu uma bocada primeiro em um, depois em outro.

— Ei, devagar! — o velho estendeu a mão e acariciou-lhe a cabeça, enquanto pegava por sua vez um pão e o levava à boca. — Para o vovô, dois são suficientes. O resto é para você! Depois de comer, vamos nos recolher e ir para casa. Se o tempo estiver mais ameno amanhã, saímos cedo, está bem?

O rapaz assentiu com um gesto de cabeça, olhando para os pães e fungou o nariz, dizendo:

— Vovô, coma três, o resto é meu. Eu o levo na volta.

— Não é preciso! — o velho sorriu, voltando-se para todos. — Vamos a pé juntos, está muito frio para ficar sentado sozinho no riquixá.

O velho acabou sua parte e esperou que Xiaoma acabasse de comer. Limpando a boca na ponta de um trapo imundo, sinalizou com a cabeça para todos, dizendo:

— Meu filho foi servir ao exército e nunca mais voltou; a minha nora...

— Não fale disso — interrompeu Xiaoma, com a boca tão cheia que as bochechas pareciam dois pêssegos.

— Não faz mal, não tem ninguém estranho aqui. — Depois, tornou a falar em voz baixa: — Meu neto é muito preocupado e é muito forte! Sua mãe foi embora também. É o riquixá que nos sustenta. Está caindo aos pedaços, mas não temos que

CAPÍTULO 10

nos preocupar em pagar aluguel. Às vezes tiramos mais, outras menos; é uma vida dura, mas que diabos podemos fazer, que escolha temos?

— Vovô — disse Xiaoma, ainda mastigando, e puxou a manga da jaqueta do velho —, ainda temos que fazer uma corrida. Não temos o dinheiro do carvão para amanhã de manhã. A culpa é toda sua, ainda havia pouco podíamos ter ganhado uns centavos ao levar aquele passageiro até Houmen. Eu queria, mas o senhor não quis! Quero ver o que vamos fazer sem carvão amanhã.

— Para tudo se dá um jeito. O vovô vai pegar fiado dois quilos e meio de carvão.

— E queimar junto com gravetos?

— Boa ideia! Que bom garoto. Coma, que temos de nos pôr a caminho. — Enquanto falava, levantou-se e voltou-se para todos, dizendo: — Desculpem-me pelo incômodo causado a todos! — pegou a mão de Xiaoma, que enfiou o resto do pão na boca.

Alguns ficaram sentados, imóveis. Outros seguiram o velho e o neto à rua. Xiangzi foi o primeiro a sair, para ver o riquixá.

Estava mesmo num estado deplorável. A tinta descascava e via-se a cor da madeira. A lâmpada partida matraqueava ao vento, e o apoio da capota era fixado com pedaços de corda. Xiaoma tirou um fósforo de dentro de uma das proteções de orelhas e, riscando na sola do sapato e protegendo a chama entre as mãos, acendeu a lâmpada. O velho cuspiu nas mãos e soltou um suspiro profundo, pegou nos varais e disse:

— Até mais, gente!

Xiangzi ficou à porta, olhando para o velho e para o menino, amparados naquele riquixá decrépito. O velho falava enquanto caminhava, a voz ora reverberava, ora desaparecia, enquanto as lâmpadas da rua e as sombras por cima deles estremeciam. Vendo-os e ouvindo-os, Xiangzi foi tomado por uma tristeza sem fim, até então desconhecida. Xiaoma era para ele uma visão do seu passado, e o velho, o seu futuro. Agarrado que sempre fora ao dinheiro, sentia-se muito feliz por ter-lhes comprado aqueles pães. Seguiu-os com os olhos até perdê-los de vista, antes de voltar para dentro, onde todos haviam retomado o papo em meio a risadas. Sentiu-se tão confuso que pagou o chá e partiu, puxando o riquixá até a frente do cinema para esperar pelo senhor Cao.

Fazia muito frio. Uma poeira fina pairava no ar e o vento soprava forte. As únicas estrelas que se viam, a tremeluzir no vazio, eram as maiores. Não havia vento rente ao chão, mas a friagem havia tomado conta de tudo. As fendas longas do riquixá estavam cobertas de gelo. A terra estava branca, dura e fria, como que congelada.

Depois de ficar parado por um instante em frente ao cinema, Xiangzi começou a sentir frio, mas não queria retornar à casa de chá. Queria ficar pensando de maneira sossegada. Aquele velho e o rapaz pareciam ter rompido nele o último fio de esperança — o riquixá do velho seria como o seu no futuro! Desde o primeiro dia em que começou como puxador, tinha decidido possuir o próprio veículo, e até hoje sofria por isso. Pensava que, ao ter o próprio riquixá, teria tudo. Mas agora devia olhar para o velho!

Não era por essa mesmíssima razão que ele não aceitava Tigresa? Pensava que, ao comprar um riquixá, poderia poupar mais dinheiro e casar com uma mulher, com a consciência tranquila. Doce ilusão, era só olhar para Xiaoma! Se ele tivesse um filho, talvez fosse ser como aquele menino.

Vendo as coisas desse modo, não via razão alguma para resistir às intenções de Tigresa. Já que de qualquer modo estava preso a esse círculo vicioso, que diferença fazia casar com esta ou aquela? Qualquer mulher servia! Além do mais, ela traria mais alguns riquixás com ela, então por que não desfrutar de um pouco de luxo em troca? Uma vez que entendia a si mesmo, não precisava desprezar os outros. Tigresa era Tigresa, era como era e ponto final no assunto.

    O filme acabara. Apressadamente, fixou a lata de água sob a lâmpada e a acendeu. Despiu o casaco e ficou à espera do senhor Cao, somente com uma camiseta fina. Queria correr tão depressa quanto pudesse para esquecer-se de tudo. E se caísse e morresse não faria nenhuma diferença.

Capítulo 11

Quando pensava no velho e em Xiaoma, Xiangzi perdia todas as esperanças, e assim decidiu gozar a vida enquanto podia. Por que se privar da manhã à noite e ser tão duro consigo mesmo? Parecia-lhe que o destino dos pobres era como um caroço de pêssego — bicudo de ambos os lados. Se tivessem a sorte de não morrer de fome quando crianças, muito dificilmente conseguiriam escapar de uma morte por subnutrição quando velhos. Só durante a meia-idade o pobre tinha forças para fazer frente à fome, trabalhando duro, o que lhe permitia viver como um ser humano. Seria uma estupidez não aproveitar desse tempo, então era o seu último momento para gozar a vida; não haveria outra oportunidade. Vendo as coisas por esse ângulo, mesmo Tigresa e tudo o mais que lhe dizia respeito não valiam preocupações.

No entanto, a cada vez que via o seu cofre de barro, ele mudava de ideia de novo. Não, não podia entregar os pontos; faltavam apenas algumas dezenas de yuans para comprar um riquixá. No mínimo, não podia abandonar suas economias, poupadas a tão duras penas. Devia manter o passo no caminho que sabia ser o correto, com toda a certeza. Mas, e quanto a Tigresa? Ainda continuava sem saber como resolver aquele odioso dia 27.

CAPÍTULO 11

Sentindo-se encurralado, apertava o cofre de barro contra o peito e murmurava:

— Aconteça o que acontecer, este dinheiro é meu! Ninguém pode tirá-lo de mim! — Com ele, Xiangzi sentia-se mais seguro. — Se me apertarem muito, vou-me embora e desapareço! Com dinheiro, pode-se andar de um lugar para outro!

As ruas ficavam mais animadas dia após dia, as oferendas de balas de caramelo de maltose, em formato de abóbora, enfeitavam as ruas, em honra ao Deus da Cozinha, e os gritos dos vendedores, "Balas de caramelo, balas de caramelo", ecoavam em todas as direções. Xiangzi, que andava ansioso com a chegada do Ano-Novo, agora já não se interessava mais pela data, ao contrário, quanto maior a algazarra nas ruas, mais nervoso ele ficava, pois significava que o temível dia 27 estava mais próximo. Sentia os olhos afundarem e até a cicatriz do rosto escureceu.

Quando saía com o riquixá tinha de redobrar o cuidado nas ruas escorregadias. E ainda havia o seu problema, que o preocupava a ponto de torná-lo incapaz de se ocupar de duas coisas ao mesmo tempo. Pensava num e se esquecia do outro, e então começava a sentir comichões pelo corpo todo, como uma criança com dermatose no verão.

Na tarde das oferendas ao Deus da Cozinha, uma rajada de vento leste trouxe nuvens cinzentas e pesadas, que cobriram a cidade, fazendo a temperatura subir ligeiramente. Quase à hora de acender as lanternas, o vento diminuiu e começou a nevar. Os vendedores de balas de caramelo ficaram nervosos, pois com o calor e a neve as aboborazinhas poderiam grudar umas nas outras e, logo, apressaram-se em polvilhar farinha branca. Caíram poucos flocos de neve granulados e miúdos, que iam cobrindo as ruas e os telhados, até que tudo ficou branco.

Depois das sete horas, comerciantes e as famílias em seus lares começaram a fazer as oferendas ao Deus da Cozinha. A neve fina continuava a cair, misturada ao cheiro de incenso e pólvora; os clarões e o retumbar intermitente dos foguetes e das bombinhas conferiam à atmosfera festiva um ar sombrio. As pessoas nas ruas, tanto as que tinham tomado algum meio de transporte como as que se deslocavam a pé, carregavam todas uma expressão de ansiedade estampada no rosto, porque se apressavam em chegar a suas casas para fazer suas oferendas ao Deus da Cozinha e, ainda assim, não se atreviam a ir depressa com medo das ruas escorregadias. Os vendedores de balas de caramelo, com a expectativa de venderem toda a mercadoria antes do fim do dia, se esgoelavam para chamar a atenção dos fregueses. A animação era enorme.

Em torno das nove horas, Xiangzi levava o senhor Cao de volta para casa, vindo da parte oeste da cidade. Tendo passado a região de maior movimento perto do Arco de Xidan, viraram a leste para a avenida Chang'an, onde o movimento ia diminuindo. A superfície da rua estava coberta por uma fina camada de neve muito branca e radiante, sob a luz das lâmpadas, quase estonteante. A cada vez que passava um carro, a luz dos faróis tornava amarela a neve granular, como uma chuva de areia dourada. Perto do Portão de Xinhua, a avenida larga coberta de neve parecia alongar-se ao infinito, e em torno tudo assumia certo ar solene. O Arco de Chang'An, o portão da torre de Xinhua e os muros vermelhos de Nanhai totalmente tomados pelo branco da neve contrastavam com o tom rubro dos pilares e das paredes. Imóveis e silenciosos, sob a luz das lâmpadas das ruas, exibiam toda a dignidade da velha capital. A hora e o lugar causavam a impressão de que Beijing era despovoada, apenas composta de suntuosos pavilhões e palácios magníficos, com

CAPÍTULO 11

alguns velhos pinheiros silenciosos recebendo nos seus braços a neve que caía.

Xiangzi, no entanto, não tinha olhos para a beleza do cenário porque, olhando para a avenida imperial, tudo o que pensava era em chegar em casa o mais depressa possível. Na sua mente, já via o portão de entrada da casa dos Caos, na outra extremidade da avenida branca, reta e silenciosa. Mas não podia acelerar, porque a neve, ainda que não muito alta, grudava na sola dos sapatos, formando uma camada espessa. Batia os pés no chão para se livrar dela, mas logo grudava de novo. As pedras de granito, apesar de minúsculas, eram pesadas, colavam aos pés e também o cegavam, impedindo-o de ir mais depressa. Tinha os ombros cobertos de neve e, embora não fosse nada demais, sentia-se incomodado com a umidade. Nessa região não havia lojas, mas ao longe ouviam-se estalidos ininterruptos dos foguetes e das bombinhas, e aqui e ali se via um clarão no escuro de rojões duplos. Quando o clarão se apagava, o céu parecia mais escuro, de uma escuridão assustadora. Xiangzi ouvia os rojões, via as explosões e a escuridão e ansiava por chegar a casa. Mas não podia alargar o passo e aumentar a velocidade — era chateação pura!

O que passou a incomodá-lo, acima de tudo, foi perceber que um ciclista o seguia desde o lado oeste da cidade. Na avenida Chang'an Oeste, o movimento era menor e o silêncio permitia ouvir as rodas da bicicleta sobre o gelo, naquele chiar característico de quando se comprime a neve. Como todos os puxadores de riquixá, Xiangzi odiava bicicletas. Os carros já eram detestáveis, mas o barulho deles funcionava como um aviso para que saísse da frente, quando ainda estavam longe. Já as bicicletas enfiavam-se por qualquer fenda, mudando constantemente de direção, ora para a esquerda, ora para a direita, o que deixava qualquer um estonteado. O pior era quando ocorria um acidente, porque a culpa era sempre do puxador do riquixá. Pois, para os guardas, era sempre mais fácil punir os puxadores do que os ciclistas. Várias vezes Xiangzi pensou em parar de forma repentina e se virar para ver quem era o tipo que o seguia, mas não se atrevia. Os puxadores de riquixá tinham de aguentar tudo no osso. A cada vez que parava para bater a neve grudada nos sapatos, ele tinha que gritar "freando!". Ao chegar à frente do Portão Nanhai, mesmo com toda a largura da avenida, o ciclista continuava atrás dele. Xiangzi sentiu-se ainda mais irritado e, de propósito, parou o riquixá e espanou a camada de neve que cobria os seus ombros. De pé, a bicicleta do perseguidor passou rente ao riquixá. O ciclista ainda se virou para olhá-lo. Xiangzi demorou-se de forma deliberada, para deixar a bicicleta se afastar, e só então retomou o seu caminho.

— O diabo que o carregue! — amaldiçoou.

O "humanitarismo" do senhor Cao evitava dar ao puxador de riquixá mais carga do que o necessário, e apenas permitia-se forrar o assento do passageiro com a cobertura de lona, em última instância. A neve não lhe parecia tão intensa para ter de sacar a cobertura e preferiu desfrutar o espetáculo daquela noite. Ele também havia notado que um ciclista os seguia, e, quando Xiangzi amaldiçoou, disse em voz baixa:

— Se ele continuar a nos seguir, não pare em casa, continue até a casa do senhor Zuo, perto do Portão Huanghua. Tudo com muita calma.

Xiangzi já tinha perdido a paciência. Sempre odiara os ciclistas, mas nunca os vira como motivo de receio. Se o senhor Cao não se atrevia a voltar para casa, era porque algo de perigoso havia ali. Em poucos passos já alcançou o ciclista, que com certeza os esperava. Quando o ciclista os deixou passar, Xiangzi espreitou o rosto dele. Ao olhar, percebeu que era da polícia secreta. Já tinha visto vários desse tipo em casas de chá, embora nunca trocasse palavra com algum deles, mas os conhecia pelo modo como se vestiam e pelo temperamento. A aparência daquele ciclista era típica: um casaco longo, escuro e acolchoado de algodão, e chapéu de feltro enfiado na cabeça.

Quando chegaram ao cruzamento da rua Nanchang, viraram a esquina. Xiangzi olhou para trás, em um movimento rápido. Lá estava o homem, atrás deles. Esqueceu a neve no chão e acelerou o passo. A rua, branca e longa, estendia-se à sua frente, iluminada aqui e ali pelas lâmpadas ao longo dos passeios e, atrás dele, um detetive numa bicicleta. Essa experiência era nova para ele. Xiangzi desatou a suar por todos os poros. Ao passar o portão dos fundos do parque, tornou a olhar para trás, e lá estava ele!

Quando chegou em casa, não se atreveu a parar, ainda que fosse a única coisa que queria fazer, porque o senhor Cao continuava silencioso. Devia continuar a correr para o norte. Em um só fôlego, chegou à extremidade norte da rua. O homem continuava a segui-los. Virou em uma ruela, e o sujeito firme no encalço! Até que, de repente, se deu conta de que seguia às cegas, e que aquele não era o caminho para o Portão Huanghua. Teve que admitir que perdera a cabeça e se desorientara, e sentiu-se ainda mais furioso.

Quando chegaram aos fundos da Colina da Paisagem, a bicicleta seguiu para o norte, em direção ao Portão Houmen. Xiangzi enxugou o suor do rosto. A neve diminuiu, mas ainda caía de forma esparsa e havia alguns flocos entre os grânulos. Ele adorava os flocos de neve, que flutuavam alegres no ar, nada que se parecesse com aqueles grânulos irritantes. Olhou para trás e perguntou:

— Aonde vamos, senhor?

— À residência do senhor Zuo. Caso alguém pergunte por mim, responda que não me conhece!

— Sim, senhor! — respondeu Xiangzi, em sobressalto, mas nada mais questionou.

Ao chegar à casa dos Zuos, o senhor Cao mandou Xiangzi conduzir o riquixá para dentro e fechar o portão. Mantinha-se calmo, mas seu aspecto não era dos melhores. Depois de dar ordens a Xiangzi, ele entrou. Mal acomodara o veículo, o senhor Cao apareceu junto com o senhor Zuo, que Xiangzi conhecia e bem sabia da amizade entre eles.

— Xiangzi — falou rapidamente o senhor Cao —, tome um táxi e volte para casa. Diga à senhora que estou aqui e peça a elas para virem para cá, de táxi. Peça outro táxi, não precisa pedir para o carro aguardar. Entendeu? Diga à senhora para trazer aquilo que precisar e aqueles rolos de pinturas que estão no meu escritório. Fui claro? Vou telefonar para ela, mas também o aviso, pois tenho medo de que ela fique atrapalhada e se esqueça, assim você reforça o que eu disse.

— E seu eu for? — perguntou o senhor Zuo.

— Não é preciso. Não sabemos se aquele homem era realmente um agente secreto, mas como estou ressabiado é melhor tomar precauções. Vá chamar um táxi, por favor!

O senhor Zuo telefonou e pediu um carro. O senhor Cao deu mais algumas instruções a Xiangzi:

— Quando chegar o táxi, eu pago. Diga à senhora para arrumar as coisas depressa e não se esqueça das coisas do menino e aqueles rolos, aquelas pinturas que estão no meu escritório. Quando ela estiver pronta, diga à ama Gao que chame um táxi e que ela venha sem perder mais tempo. Entendido? Assim que saírem, passe a chave no portão e vá dormir no meu escritório, ali tem telefone. Sabe usar um telefone?

— Para fazer chamadas, não, só para receber — respondeu Xiangzi. De fato, ele detestava receber chamadas também, mas não queria aumentar as preocupações do senhor Cao.

— É o que basta! — irrompeu o senhor Cao e seguiu falando depressa: — Caso haja qualquer movimentação, não abra a porta em hipótese alguma! Como estaremos fora de casa e você lá, sozinho, é certo que eles não deixarão você escapar. Se perceber as coisas piorarem, apague a luz e salte para o pátio dos Wangs, pelo muro dos fundos. Você conhece os Wangs, não conhece? Muito bem! Esconda-se lá por algum tempo, antes de sair. Não se importe com as minhas e com as suas coisas, pule o muro e se mande, não deixe que o peguem. Tudo o que você perder vou lhe ressarcir no futuro. Tome, aqui tem cinco yuans. Bem, deixe-me ligar para a minha mulher e, ao encontrá-la, repita as minhas instruções a ela. Não diga nada sobre ser pego ou não. O homem de há pouco pode ou não ser um agente da polícia, por isso mantenha-se calmo.

Xiangzi sentia-se muito confuso. Queria fazer inúmeras perguntas, mas não se atreveu por estar concentrado em não se esquecer de todas as instruções do senhor Cao.

O táxi chegou e Xiangzi entrou todo desengonçado. Ainda nevava, nem muito nem pouco, e fora do táxi tudo parecia irreal. Sentado muito ereto, a cabeça quase encostava no teto do veículo. Queria pensar, mas seus olhos foram atraídos pela seta do velocímetro, de um vermelho-vivo, e pelo limpa-vidros, mexendo de um lado para o outro como se tivesse vida própria, removendo a neve do para-brisas, o que o intrigava. Quando se cansou de olhar para essas engenhocas, o táxi chegou à casa dos Caos. Saiu do carro relutante.

Xiangzi ia tocar a campainha, quando uma mão saiu sabe-se lá de onde e agarrou o seu pulso. O primeiro instinto foi o de se desvencilhar, no entanto, não se mexeu, pois reconheceu o homem como sendo o agente da polícia.

— Xiangzi, não me reconhece? — o homem soltou o seu pulso, com um sorriso malicioso.

Xiangzi engoliu em seco, sem saber o que dizer.

— Lembra-se de quando levamos você para a Colina Oeste? Eu sou o tenente Sun!

— Ah, tenente Sun — mas Xiangzi não se lembrava dele. Quando foi arrastado à força pelos soldados, não prestou atenção em quem era tenente ou capitão.

— Você não se lembra de mim, mas eu me lembro de você. A cicatriz em seu rosto é boa para avivar a memória. Fiquei seguindo você horas a fio para ter certeza, e quando vi a cicatriz não tive dúvidas.

— Tem alguma coisa a tratar comigo? — perguntou Xiangzi e já estendendo o braço para apertar a campainha de novo.

— Claro que tenho, e é coisa de extrema importância! Vamos tratar lá dentro — disse o tenente Sun, quer dizer, o agora agente da polícia, apertando a campainha.

— Estou ocupado! — cortou Xiangzi e, transpirando muito, pensou consigo mesmo: "Se não tenho como me esquivar dele, não posso deixá-lo entrar!"

— Fique calmo, estou aqui para lhe fazer um favor! — disse o agente Sun, com um sorriso entredentes. Quando a ama Gao abriu a porta, ele enfiou uma perna e entrou.

— Com licença, com licença — sem dar tempo para Xiangzi falar com a ama Gao, puxou-o para dentro e apontou

CAPÍTULO 11

para a casa. — É aqui que vive? — comentou, olhando em torno. — Arrumada e acolhedora, nada mau seu emprego!

— O que quer? Diga logo, tenho pressa! — Xiangzi estava farto daquela conversa fiada.

— Já lhe disse que é um assunto importante! — Sun seguia sorrindo, mas o tom endurecera. — Vou direto ao ponto: Cao é membro do partido de oposição. Quando for apanhado, será fuzilado. Ele não tem como escapar! Bom, como nós já nos conhecemos de quando você me serviu na tropa, e sendo nós da mesma laia de errantes, estou me arriscando para te livrar dessa enrascada. Se demorar a fugir, será apanhado. Não há como escapar, porque vamos cercar todas as saídas. Nós que vendemos a força dos braços não precisamos nos envolver nisso, não é?

— Isso seria ingratidão! — Xiangzi se lembrou das instruções do senhor Cao.

— Por que ingratidão? — o agente Sun indagou-o, com o sorriso congelado e os olhos semicerrados. — Quem se meteu em confusão foram eles, e não tem nada a ver com gratidão. Já que eles têm a coragem de fazer, agora que arquem com as consequências e não nos envolvam! Veja só, você aguentaria três meses em uma cela escura, acostumado que é a viver em liberdade como um passarinho? Além do mais, se forem presos, eles têm grana para subornar a torto e a direito, logo irão se safar. Enquanto você, meu irmão, não tem um tostão furado, vai se dar mal e levar uma sova. E isso tudo será o menor dos problemas, pois eles poderão mexer os pauzinhos e ficar presos por pouco tempo, saindo logo. E você? Vai ficar lá dentro servindo de bode expiatório para que os oficiais possam encerrar o caso! Você e eu não ofendemos e nem fazemos mal a ninguém, que diabo, seria uma puta injustiça acabarmos enrolados numa saca de arroz, com o corpo cravejado de balas! Você é um cara inteligente e, como tal, não vai querer se prejudicar. Ingratidão? Imagina! Essa gente vai se lixar para uns pés-rapados como nós.

Xiangzi ficou com medo. Ao se lembrar das privações que sofrera nas mãos daqueles soldados, tinha boa noção do que significava ser preso.

— Então devo ir embora, sem me importar com eles?

— Você se importa com eles e quem é que vai se importar com você?

Xiangzi não sabia o que responder. Permaneceu impassível por um instante e acenou a cabeça:

— Está bem, vou-me embora!

— E você vai assim, sem mais nem menos? — Sun soltou uma gargalhada sarcástica.

Xiangzi sentou-se de novo, confuso.

— Xiangzi, meu irmão, você é muito idiota! Pensa que eu, um agente da polícia, vou deixar você partir assim?

— Então... — Xiangzi ficou atônito.

— Não se faça de tolo! — o agente Sun encarou Xiangzi nos olhos. — Você deve ter alguma economia para salvar a sua vida! Você ganha mais do que eu ao mês, e eu ainda tenho mulher e família para sustentar, tenho de comer e de me vestir, e isso tudo tendo que tirar da mixaria que me pagam. Estou sendo franco com você. Veja bem, você acreditou realmente que eu iria deixar você sair livre assim, de graça? Sim, de fato tivemos uma relação pessoal, mas amigos, amigos, negócios à parte. Se eu não fosse seu amigo não teria vindo aqui para te avisar. Mas você não vai querer que eu saia daqui de mãos abanando, não é? Somos dois homens do mundo e não vale a pena estarmos desperdiçando palavras. Então...?

— Quanto? — perguntou Xiangzi, sentando-se na cama.

— Tudo o que tiver, não há preço fixo.

CAPÍTULO 11

— Então vou ficar sentado e esperar a prisão!

— Está seguro disso? Depois não vá se arrepender! — Sun meteu a mão no casaco. — Veja isso, Xiangzi! Posso prender você imediatamente e, caso resista, eu atiro! Se eu prender você agora, arrancam até a roupa do seu corpo. Você é um sujeito esperto, pense bem!

— Se você tem tempo para me apertar, por que não vai apertar o senhor Cao? — questionou Xiangzi gaguejante.

— Ele é o principal transgressor. Ao prendê-lo, ganho uma pequena recompensa, caso contrário serei repreendido. Você, você é um idiota, deixá-lo livre é como soltar um peido. Matá-lo é como pisar em uma barata! Passe para cá o dinheiro e siga o seu caminho; senão, vejo você no paredão! Não se enrole, grandalhão. Além do mais, esse dinheiro não é só para mim, vou ter que dividir as migalhas com outros colegas. Estou vendendo a sua vida por uma bagatela, aproveite, não tem alternativa. Quanto dinheiro você tem?

Xiangzi levantou-se e, com a cabeça em riste, cerrou os punhos.

— Parado! Se você se mexer, será o seu fim! Lá fora ainda há homens sob as minhas ordens. Vá lá, entregue a grana! Em nome da nossa antiga amizade, pense bem no que vai fazer! — ameaçou Sun. De seus olhos reluziam um brilho macabro.

— Mas que mal eu fiz para você? — soluçou Xiangzi e sentou-se outra vez na cama.

— Você não fez mal a ninguém, só deu o azar de estar sempre no meu caminho! A sorte de um homem está traçada desde a barriga da mãe, e nós estamos apenas na base da cadeia alimentar, é só isso. — Como que comovido, Sun balançou a cabeça de um lado para o outro. — Certo, vamos dizer que eu o extorqui. Agora bola para frente.

Xiangzi ficou pensativo, mas não enxergava nenhuma saída. Com as mãos tremelicando, pegou o cofre de barro embaixo do edredom e colocou-o sobre a cama.

— Deixe-me ver! — o agente Sun, ávido, tomou o cofre e jogou-o contra a parede.

Xiangzi, ao ver seu dinheiro esparramado no chão, sentiu o coração rasgando.

— Só essa mixaria?

Xiangzi não conseguia dizer nada, apenas tremia.

— Está bem. Não vou exagerar, amigo é amigo. Mas pode crer que fez um bom negócio, pagando essa ninharia por sua vida!

Xiangzi continuou emudecido. Tremendo, começou a enrolar o edredom.

— Não mexa nisso!

— Mas está muito frio... — Xiangzi o encarou com raiva.

— Se falei para não mexer, não mexa! Te manda daqui!

Xiangzi engoliu em seco. Mordendo os lábios, saiu porta afora.

O chão já estava coberto com uma polegada de neve. Xiangzi caminhava de cabeça baixa. Tudo estava limpo e branco, atrás de Xiangzi só se viam suas pegadas escuras.

Capítulo 12

Xiangzi queria encontrar um canto para se sentar e refletir sobre o que havia acontecido. Ainda que o resultado fosse desatar a chorar, ao menos saberia por que chorava. Tudo aconteceu tão rápido, que era impossível para ele absorver. Mas não havia lugar onde pudesse se sentar, tudo estava coberto pela neve. As casas de chá começavam a encerrar o expediente, pois passava das dez, e, ainda que abertas, ele preferia um lugar sossegado, porque sentia os olhos cheios de lágrimas, prestes a rolarem a qualquer momento.

Sem lugar onde se sentar, o melhor era seguir andando; mas para onde? Neste mundo prateado não havia lugar para ele se sentar ou para onde ir. Nessa imensidão branca, apenas os pássaros famintos e homens solitários sabiam o que era desespero.

Para onde poderia ir? Isso era um problema, e imediato! Para uma hospedaria de terceira categoria? Não era solução! Vestido como estava podia ser roubado, sem falar que esse tipo de hospedaria era repleto de piolhos. Ir a uma hospedaria melhor? Não podia se dar ao luxo. Tudo o que tinha no mundo eram cinco yuans. Ir a uma casa de banho? Poderia passar por lá, mas fechavam as portas depois da meia-noite. Não tinha nenhum destino.

Essa sua condição o fez regressar a si, à sua condição miserável. Depois de tantos anos na cidade, ali estava ele, apenas com a roupa do corpo e cinco yuans. Perdera até a roupa de cama! Começou a pensar no dia seguinte, no que iria fazer. Continuar a puxar riquixá? Urgh! Poderia acabar sem ter onde ficar, e com as parcas economias roubadas. Poderia se tornar camelô. Mas como iria comprar as mercadorias, sem saber ao certo se lhe garantiriam a sobrevivência? Um puxador de riquixá, ao começar do nada, ao menos podia obter trinta ou quarenta centavos por dia, mas um vendedor ambulante, além de capital inicial para investir, não tinha nenhuma garantia de retorno para as três refeições diárias. Se metesse o dinheiro que possuía em vendas para no fim perder tudo seria a mesma coisa que abaixar as calças para dar um peido — uma inutilidade. Não, tinha de ter muito cuidado com cada tostão, essa era a última esperança!

Poderia trabalhar como criado? Não entendia nada de servir; não sabia cozinhar nem lavar roupa. Não tinha outras aptidões, não sabia fazer nada, não passava de um grandalhão bronco e inútil.

Sem se dar conta, estava agora sobre a ponte do Lago Zhonghai. Ficou olhando para todos os lados e tudo o que viu foram flocos de neve. Só agora se dava conta de que não havia parado de nevar e, apalpando a cabeça, constatou que tinha o barrete de lã todo molhado. Não havia ninguém na ponte, até o policial da guarida escondera-se do frio em algum canto. Os flocos de neve davam a impressão de que as lâmpadas das ruas piscavam. Xiangzi olhou em volta e sentiu-se perdido.

Ficou ali parado por algum tempo, com a sensação de que o mundo havia morrido. Não havia um som, um movimento. A neve, de um branco-acinzentado, parecia aproveitar-se desse momento para, de forma repentina, cobrir tudo, até deixar o mundo soterrado sob ela. Em meio ao silêncio, Xiangzi ouviu a voz de sua consciência: "Não se preocupe consigo mesmo, vá ver o que está se passando na casa dos Caos." A senhora Cao e a ama Gao ficaram sem nenhum homem em casa! Não fora o senhor Cao quem lhe dera os seus últimos cinco yuans? Saiu rapidamente de seu devaneio.

Em frente ao portão da casa havia algumas pegadas e duas marcas novas de pneus de carro. Será que a senhora Cao havia partido? Por que Sun não as prendera?

Estava com medo de empurrar a porta e ser apanhado outra vez. Olhou o entorno, viu que não havia ninguém, seu coração palpitou forte e decidiu entrar. "Vá em frente, tente. Você nem tem um lar para onde voltar, mesmo, então pouco importa se te prenderem!" Descobriu que a porta não estava trancada e a empurrou devagar. Caminhou dois passos rente à parede, viu que a luz de seu quarto estava acesa. O seu quarto! Estava prestes a chorar. Caminhou curvado até lá e ficou espreitando. Alguém tossiu, era a ama Gao! Ele abriu a porta.

— Quem é? Ah, é você! Quase me matou de susto! — exclamou a ama Gao, com as mãos sobre o peito e sentando-se sobre a cama. — Xiangzi, o que aconteceu?

Xiangzi não sabia o que dizer e tinha a impressão de que não a encontrava havia muitos anos. Uma bola de fogo tomava conta de seu peito.

— O que houve? — perguntou a ama Gao quase em prantos. — Antes de você voltar, o senhor Gao ligou e nos mandou ir à casa dos Zuos, dizendo que você logo chegaria. Quando você chegou, eu abri a porta para você e vi que estava acompanhado de um estranho. Eu não disse nada e fui ajudar a senhora a arrumar as coisas dela. E você não entrou na casa. Nós ficamos no escuro arrumando as coisas. O menino já estava no quinto sono e tivemos que arrancá-lo de debaixo das cobertas quentes. As malas já estavam arrumadas, fomos ao escritório pegar as gravuras e nada de você aparecer. O que houve? Estou lhe perguntando! Arrumamos as coisas e vim aqui lhe procurar e você desapareceu! A senhora ficou muito zangada e preocupada também, não parava de tremer. Então, chamei um táxi, mas não poderia deixar a casa abandonada. Eu disse à senhora que ela fosse primeiro e, quando você aparecesse, eu garanti que me encontraria com eles na casa dos Zuos. Se você não voltasse, bom, seria azar meu. O que você tem a dizer? O que aconteceu? Desembucha!

Xiangzi não respondeu nada.

— Fala! O que adianta ficar aí parado? Diga, o que houve?

— Vá embora! — falou finalmente Xiangzi. — Vá!

— Você vai ficar cuidando da casa? — perguntou a ama Gao, mais calma.

— Ao ver o senhor, diga que o agente da polícia me prendeu, mas não me prendeu!

— O que quer dizer? — indagou a ama Gao exasperada, quase rindo.

— Escuta! — agora era Xiangzi que estava ficando nervoso. — Vá e diga ao senhor que tem de fugir e rápido. O agente Sun avisou que vai prender o senhor Cao. A residência dos Zuos também não é segura! Corra! Depois que você for, eu tranco a casa, pulo o muro dos Wangs e passo a noite lá. Amanhã vou tratar de minha vida. Eu estou em débito com o senhor Cao.

— Quanto mais fala, menos eu entendo! — disse suspirante a ama Gao. — Está bem, eu vou embora. Vou ver o menino, que pode estar congelando de frio. Ao ver o senhor Cao, vou dizer: "Xiangzi disse que é para o senhor fugir. Hoje à noite,

CAPÍTULO 12

Xiangzi trancou o portão e pulou o muro da casa dos Wangs e vai dormir lá. Amanhã vai procurar outro emprego." É isso?

Xiangzi assentiu com a cabeça, muito envergonhado.

Depois que a ama Gao partiu, Xiangzi trancou o portão e voltou para o seu quarto. Os cacos do cofre de barro ainda estavam espatifados sobre o chão, ele levantou alguns e olhou para eles, lançando-os de volta ao chão em seguida. Sobre a cama, lá estava o edredom intacto. Estranhou. O que teria acontecido? Será que Sun não era agente da polícia? Impossível! Caso não pressentisse o perigo real, por que o senhor Cao abandonaria a casa, fugindo? Definitivamente, não estava entendendo nada. Sem saber o que fazer, sentou-se na beira da cama. Instantes depois, levantou-se num pulo. Não podia permanecer ali. E se o agente Sun voltasse? Começou a pensar: embora tivesse abandonado o senhor Cao, não era assim tão mau, porque estava avisando-o do perigo por meio da ama Gao. De consciência tranquila, Xiangzi concluiu que não quis fazer mal a ninguém de propósito, sem contar que ele mesmo fora prejudicado. Ao perder o próprio dinheiro, não tinha como ainda cuidar do senhor Cao. Ficou falando sozinho, enquanto recolhia seu edredom.

Com o edredom sob os ombros, apagou a luz e foi correndo para o pátio dos fundos. Soltou a coberta ao chão e, se esticando por cima do muro, gritou baixinho: "Cheng! Velho Cheng!", o puxador de riquixá da família Wang. Ninguém respondeu, e Xiangzi decidiu pular o muro, mesmo sem resposta. Atirou primeiro para o outro lado do muro o rolo do edredom, ouviu o baque surdo sobre a neve. Com o coração batendo apressado, subiu o muro e saltou. Levantou o cobertor e foi pé ante pé até o quarto de Cheng. Todos pareciam estar dormindo, pois não havia ruído algum. De repente, ocorreu-lhe que não era difícil ser ladrão, tomou coragem e passou a caminhar de forma natural, com a neve a chiar debaixo dos pés. Chegando ao quarto de Cheng, Xiangzi tossiu baixinho.

— Quem é? — perguntou Cheng, como se tivesse acabado de se deitar.

— Sou eu, Xiangzi! Abra a porta! — falou Xiangzi, em tom natural e ameno, como se Cheng fosse um parente seu.

Cheng acendeu a luz, pôs um casaco sobre os ombros e abriu a porta:

— O que houve? Xiangzi, já passa da meia-noite.

Xiangzi entrou, colocou o edredom sobre o chão e sentou-se. Não disse nada.

Cheng era um homem com mais de trinta anos. Seus músculos eram tão fortes que formavam protuberâncias em todo o corpo e até no rosto. Até então, os dois mantinham um relacionamento cordial e conversavam amenidades quando se encontravam. Às vezes, as senhoras Wang e Cao saíam juntas às compras e os dois aproveitavam para beber chá e descansar. Xiangzi não nutria grande admiração por Cheng, pois este tinha uma maneira de puxar riquixá pouco elegante: ainda que rápido, não mantinha as mãos firmes nos varais, o que chacoalhava o riquixá. Apesar de ser boa pessoa, devido a essa falha, Xiangzi não conseguia admirá-lo por completo.

Essa noite, no entanto, Cheng parecia-lhe admirável. Ainda que Xiangzi tivesse se sentado sem palavras e até agora nada tivesse dito, seu coração transbordava de gratidão e afetuosidade. Ainda havia pouco estava desolado sob a ponte do Lago Zhonghai; agora, estava sentado junto a um camarada. Essa mudança súbita o fez se sentir vazio e febril.

Cheng enfiou-se para dentro de seu edredom, e apontando para o seu casaco de couro surrado, disse:

— Xiangzi, fume um cigarro. Pode pegar no bolso do meu casaco, é Villa.

Xiangzi, que não fumava, sentiu-se na obrigação de aceitar. Pegou um e ficou com o cigarro pendurado nos lábios.

— O que foi? — perguntou Cheng. — Pediu demissão?

— Não — Xiangzi continuou sentado sob a sua trouxa de cama. — Houve uma confusão. A família Cao fugiu e eu não tenho coragem de ficar na casa sozinho.

— Que confusão? — perguntou Cheng, sentando-se.

— Não sei ao certo, mas com certeza das grandes. Até a ama Gao se mandou!

— Deixaram as portas abertas e ninguém está tomando conta?

— Eu tranquei o portão.

— Hum! — exclamou Cheng e ficou meditativo por um bom tempo. — Vou avisar o senhor Wang, está bem? — Cheng fez menção de se vestir.

— Deixe para amanhã. Afinal, é uma grande confusão e é difícil de explicar — Xiangzi estava com medo de ser interrogado pelo senhor Wang.

O que Xiangzi não sabia explicar era que o senhor Cao dava algumas aulas semanais em uma universidade. Ele havia afrontado alguns dirigentes da Secretaria da Educação e estes resolveram dar-lhe uma lição, rotulando-o de radical.

O senhor Cao tinha ouvido falar disso, mas não levou a sério. Ele mesmo sabia que não era um progressista extremo e que seu passatempo como colecionador de pinturas clássicas o impedia de qualquer movimento extremista. Que ridículo. De forma inacreditável estava sendo rotulado como membro do Partido Revolucionário! Como considerou ridículo, não deu grande importância, embora fosse aconselhado a tomar cuidado pelos alunos e colegas. Manter a calma não poderia garantir, em tempos de agitação, a segurança.

As férias de inverno eram uma excelente oportunidade para eliminar quem fosse persona non grata da universidade. Os agentes da polícia iniciavam investigações e prisões. Já algumas vezes o senhor Cao sentia-se perseguido e essa sombra que não o largava acabou por transformar sua diversão em medo. Por alguns instantes, ele considerou que seria uma boa oportunidade para inflar sua imagem. Passar alguns dias preso era mais fácil e seguro do que realizar um atentado, e ambos eram considerados atos exemplares nas fileiras revolucionárias. Ser preso representaria sua credencial para uma distinção dignatária. Mas, ao final, desistiu desse plano. Sua consciência não lhe permitia ser um militante farsário e odiava a si mesmo por sua covardia. Ele foi procurar o senhor Zuo.

O senhor Zuo deu-lhe uma ideia: "Se for necessário, você se muda para minha casa, pois eles não terão coragem de revistar aqui." O senhor Zuo era uma pessoa bem relacionada, conhecia muita gente, e o bom relacionamento era mais forte que a lei. "Venha esconder-se aqui em casa por alguns dias. Assim demonstramos que temos medo deles. Depois veremos que ações tomar, talvez tenhamos que molhar a mão de alguns. Mostrando a eles respeito e dinheiro, eles vão deixá-lo em paz."

O agente Sun, ao saber que o senhor Cao frequentava a residência do senhor Zuo, já previa que, quando as coisas esquentassem, era para lá que ele iria. Ninguém se atrevia a importunar o senhor Zuo, mas queriam pregar um susto no senhor Cao. No mínimo, obrigá-lo a fugir para a casa do senhor Zuo para terem a chance de espoliá-lo, bem como manter a honra da polícia.

CAPÍTULO 12

Apertar Xiangzi não estava em seu plano, mas, já que ele apareceu no caminho deles, por que não aproveitar e arrancar-lhe oito ou dez yuans?

Isso é a vida, todo mundo tinha uma escapatória, menos Xiangzi. Ele não podia escapar, pois não passava de um puxador de riquixá. Esses homens engolem cascas de cereais e transpiram sangue. Vendem toda a força de seu trabalho pelo menor preço. São a escória da sociedade, abaixo de todos os homens e das leis, e como tal devem suportar as maiores amarguras da vida.

Xiangzi fumou todo o cigarro, mas ainda não tinha entendido como tudo se passara. Era como um frango na mão de um cozinheiro, incapaz de pensar qualquer coisa que não fosse estar grato por cada minuto de vida a mais. Pensou em dividir sua preocupação com Cheng, mas não sabia o que dizer. Ele não tinha palavras para expressar o que se passava em sua cabeça. Ele sentia amargura, mas não conseguia abrir a boca e falar, parecendo mudo. Tinha comprado um riquixá e ficado sem ele; perdera o dinheiro que economizara, cada esforço seu acabava sempre em abuso e humilhação. Não se atrevia a importunar ninguém, cedia passagem até para um cachorro. E, ao final, ali estava, ultrajado e sem ter a quem recorrer.

Lamentar o passado não adiantava de nada, mas e o amanhã? Sem poder retornar à casa dos Caos, para onde poderia ir?

— Posso passar a noite aqui? — perguntou Xiangzi, feito um cachorro de rua, ao encontrar um abrigo para se proteger do frio e não querer abandoná-lo. Mas, mesmo para uma ninharia como essa, tinha de se certificar de não estar incomodando ninguém.

— Claro, fique aqui. No meio desta neve, para onde poderia ir? Vai ficar bem no chão? Pode subir na cama, há espaço para nós dois, é só nos apertarmos.

Xiangzi preferiu ficar deitado no chão. Não queria incomodar.

Cheng adormeceu, mas Xiangzi não conseguia dormir e não parava de se revirar. A friagem subia do chão e gelou o edredom, como se fosse uma placa de ferro. Ele encolheu as pernas e quase sentia cãibras. O vento gelado entrava pelas frestas da porta, e lhe picava como espinhos. Ele fechou os olhos com força, cobriu a cabeça e nada de pegar no sono. O som da respiração de Cheng irritava-o e tinha vontade de dar uma sova no amigo. À medida que esfriava, começou a sentir a garganta arder, mas não se atreveu a tossir, com receio de acordar Cheng.

Sem conseguir dormir, pensou em se levantar às escondidas e espiar a residência dos Caos. Afinal, já pedira demissão e não tinha ninguém em casa, por que não roubar umas peças? As parcas economias duramente poupadas tinham sido levadas, e por causa deles, então seria justo que o reembolsassem, não? Os olhos de Xiangzi reluziram ao ter essa ideia, até se esqueceu do frio. À ação! Era fácil reaver o dinheiro que tanto lhe custara a ganhar.

Tinha já se sentado e deitou-se de repente, como se Cheng o estivesse espreitando. O coração de Xiangzi palpitou rápido. Não, não poderia ser ladrão, de forma nenhuma! Já tinha se comportado mal em não ter seguido à risca as instruções do senhor Cao, e agora, ainda por cima, iria roubá-lo? Não, antes morrer de fome que roubar!

Mas como poderia ele estar certo de que outros não iriam roubar em vez dele? E se aquele Sun tivesse roubado alguma coisa? Ele sentou-se de novo. Cães ladravam ao longe. Deitou-se outra vez. Mesmo assim, ele não poderia roubar. Que outros roubassem, mas ele, não. Ficaria com a sua consciência tranquila. Por mais pobre que fosse, não poderia sujar as mãos.

Além do mais, a ama Gao sabia que ele tinha vindo para a casa dos Wangs e, caso alguma coisa sumisse nessa noite, ele seria acusado de roubo, mesmo sendo inocente. Assim, ele não só desistiu de roubar como ficou apreensivo se outros entrassem na casa. Se alguma coisa desaparecesse, ele nunca conseguiria se limpar, nem que se lavasse no Rio Amarelo. Já não sentia frio, ao contrário, as palmas das mãos gotejavam de suor. O que poderia fazer? Voltar à residência dos Caos? Não tinha coragem. Sua vida já tinha sido trocada por dinheiro, não se meteria em outra armadilha. E se algo sumisse, o que faria?

Não conseguia pensar em nenhuma saída. Sentou-se de novo, de pernas cruzadas e com a cabeça quase a encostar-se ao joelho. A cabeça estava pesada, os olhos já quase fechados, mas não se atrevia a dormir. A noite era longa, mas não permitia que Xiangzi pegasse no sono.

Perdeu a noção de tempo, pesando prós e contras de inúmeros planos. De repente, passou-lhe algo pela cabeça que o fez estender o braço e sacudir Cheng.

— Cheng! Cheng! Acorde!

— O que foi? — reclamou Cheng sem abrir os olhos. — Quer mijar? O urinol está embaixo da cama.

— Acorde! Acende a luz!

— Ladrões? — Cheng sentou-se em um sobressalto.

— Está bem desperto?

— Hum!

— Veja, Cheng! Este é o meu edredom, esta é a minha roupa, estes cinco yuans foram dados pelo senhor Cao. Não há mais nada, não é?

— Sim. E daí? — assentiu Cheng, bocejante.

— Você está bem acordado? Isto é tudo o que eu tenho, não peguei nada dos Caos.

— Claro que não! Como é que nós podemos roubar o que quer que seja; somos puxadores assalariados e trabalhamos para boas famílias. Se pudermos trabalhar, trabalhamos, senão, vamos embora. Como podemos roubar o que lhes pertence? É sobre isso que está falando?

— Você viu direito?

Cheng sorriu.

— Sim, está tudo certo! Não está com frio?

— Está tudo bem!

Capítulo 13

O reflexo na neve parecia fazer o dia raiar precipitadamente. Como muitas famílias haviam comprado galinhas para servi-las nas festas de Ano-Novo, ouviam-se mais cacarejos do que de costume. O cacarejar por todos os lados e a neve pareciam prometer a fartura do próximo ano.

Xiangzi, no entanto, mal tinha dormido à noite. Já quase de manhã, ele tinha conseguido tirar apenas alguns cochilos, meio acordado e meio dormindo, como se flutuasse, para cima e para baixo, ao ritmo das ondas. Foi sentindo o frio entrar-lhe corpo adentro, congelando-o a tal ponto que, quando os galos começaram a cantar, ele não aguentava mais. Não queria acordar Cheng, encolheu as pernas, meteu a coberta na boca e tossiu, ainda sem coragem para se levantar. Ficou se segurando, esperando, em pura aflição. Finalmente nasceu o dia, e da rua ouviam-se carros passando e os gritos de puxadores de riquixá. Sentou-se. Continuou com frio, por isso se levantou, abotoou o casaco e abriu uma fresta da porta para espreitar. A neve do chão não estava muito espessa, indicando que parara de nevar ao final da noite. O tempo parecia ter se firmado, mas o céu ainda encoberto e indistinto lançava um manto acinzentado sobre a neve. Reparou nas enormes pegadas que deixara na noite anterior. Embora cobertas pela neve, as marcas eram bem evidentes.

Em parte para encontrar algo para fazer e em parte para limpar as pegadas, pegou uma vassoura e decidiu varrer a neve. A neve pesava e não era fácil removê-la com aquela vassoura pequena; como não achou uma maior e que fosse de bambu, teve de se encurvar para obter mais força. Varreu a camada superior, mas parecia haver uma segunda camada que estava agarrada ao chão. Endireitou-se duas vezes e acabou por varrer todo o pátio. Amontoou a neve aos pés de dois salgueiros novos. Estava suando, se sentindo mais quente e, assim, pôde relaxar um pouco. Bateu os pés ao chão e suspirou demoradamente expelindo ar branco pela boca.

Xiangzi entrou no quarto, colocou a vassoura de volta no lugar e começou a enrolar o edredom. Cheng acordou e disse entre bocejos:

— Já é tarde?

Depois esfregou os olhos e pegou um cigarro do bolso do casaco de couro. Após tragar duas vezes, despertou completamente.

— Xiangzi, não vá embora ainda. Espere eu voltar com água quente para tomarmos um chá. Esta noite você não dormiu bem.

— Deixa que eu pego! — ofereceu-se Xiangzi, cordial. Mas, mal tinha acabado de falar, veio-lhe a sensação de terror da noite e o coração apertou-lhe o peito.

— Não. Eu vou! Que eu saiba você é o meu hóspede — enquanto falava, Cheng vestiu-se, sem se abotoar, apenas com o casaco nos ombros, e saiu, com o cigarro pendurado nos lábios.

— Ah! Já varreu o pátio todo! Está certo! Você é obrigado a aceitar o meu chá!

Xiangzi sentiu-se mais à vontade.

Minutos depois, Cheng voltou com duas tigelas grandes de caldo de arroz-doce, pão assado e *youtiao*.[10]

— Não preparei o chá, vamos tomar o caldo primeiro. Se não ficar satisfeito, saímos e compramos mais, ou pedimos emprestado e pagamos depois. Quem trabalha duro não pode ficar de barriga vazia.

O dia já estava claro e o quarto reluzia uma luz fria. Os dois amigos segurando a tigela comiam ruidosamente em uma bela sinfonia. Mantiveram-se calados e engoliram os pães e os bolinhos.

— Satisfeito? — perguntou Cheng, tentando tirar uma semente de gergelim que se enfiara entre os dentes.

— Está na hora de eu partir! — comentou Xiangzi, olhando para o edredom enrolado no chão.

— Fale, conte para mim o que aconteceu, eu ainda não entendi nada! — disse Cheng, alcançando um cigarro para Xiangzi, que abanou a cabeça.

No fundo sentia-se envergonhado de esconder de Cheng o que se passara. Assim, com interrupções aqui e ali, mas sem omitir detalhes, contou a Cheng o que ocorrera na noite anterior.

Durante um momento, Cheng pareceu digerir em silêncio a história que Xiangzi acabara de lhe contar, com os lábios apertados.

— Pelo que vejo, acho melhor você procurar o senhor Cao. Isso não pode ficar assim, muito menos perder o seu dinheiro dessa maneira! Você não disse há pouco que o senhor Cao instruiu-o a fugir, caso a situação piorasse? Então, você não tem culpa se ao descer do táxi foi surpreendido pelo agente da polícia. E não traiu o senhor Cao, foi tudo armado e acho muito

---

10. *Youtiao* é uma massa à base de farinha de trigo e água, em formato cilíndrico e frito em óleo vegetal. [N.T.]

natural que cuidasse primeiro de salvar a própria pele. Não me parece que tenha traído ou abandonado, de maneira nenhuma! Vá, procure o senhor Cao e conte-lhe tudo, tim-tim por tim-tim. Eu acho que ele não vai culpá-lo de nada, talvez ainda lhe pague o dinheiro que perdeu. Vá, deixe suas coisas aqui e fale com ele. Os dias agora são curtos, o sol desponta às oito horas, vá e não perca mais tempo.

Xiangzi estava confuso e sentia-se em débito com o senhor Cao, embora Cheng tivesse razão em tudo o que dissera. Quando o agente da polícia o ameaçou com uma arma, como ele ainda poderia preocupar-se com os assuntos dos Caos?

— Vá! — Cheng o apressou. — Eu vi como você ficou apreensivo durante a noite passada. Um assunto como esse é para deixar qualquer um louco de apreensão. Tenho certeza de que a minha ideia vai ajudá-lo. Sou mais velho e tenho mais experiência do que você. Vá! O sol já raiou!

A fraca luz do sol matutino, refletida pela neve, iluminava toda a cidade. Uma luz dourada, incômoda aos olhos, cruzou o azul do céu e a brancura da neve rente ao chão, quase impossibilitando de abri-los. Xiangzi estava prestes a sair, quando ouviram batidas à porta. Cheng foi atender.

— Xiangzi! Alguém está procurando por você!

Era Wang Er, empregado da casa dos Zuos. Devido ao frio, seu nariz escorria e ele batia os pés à porta.

— Vamos sentar lá dentro — apressou-se em dizer Cheng ao ver Xiangzi sair de dentro do quarto. E foram os três para o quarto de Cheng.

— Ah, eu vim tomar conta da casa dos Caos — disse Wang Er esfregando as mãos. — Mas não consegui entrar, pois está trancada. Que gelo, que frio do cão! O senhor e a senhora Cao saíram hoje de madrugada. Foram para Tianjin, talvez para

CAPÍTULO 13

Xangai, não sei ao certo. O senhor Zuo mandou-me vir cuidar da casa deles. Ah, que frio!

De súbito, Xiangzi ficou com vontade de chorar. Ainda havia pouco, esteve prestes a seguir o conselho de Cheng e ir procurar o senhor Cao, até descobrir que este partira. Após alguns instantes, Xiangzi perguntou:

— O senhor Cao perguntou por mim?

— Não. O sol ainda não tinha raiado, todos já estavam de pé e muito ocupados, sem tempo para falar nada. O trem saiu às 7h40. Hum! Como é que eu entro na casa? — perguntou Wang Er em tom apreensivo.

— Pule o muro! — respondeu Xiangzi, olhando para Cheng, como que avisando que deixaria Wang Er ao encargo do amigo. Levantou a trouxa de edredom.

— Aonde você vai? — perguntou Cheng.

— À Garagem Harmonia, não há outro destino para mim — disse Xiangzi, desesperado, o coração repleto de mágoa e humilhação. Ele não tinha outra saída a não ser se render. Ele estava em um beco, apenas poderia seguir a estrada coberta de neve até a torre negra — Tigresa. Ele era um homem que dava importância às aparências e, apesar de ser leal e íntegro, estas eram qualidades inúteis, dado que seu destino era pior que o de um cachorro!

— Vá. Siga seu caminho. Wang Er está aqui para dizer que você não levou nada da residência dos Caos. Vá. Quando passar por aqui, entre para conversar, e, se eu souber de alguma oportunidade, vou recomendá-lo. Vá. Eu levo Wang Er até lá. Tem carvão na casa?

— O carvão e a lenha estão no quartinho do pátio dos fundos — respondeu Xiangzi, ao mesmo tempo que colocava a trouxa sobre os ombros.

A neve sobre as ruas já não estava tão branca. Marcada pelos pneus dos carros, parecia mais uma camada de gelo. As ruas estavam tomadas por uma triste lama preta. Xiangzi não pensava em nada, seguia em frente com a trouxa sobre o ombro. Em um só fôlego, chegou à Garagem Harmonia. Ele não se atreveu a parar à entrada, pois sabia que se o fizesse perderia por completo a coragem de passar por ela. Assim, entrou de uma vez, com a cara ardendo em chamas. Ele já tinha preparado todas as palavras que diria a Tigresa:

— Cheguei. Faça como achar melhor, para mim tanto faz.

Quando a viu, no entanto, embora tivesse repetido várias vezes para si mesmo essas palavras, foi incapaz de proferi-las.

Tigresa tinha acabado de se levantar, o cabelo estava desalinhado, as pálpebras, inchadas, e a pele, naquele tom escurecido e repleto de protuberâncias que lhe era característico, como a de uma galinha depenada.

— Ó! Você voltou! — disse ela bastante afetuosa e com os olhos radiantes.

— Alugue-me um riquixá! — pediu Xiangzi olhando para a ponta do sapato, repleto de neve.

— Vá lá e cumprimente o velho — indicou ela em voz baixa, fazendo um beicinho em direção ao quarto do lado leste.

O velho Liu Si estava tomando chá dentro de seu aposento. Diante dele, uma salamandra, com a bocarra aberta, expelindo labaredas com meio metro de altura. Ao ver Xiangzi entrar, ele disse meio zangado, meio brincando:

— Ainda está vivo? Esqueceu-se de mim, não é? Nem lembro há quanto tempo você não aparece. Como estão os negócios? Comprou o riquixá?

Xiangzi balançou a cabeça em sinal negativo, sentindo uma fisgada no peito.

CAPÍTULO 13

— Preciso que me alugue um riquixá, senhor Liu Si!

— Hum, perdeu o emprego outra vez. Muito bem, pode escolher qualquer um — falou o velho Liu Si, servindo-se de chá. — Venha cá, tome comigo.

Xiangzi levantou a tigela, sorveu em pé o chá em grandes goles, defronte ao fogo. A quentura do chá e o calor do fogo o deixaram sonolento. Colocou a tigela sobre a mesa e, quando se preparava para sair, o senhor Liu Si o chamou de volta.

— Espere. Você está ocupado com quê? Você veio na hora certa. Vinte e sete é o dia do meu aniversário e quero armar uma tenda para acomodar os convidados. Nesses primeiros dias tire folga do transporte de passageiros e me ajude. Eles — disse o senhor Liu Si apontando para o pátio — não são confiáveis e não quero que metam a mão nisso. Faça o que tiver para fazer e não espere por ordens minhas. Vá primeiro varrer a neve. Convido você para um *hotpot* no almoço.

— Sim, senhor Liu — respondeu Xiangzi de pronto, resignado às ordens do velho e da filha. Que fizessem dele o que bem entendessem.

— Eu não disse? — comentou Tigresa, aproveitando a deixa. — Xiangzi é o único prestativo, os outros são todos inúteis.

O velho Liu Si sorriu. Xiangzi abaixou ainda mais a cabeça.

— Venha cá, Xiangzi! — Tigresa chamou-o de volta ao quarto. — Pegue aqui o dinheiro para comprar uma vassoura nova que seja de bambu, muito melhor para a neve. Vá rápido, pois hoje ainda vêm os homens para armar a tenda.

Xiangzi a acompanhou até o quarto. Enquanto ela contava o dinheiro, disse baixinho a ele:

— Ânimo! Vê se agrada o velho! Assim é mais fácil de o nosso negócio ser bem-sucedido!

Xiangzi nada comentou e também não se zangou. Parecia que ele tinha se conformado, não pensava em nada e estava disposto a viver um dia após o outro, como um moribundo. Se tivesse o que comer, comeria. Se tivesse o que beber, beberia. Aceitaria qualquer tarefa para se manter ocupado e passar o tempo. Melhor ainda seria aprender a viver como um burro de carga que, atado à roda do moinho, andaria em círculos, sem pensar em nada.

Mas ele logo percebeu que, não importava o que acontecesse, ele não seria feliz. Embora não quisesse pensar, falar nem se zangar, sentia algo sufocando seu coração. Enquanto estava trabalhando, essa sensação desaparecia, mas mal tinha um momento livre alguma coisa sempre lhe assaltava a mente, algo flácido e ao mesmo tempo duro, e insípido, colando-lhe ao coração como uma esponja a secá-lo. Com essa sensação a sufocá-lo, forçava-se a trabalhar, imaginando que, ao chegar a noite, pudesse cair num sono restaurador. Para ele, as noites se transformaram em sonhos, os dias em trabalho — como se fosse um morto-vivo. Varria a neve, ia às compras. Encomendou lâmpadas de querosene, lavava riquixás, arrumou cadeiras, comia aquilo que o senhor Liu Si lhe oferecia, e dormia, tudo de modo autômato, sem dizer nada, sem um pensamento na cabeça, apenas consciente da pressão daquela esponja que lhe bebia o sangue e murchava o coração!

A neve que cobria o chão foi varrida, aquela que se acumulara nos telhados derreteu. Gritando "Para cima!", o homem que veio instalar a tenda subiu a estrutura no topo do telhado. A ordem era instalar uma tenda do tamanho de todo o pátio, com beirais, balaustradas e janelas de vidros em três lados, de modo a manter o aquecimento. Dentro, haveria divisórias de vidro e biombos pintados suspensos. As colunas de armação deveriam ser cobertas com tecido vermelho. As portas principal e laterais seriam enfeitadas com fitas brilhantes; a cozinha seria instalada no pátio dos fundos. Para comemorar seu sexagésimo nono aniversário, o velho Liu estava decidido a ter uma festa de arromba. O primeiro passo, decerto, seria instalar uma tenda elegante. Como os dias de inverno são curtos, os montadores só tiveram tempo para erguer a armação, balaustradas e panos. As decorações do interior e as fitas coloridas sobre as portas tiveram de ser deixadas para a manhã seguinte. Isso enfureceu o velho Liu, que gritou com os construtores até ficar com o rosto vermelho. Por causa disso, ele mandou Xiangzi se certificar de que as lâmpadas de querosene e o cozinheiro estariam lá a tempo. Na realidade, não haveria hipótese de algo correr errado, mas o velho estava ansioso.

Mal Xiangzi voltou, o velho Liu o mandou ir buscar três ou quatro jogos de *mahjong*, porque no grande dia iria jogar como reza a tradição. Depois disso, Xiangzi foi designado para pedir emprestado um gramofone, porque uma festa de aniversário tem que ser alegre. Xiangzi correu para cima e para baixo, sem parar, até as onze horas da noite. Para quem estava acostumado a puxar riquixá, achou mais cansativo andar o dia todo, de um lado para o outro, mesmo com as mãos livres. Quando por fim regressou à Garagem Harmonia depois de realizada a última tarefa, mal conseguia levantar os pés do chão.

— Bom rapaz! Você é o melhor! Se eu tivesse um filho como você, não me importaria de morrer alguns anos mais cedo. Vá descansar, continuaremos amanhã.

Tigresa, que estava ali perto, ouviu o comentário do pai e piscou o olho para Xiangzi. Na manhã seguinte, os serviçais voltaram para terminar o trabalho. Os biombos suspensos foram pendurados, com motivos do *Romance dos Três Reinos*.

As pinturas contavam as três batalhas contra Lü Bu, a fuga de Changban, o incêndio no acampamento das forças aliadas. As personagens tinham seus rostos pintados, como nas óperas chinesas, montadas em cavalos e segurando lanças e espadas. O velho Liu olhou o entorno e se sentiu satisfeito.

Pouco depois, chegaram os profissionais que instalaram oito jogos de mesas, cadeiras e mochos. Os estofados dos assentos eram todos revestidos de bordados com grandes flores vermelhas. No recinto de entrada foi erguido um altar dedicado ao Deus da Longevidade, com incensários e candelabros em *cloisonné*. Em frente, foram colocados quatro tapetes vermelhos. O velho Liu mandou imediatamente Xiangzi comprar maçãs. Às escondidas, Tigresa enfiou dois yuans no seu bolso e o instruiu a trazer pêssegos de farinha e macarrão, símbolos de longevidade. Ela contou-lhe que cada pêssego devia ser esculpido com um dos Oito Imortais, e que este seria o seu presente para o velho.

Xiangzi comprou as maçãs e as colocou sobre o altar. Pouco depois também chegou o macarrão, que foi colocado atrás das maçãs; os pêssegos da longevidade com a ponta pintada de vermelho e com os Oito Imortais davam grandes ares de distinção.

— Os pêssegos são o presente de Xiangzi, veja como ele pensa em tudo! — cochichou Tigresa ao pé do ouvido do pai, que sorriu para Xiangzi.

O grande ideograma da longevidade, que devia ser pendurado ao centro do salão, ainda não tinha sido colocado. De acordo com a tradição, tinha que ser presenteado por amigos, não comprado pelo aniversariante. No entanto, como ninguém havia lhe ordenado, o velho Liu Si ficou ansioso e começou a esbravejar:

— Sou sempre o primeiro a enviar meus cumprimentos e pêsames a todos. Agora que é a minha vez, os filhos da puta me deixam nessa situação!

CAPÍTULO 13

— Amanhã é o dia 26 e os convidados ainda nem chegaram, para que essa aflição? — Tigresa apressou-se em consolá-lo.

— Quero tudo arrumado de uma vez! Esse negócio de ir arrumando as coisas à prestação me dá nos nervos! Ei, Xiangzi, trate de instalar ainda hoje as lâmpadas de querosene. Se não chegarem até as quatro, eu arranco a pele deles!

— Xiangzi, vá lá e diga a eles para se apressarem! — reforçou Tigresa. Estava sempre a chamar por Xiangzi na frente do pai. Xiangzi não dava um pio, ouvia a instrução e saía para cumprir a tarefa.

— Talvez eu não devesse dizer, pai — frisou Tigresa, apertando os lábios —, mas se você tivesse um filho e ele não se parecesse comigo, ele se pareceria com Xiangzi! Infelizmente, nasci mulher e nada pode ser mudado. Mas não seria nada mau se tivesse um afilhado como Xiangzi. Veja, ele não parou nem um instante e conseguiu fazer tudo.

O velho Liu Si nada respondeu, remoendo as próprias preocupações.

— Cadê o gramofone? — perguntou por fim. — Vamos ouvir uma música!

Não se sabe de onde saiu emprestado o gramofone, mas cada nota que ressoava do aparelho era uma espécie de miado de gato sendo estrangulado. O velho Liu Si, no entanto, não se importava, só queria mesmo algum barulho.

À tarde, tudo estava arrumado, apenas aguardavam a chegada do cozinheiro no dia seguinte. O velho Liu Si deu uma volta, inspecionando tudo, e acenava afirmativamente com a cabeça, muito satisfeito com a decoração multicolorida. Na mesma noite, mandou convidar o proprietário da loja de carvão Tianshun, um senhor de sobrenome Feng, de Shanxi, para ser o tesoureiro da festa, por ser muito cuidadoso nessas questões.

O senhor Feng veio imediatamente e pediu para Xiangzi ir comprar dois livros de contabilidade de capa vermelha e um rolo de papel, também vermelho. Cortou o papel em tiras e nelas escreveu o ideograma da longevidade, colando-as depois pelas paredes. O velho Liu Si ficou impressionado pela preocupação com os detalhes, e queria chamar mais dois amigos para um quarteto de *mahjong*. Mas o senhor Feng, sabendo que o velho era um jogador de primeira, nada disse.

Não tendo parceria para jogar, o velho Liu Si sentiu-se irritado e chamou alguns puxadores de riquixá:

— Quem tem coragem de se sentar comigo para uma partida de *mahjong*? — perguntou.

Todos eram corajosos, menos se fosse para jogar com o velho Liu Si. Todos sabiam que o patrão fora proprietário de uma casa de jogos.

— É um bando de inúteis, como vivem até hoje? — esbravejou, zangado, o velho Liu Si. — Quando eu tinha a idade de vocês, apostava mesmo sem nenhum tostão no bolso! Joguemos, se perderem, resolvemos depois! Venham!

— Podemos jogar a centavos? — um puxador atreveu-se a perguntar.

— Guarde seus centavos, porque o velho Liu Si não joga com crianças! — respondeu, bebendo o chá e coçando a cabeça. — Deixa para lá! Agora não jogo nem se me convidarem. Vão e digam aos outros que amanhã à tarde começam a chegar os convidados. Os riquixás devem estar todos recolhidos às quatro. É proibido ficar entrando e saindo com o carro. Amanhã fica dispensada a cobrança do aluguel, mas os riquixás têm de ser estacionados até as quatro. Amanhã terão um dia de folga, por isso tratem de me desejar boa fortuna. Depois de amanhã, durante todo o dia também não se poderá sair daqui com os riquixás. Às oito e meia em ponto, servirei primeiro a vocês seis pratos principais, duas travessas grandes, quatro pratos frios e um *hotpot*. Ninguém pode dizer que não estou tratando vocês bem. Todos devem vestir a túnica comprida, quem aparecer de túnica curta é posto na rua. Quando acabarem de comer, tratem de sair, para eu recepcionar meus amigos e parentes. Aos convidados serão servidos três grandes tigelas de macarrão, seis pratos frios, seis pratos salteados, quatro tigelas e um *hotpot*. Estou avisando vocês para que não ponham olho grande. Amigos e parentes são amigos e parentes, e eu não estou pedindo nada de vocês. Aqueles que puserem a mão na consciência podem me dar dez centavos — tenham certeza que considerarei isso um bom presente. Se alguns de vocês me fizerem três vênias, estará dispensado do dinheiro. O importante é seguir a etiqueta, estão entendendo? Quem quiser jantar à noite, pode vir, mas depois das seis. Tudo o que sobrar do banquete deixarei para vocês, mas não podem voltar antes. Entenderam?

— Amanhã alguns de nós trabalharão à noite, senhor Liu Si. Como faremos para entregar os riquixás? — perguntou um puxador de meia-idade.

— Os que trabalham à noite que voltem depois das onze. Enfim, não quero que fiquem entrando e saindo enquanto os convidados estiverem aqui. Vocês são puxadores de riquixá e eu não faço parte da mesma laia de vocês, entenderam?

Ninguém tinha mais nada a dizer, mas também não sabiam como se despedir de maneira elegante. Ficaram ali prostrados e desajeitados. As palavras do velho Liu Si fizeram com que todos se sentissem com algo entalado na garganta. Embora tivessem um dia de folga e a dispensa de pagar um dia do aluguel, quem se atreveria a comer de graça? No mínimo teriam de dar ao velho quarenta centavos como presente. Sem contar as palavras do velho, que tinham sido proferidas de uma maneira muito ofensiva, como se na festa de seu aniversário tivessem de se esconder como ratos. Além do mais, o dia 27 era um dia útil e os puxadores de riquixá tinham sido proibidos de sair para trabalhar, época de final de ano, em que havia muito serviço. O velho Liu Si poderia se dar ao luxo de dispensar um dia de sua receita, mas querer que eles o acompanhassem sem fazer nada já era demais! Ali ficaram, sem se atrever a manifestar a raiva, mas, no íntimo, não felicitavam o patrão.

Tigresa fez sinal para Xiangzi, e ele a seguiu para fora do recinto.

Esse momento fora como uma válvula de escape para a raiva de todos. Os olhares voltaram-se para Xiangzi. Nos últimos dois dias, todos diziam que Xiangzi transformara-se no criadinho dos Lius, um tremendo puxa-saco.

Xiangzi não fazia a mínima ideia do que se passava. Estava ajudando os Lius para aliviar a frustração que sentia. Não estava falando com ninguém, porque não tinha nada a dizer. Os outros não sabiam o que havia acontecido com Xiangzi, achavam que ele estava bajulando os Lius para ganhar alguma vantagem, e que por isso não falava com os puxadores.

O que mais os envenenavam eram os cuidados e atenções de Tigresa para com Xiangzi. O velho não os deixaria ficar na tenda festiva o dia todo, mas Xiangzi, com certeza, poderia passar o dia inteiro comendo do bom e do melhor. Se todos ali eram puxadores de riquixá, por que haveria de alguém ser tratado de maneira diferente? Mais uma vez viam a senhorita Liu chamando Xiangzi! Os olhos deles seguiam Xiangzi e eles, desejosos de saírem dali, seguiram-no também. Lá estava a senhorita Liu conversando com Xiangzi sob a lâmpada de querosene. Trocando olhares entre eles, abanaram a cabeça.

Capítulo 14

A festa dos Lius foi muito animada. O velho ficou satisfeito que tanta gente fora lhe fazer a vênia pelo seu aniversário, e seu contentamento ia crescendo à medida que chegavam velhos amigos para parabenizá-lo. A festa convenceu-o não só do sucesso que os festejos do seu aniversário estavam sendo, mas ainda de que ele tinha subido na vida, porque, enquanto alguns amigos vestiam roupas esfarrapadas, ele, pelo contrário, trajava roupas novas. Entre esses velhos amigos havia os que em outros tempos desfrutaram de uma situação de vida melhor do que a dele, mas ao longo dos últimos vinte ou trinta anos haviam decaído, as suas condições piorado, e alguns enfrentavam agora dificuldades para ter o que comer. Olhou para eles, para a tenda festiva, para o altar da longevidade, a pintura pendente da Fuga de Changban, as três enormes tigelas de macarrão do seu banquete, e se considerava um degrau acima deles, havia ascendido na vida. Até entre os jogos de azar, ele escolhera *mahjong*, que era mais requintado que os demais.

Apesar da animação, sentia uma pontada de tristeza. Acostumara-se à vida de homem solteiro, e imaginava que apenas homens viriam à sua festa, os comerciantes da redondeza e seus amigos habituais, que também vivessem sós. Não esperava que aparecessem mulheres. Mas elas vieram, e embora Tigresa as estivesse recepcionando, subitamente sentiu-se muito só, sem uma companheira. Tinha apenas uma filha, que se portava feito macho. Caso Tigresa fosse homem, já teria constituído família, teria tido filhos; mesmo sendo um velho viúvo, talvez não se sentisse tão solitário. Sim, nada lhe faltava, a não ser um filho. E, quanto mais velho ia ficando, mais improvável era que viesse a ter um. Um aniversário deveria ser uma ocasião festiva, mas nesse momento ele tinha vontade de chorar. De que adiantava ter melhorado de vida se não tinha um filho para continuar a tocar seu negócio?

Pela manhã, ele ficou especialmente satisfeito em receber as felicitações e os presentes de seus convidados, sentia-se como um herói exaltado pela realização de alguma grande façanha. De tarde, seu ânimo arrefeceu. Vendo as convidadas com seus filhos, ele sentia um misto de admiração e inveja. Tinha vontade de brincar com as crianças, mas não se atrevia, o que o incomodava; mas se segurou para não estourar na frente de todos os amigos e parentes. Era um homem do mundo e não podia se expor dessa maneira. Começou a desejar que esse dia passasse depressa para pôr fim ao seu desconforto.

Ainda houve outras falhas nesse dia que era para ser perfeito. Na refeição matinal servida aos puxadores, Xiangzi quase se envolveu numa briga.

Às oito e pouco fora servida a refeição e os puxadores estavam todos contrariados. Apesar da dispensa do pagamento do aluguel na véspera, ninguém poderia aparecer para comer de mãos abanando. Alguns levaram dez centavos, outros quarenta; grande ou pequena quantia, todos tiveram de dar. Nos dias ordinários, eram trabalhadores pobres e o senhor Liu Si era o dono do negócio. Hoje, pelo visto, os puxadores eram convidados e,

CAPÍTULO 14

por isso, achavam que deveriam ter uma recepção melhor. Além do mais, assim que acabassem de comer, teriam que zarpar sem poder levar o riquixá, em pleno final de ano!

Xiangzi sabia que ele não estava na lista dos que tinham de sair e preferiu comer com os colegas puxadores. Assim estaria livre mais depressa para se meter a trabalhar em qualquer coisa, e pareceria simpático entre os camaradas. Mas, mal se sentou, os outros transferiram para ele o ressentimento que nutriam pelo velho. Alguém alfinetou:

— Ah, o que um convidado de honra vem aqui se misturar conosco?

Xiangzi retribuiu com um sorriso, sem entender a provocação. Nesses últimos dias, ele não tinha conversado com ninguém, por isso sua mente girava com vagar.

Como ninguém se atrevia a provocar Liu Si, a única coisa a fazer era comer a refeição que lhes tinha sido dada. A comida era limitada, mas não havia restrição de bebida, pois era festa de aniversário. Sem ninguém ter combinado nada, todos se puseram a beber para afastar o descontentamento. Uns bebiam em silêncio, outros se aventuravam nos jogos. O velho Liu não podia impedi-los de jogar. Vendo todos beberem, e, para não ficar de fora, Xiangzi também entornou dois copos. A bebida começou a deixá-los de olhos vermelhos e com a língua solta. Um provocou:

— Camelo Xiangzi, esse seu serviço é perfeito, hein! Enche a barriga e serve a senhorita e o velho! Em breve não vai mais puxar riquixá e se tornará um atendente pessoal!

Xiangzi percebeu alguma insinuação, mas não deu importância. Desde que voltara à Garagem Harmonia, havia decidido não bancar mais o macho, seguiria os desígnios do céu. Falassem o que quisessem. Ele manteve a calma. Outro comentou:

— Xiangzi pertence à outra laia, nós ganhamos a vida suando na rua, enquanto ele sua dentro de casa!

Todos caíram na gargalhada. Xiangzi percebeu a provocação, mas por que perder a cabeça? Permaneceu quieto. Alguém da mesa ao lado percebeu a deixa e esticou o pescoço gritando:

— Xiangzi, um dia, quando for dono da garagem, não se esqueça de seus camaradas!

Antes de Xiangzi responder, outro da mesa arrematou:

— Fale alguma coisa, Camelo!

O rosto de Xiangzi começou a enrubescer e ele disse baixinho:

— Desde quando eu seria dono da garagem?

— Hum, por que não? Já estamos ouvindo o soar dos gongos e tambores!

Xiangzi não entendeu o que significava gongos e tambores, mas se deu conta de que tinha alguma malícia em relação a ele e Tigresa. Seu rosto rubro empalideceu e se lembrou de todas as injustiças sofridas até então, gravadas no peito. Não podia aguentar mais, como a água dentro da chaleira que começa a ferver, prestes a espirrar para fora. Nesse exato momento, um puxador de riquixá apontou para a sua cara dizendo:

— Diga lá, Xiangzi! Não se faça de mudo comendo ravióli, sabe bem o que está comendo! Verdade ou não, Xiangzi? Diga, rapaz!

Xiangzi levantou-se de pronto e, com o rosto pálido, ameaçou o puxador:

— Vem! Quero ver se tem coragem para repetir isso lá fora!

Todos ficaram estatelados de surpresa. Eles o provocavam para se divertir, ninguém estava realmente interessado em brigar.

O silêncio súbito foi como quando, em uma floresta, os pássaros se calam ao ver uma águia. Xiangzi estava ali de pé, sozinho, uma cabeça mais alto que os outros. Sentiu seu isolamento, mas, como estava estressado, acreditava, se quisessem mesmo brigar, não seriam páreos.

— Então, alguém tem coragem?

Os outros recuperaram imediatamente a compostura e em coro retorquiram:

— Deixa para lá, Xiangzi, estávamos brincando com você!

— Sente-se, Xiangzi! — interveio o velho Liu Si, que assistira a tudo. E voltando-se para os outros, advertiu: — Não se aproveitem para sacanear os bem-comportados. Se armarem confusão, coloco todos vocês no olho da rua! Comam rápido!

Xiangzi deixou a mesa. Os outros olharam de soslaio para o velho Liu Si e trataram de comer. Momentos depois, retomaram as conversas e as brincadeiras, como pássaros que voltam a trinar depois de passado o perigo.

Na entrada, Xiangzi ficou agachado esperando por eles por um longo tempo. Caso alguém se atrevesse a fazer mais algum comentário maldoso, pancada! Afinal, ele não tinha mais nada a perder, que diferença fazia?

Mas os outros saíram em pequenos grupos e não lhe deram atenção. Apesar de não ter brigado com ninguém, ao menos aliviou certo peso que andava a lhe sufocar o peito. Pensando melhor, hoje devia ter ofendido muita gente. Normalmente já não tinha amigos a quem fazer confidências, e agora ainda se dava ao luxo de andar a ofender as pessoas? Ele estava um pouco arrependido. Sentia a comida ingerida havia pouco revirando no estômago e uma leve indisposição. Levantou-se. Azar! Quem é que se importava? Aqueles que se metiam em brigas todos os dias e estavam carregados de dívidas também aproveitam bem a vida! Qual era a vantagem de ser bem-comportado? Ocorreu-lhe que podia enveredar por um caminho totalmente diferente a partir dali. Se trilhasse esse caminho, teria tomado outro rumo em relação a suas expectativas iniciais. Seria uma pessoa amistosa e que tiraria vantagem de tudo: tomaria o chá dos outros, fumaria o cigarro alheio, tomaria dinheiro emprestado e não o devolveria, não daria passagem para ninguém, mijaria em qualquer lugar, discutiria o dia inteiro com os policiais e, mesmo indo parar no xadrez por dois ou três dias, não iria se importar. Sim, esse tipo de puxador de riquixá também vive e é feliz, ao menos mais feliz do que Xiangzi. Está bem, já que ser bem-comportado, honesto e determinado não levava a lugar nenhum, virar um sem-vergonha também não seria nada mau. Além disso, pensava Xiangzi, ainda teria ares de herói, sem medo do céu e da terra, sem nunca baixar a cabeça e nem sofrer em silêncio. É isso! E assim o faria. Um tipo decente podia muito bem se tornar um patife.

Começou a se arrepender de não ter brigado. Ainda bem que tinha tempo de sobra, de agora em diante não baixaria a cabeça para mais ninguém.

O velho Liu Si teve uma noção quase exata do que se passara. Ninguém poderia lhe atirar areia nos olhos. Nos últimos dias, sua filha fora especialmente obediente, claro, porque Xiangzi tinha voltado. Lembrou-se de seu olhar sempre a segui-lo. Ruminando todos esses fatos, o velho sentiu-se ainda mais desolado. Ficou pensando que lutara a vida inteira para levantar o seu negócio e não tivera um filho e, agora, não poderia deixar sua filha partir com outro homem. Todo o seu esforço fora em vão. Xiangzi era um bom rapaz, mas estava longe de considerá-lo para filho ou genro, não passava de um reles puxador de riquixá. Seria possível ele ter lutado a vida inteira, entrado em inúmeras brigas e suportado torturas para ver tudo que era seu nas mãos de um grosseirão da roça, antes de morrer?

CAPÍTULO 14

Nem pensar! Ninguém iria se aproveitar dele dessa maneira. Ninguém iria se aproveitar de Liu Si, que desde criança fazia um buraco no chão só para peidar.

Pelas três ou quatro da tarde ainda chegaram convidados para lhe dar os parabéns. O velho já estava farto. Quanto mais um convidado desejava-lhe saúde e longevidade, mais ele achava essas palavras desprovidas de sentido.

À hora que acenderam as lâmpadas, os convidados começaram a partir. Cerca de dez amigos mais próximos e da vizinhança permaneceram e jogavam *mahjong*. Vendo a tenda esvaziada no pátio, iluminada à luz do querosene, as mesas despidas, o velho sentiu-se mais desolado e deprimido do que nunca, pensando que, quando morresse, seria um cenário semelhante a esse. Em vez de uma tenda vermelha seria uma branca, na frente de seu ataúde não haveria netos ajoelhados, velando pela sua alma, apenas uma dúzia de conhecidos que jogariam *mahjong* durante o velório noturno, para passar o tempo. Sentiu uma vontade enorme de mandar o resto dos convidados passear. Enquanto ainda havia um sopro de vida no seu corpo, tinha de mostrar que era feito de ferro! Mas, ao final, sentiu-se constrangido a descarregar sua ira sobre os amigos. Assim, dirigiu sua raiva à filha. Xiangzi, que estava sentado no meio da tenda, pareceu repugnante ao velho, com aquela cicatriz na cara, parecendo jade à luz das lâmpadas. Sob qualquer ângulo que se olhasse, formavam um casal bastante desagradável.

A senhorita Tigresa sempre foi grossa e desbocada. Tinha se emperiquitado da cabeça aos pés e ainda fingia-se de atenciosa na recepção aos convidados, não apenas para arrancar elogios deles, mas para impressionar Xiangzi. Pela manhã, ela ainda achou divertida a atuação, mas depois do almoço, devido ao cansaço, já sentia irritação e vontade de achar alguém para descarregar. Ao cair da noite, sem mais um pingo de paciência, tinha a expressão carrancuda.

Pouco depois das sete, o velho Liu Si sentiu sono, mas não queria admiti-lo e não quis ir se recolher. Os amigos o chamaram para jogar *mahjong*, mas ele, em vez de alegar cansaço, disse que *mahjong* era sem graça e que preferia jogar dominó ou baralho. Ninguém estava disposto a mudar de jogo, então ele teve que ficar assistindo ao lado. Para se animar, bebeu mais uns copos, queixando-se o tempo todo de que não tinha comido o suficiente, e de que o cozinheiro o tinha passado para trás e servido menos comida. A partir disso, começou a enumerar todos os defeitos que encontrara desde a manhã: a tenda, as mesas e as cadeiras, o cozinheiro e tudo o que ele gastara. Ele tinha pagado para que o enganassem!

Nessa altura, o senhor Feng, o tesoureiro da festa, já havia fechado a conta: 25 rolos de aniversário, três conjuntos de pêssegos e macarrão da longevidade, uma tina de aguardente da longevidade, dois pares de velas de longevidade e mais de vinte yuans em dinheiro. A lista dos contribuintes era longa, mas a maior parte tinha dado apenas quarenta centavos ou um yuan.

Ao ouvir o relatório, o velho Liu Si ficou ainda mais furioso. Se soubesse que seria assim, deveria ter mandado preparar macarrão frio com legumes. Oferecera três tigelas gigantes de macarrão e, em troca, apenas um yuan de presente? Estavam de brincadeira com o velho! Ele jurou que nunca mais faria uma festa, não poderia ter um prejuízo como esse. É óbvio que todo mundo, inclusive amigos e parentes, quis comer de graça a suas custas. Um homem de sessenta e nove anos de idade, sempre inteligente, mas que se deixara levar por um momento. E aquele bando de filhos da puta a sugá-lo! Quanto mais ruminava, mais enfurecido ficava. Até o que lhe tinha dado satisfação durante a

CAPÍTULO 14

manhã agora não passava de pura idiotice, e os seus sentimentos se expressavam em balbucios raivosos e maldições que não se ouviam nas ruas.

Como ainda havia alguns amigos ali, Tigresa queria manter as aparências e pensou em conter a grosseria do pai. Mas, ao perceber que a atenção de todos estava mais voltada para o jogo do que para as reclamações do velho, ela decidiu não intervir para não arrumar confusão. Que ele ficasse a resmungar sozinho, pois todos se fingiriam de surdos, e a coisa passaria.

Mas, de repente, quem iria desconfiar que o velho se voltaria para falar mal da filha? E ela decidiu não engolir o desaforo. Para preparar aquela festa de aniversário, ela não tinha parado um instante, sempre recebendo elogios. Isso já era demais! Não suportaria aquilo, tivesse ele sessenta e nove, ou até mesmo setenta e nove! Ela de pronto respondeu:

— Foi você mesmo quem quis fazer a festa e eu não tenho nada a ver com isso!

Confrontado, o velho se animou.

— Não tem a ver com isso?! Tem tudo a ver! Pensa que sou cego para não perceber o que está acontecendo? Hein?

— O que você viu? Depois de me dedicar o dia inteiro a essa festa, não vou aceitar suas acusações! Vá em frente, vamos, diga o que você viu — rompeu Tigresa, cuspindo as palavras.

— Não precisa ficar com o olho gordo sobre a minha festa! O que eu vi? Venho te sacando há muito tempo.

— Por que eu haveria de ficar com o olho gordo? — respondeu ela, abanando a cabeça.

— Ah, não? — esbravejou o velho, apontando para Xiangzi, que estava curvado varrendo o chão.

— Ele? — titubeou Tigresa. Não havia contado com a astúcia do velho. — O que tem ele?

— Não se faça de desentendida! Que hoje fique tudo em pratos limpos — disse o velho, se levantando. — Ou ele ou eu, escolha! Eu sou seu pai, tenho direito de exigir que decida!

Tigresa não tinha pensado que as coisas evoluiriam nessa velocidade, que seu pai se daria conta tão rápido do seu plano, ainda pela metade. E agora? Sob a luz esverdeada da lâmpada de querosene, seu rosto escuro, disfarçado com o pó de arroz, começou a enrubescer, feito um fígado de porco demasiado cozido, manchado e repugnante. Exausta e provocada, encolerizada ao extremo, não conseguia pensar em uma saída, sentia-se confusa. Não tinha como engolir esse sapo, tinha de pensar em uma saída e bem depressa. Mesmo uma má ideia era melhor do que ideia nenhuma, ela que nunca se submetia a ninguém. Então está bem, se era assim que queria, que aguentasse. Para o bem ou para o mal, os dados tinham sido jogados.

— É bom mesmo que hoje se esclareçam as coisas e que a gente acerte as contas. Suponhamos que você esteja certo, e daí? Responda! Foi você quem começou, não me acuse depois de eu ter começado!

Os jogadores de *mahjong* ouviam vagamente a discussão entre pai e filha, mas não queriam ser distraídos; e para abafar o que ouviam, batiam as peças com força na mesa e gritavam cada movimento do jogo: "Vermelho!", "Bati!"

Xiangzi percebeu tudo e continuou a varrer o chão, de cabeça baixa. Estava decidido, se houvesse briga, ele entraria.

— Seu objetivo é me enfurecer — gritou o velho, com os olhos arregalados. — Pensava em me matar de raiva para conseguir seu homem, não é? Não conte com isso, pois ainda vou viver muitos e muitos anos!

— Não mude de assunto! Então, o que vai fazer? — Tigresa tinha o coração aos saltos, mas mantinha o tom de voz endurecido.

— O que eu vou fazer?! Eu já disse: ou ele ou eu! Não vou deixar que um puxador de riquixá de merda leve a melhor!

Xiangzi jogou a vassoura ao chão, esticou o corpo e encarou Liu Si:

— De quem está falando?

Liu Si gargalhou em fúria:

— Ha, ha, ha! Você está se rebelando? De quem eu estou falando? Ora, é claro, estou sim, falando de você! Arranque-se daqui agora! Sempre pensei que você fosse um sujeito decente e o tratei bem, mas você não sabe quem eu sou? Suma daqui! Nunca mais apareça na minha frente, filho da puta, e não pense em tirar nenhum proveito de mim!

O velho estava agora aos berros e alguns puxadores se aproximaram para assistir à confusão. Os jogadores, pensando que o senhor Liu Si ralhava com alguns puxadores, continuaram jogando, sem levantar a cabeça.

Xiangzi não tinha a língua afiada, pensou em várias respostas, mas nada saiu pela boca. Ele ficou desconcertado, parado ali em pé, com o pescoço esticado e engolindo saliva.

— Desapareça daqui! E ponha-se no seu lugar, esperava tirar alguma vantagem de mim, não é? Mas fique sabendo que antes de você pegar a farinha eu já estava com o fubá! — disparatou o velho. Na verdade, sentia mais raiva da filha do que de Xiangzi. Mesmo discutindo com o rapaz, ainda acreditava que ele era um sujeito honesto e decente.

— Muito bem, então eu vou! — como Xiangzi não tinha nada mais a dizer, só restava mesmo sair de cena. Em todo caso, nunca o venceria na discussão.

Os puxadores de riquixá tinham se aproximado para assistir à confusão. Era agradável para eles verem o senhor Liu Si xingando Xiangzi, depois do que acontecera pela manhã. No entanto, ao observarem o velho pôr Xiangzi na rua, suas simpatias inclinaram-se para o Camelo. Xiangzi tinha se matado trabalhando nos últimos dias para preparar a festa, e o velho, mal-agradecido, agora o despachava como a um cachorro tinhoso, descarregando toda a raiva sobre ele. Cada um sentiu a injustiça do que estava acontecendo. Alguns deles correram para perguntar:

— O que houve, Xiangzi?

Este limitou-se a abanar a cabeça.

— Espere, Xiangzi! — de repente, Tigresa viu as coisas muito claras e percebeu que tinha de abandonar seu plano original. Era melhor ser rápida do que se desesperar. Tinha de agarrar Xiangzi, senão perdia os ovos e a galinha. — Nós somos como dois gafanhotos atados ao mesmo fio: nenhum pode ir para onde o outro não for! Espere, deixe-me esclarecer a situação. — Voltou-se para o pai. — Então, vou direto ao assunto: estou grávida e é de Xiangzi! Vou para onde ele for! Ou me deixa casar com ele, ou expulse nós dois daqui. A escolha é sua!

Tigresa não tinha imaginado que as coisas evoluíssem tão depressa para ter de jogar sua cartada final assim tão cedo. O velho Liu Si nem fazia ideia de que a coisa já estava nesse patamar. Contudo, nessa altura, ele não podia amolecer, ainda mais na frente de todos.

— Você ainda tem coragem de dizer isso em público! Minha cara está ardendo por ti de vergonha! — e esbofeteou-se na boca. — Bah, sua puta desavergonhada!

Os jogadores interromperam o *mahjong*, pressentindo que algo de anormal estava acontecendo. Mas, como não tinham acompanhado o desenvolvimento da discussão, não disseram nada. Uns levantaram-se, fazendo menção de ir embora, enquanto outros ficaram olhando estatelados para as suas peças.

CAPÍTULO 14

Agora que tudo tinha sido dito, Tigresa sentiu-se aquecida.

— Desavergonhada, eu? Não queira que eu diga os seus podres, as merdas que você já fez na vida. Essa é a primeira vez que piso na bola e a culpa é toda sua. Um homem se casa e uma mulher também, isso é o natural. Um homem com sessenta e nove anos deveria saber disso. E digo isso não porque estou na frente de todo mundo — e apontou para os que assistiam à discussão. — Vamos esclarecer as coisas. Você tem a tenda da felicidade logo aí, então faça uso dela.

— Eu? — o rosto enrubescido do senhor Liu Si tornou-se pálido; ele não havia sido viúvo todos esses anos para nada. — Nem pensar! Antes coloco fogo nesta tenda, mas você jamais vai usá-la!

— Ah é, muito bem! — disse Tigresa com uma voz horrível e com os lábios trêmulos. — Arrumo as malas e me vou. Quanto dinheiro me dá?

— O dinheiro é meu e ninguém vai me dizer a quem devo dar! — respondeu o velho, sentindo-se triste ao ouvir que a filha partiria. Na realidade, não queria que ela partisse, mas era tarde para recuar. Manteve-se firme.

— Ah, seu dinheiro?! E todos esses anos que ajudei você? Se não fosse eu, pense bem, seu dinheiro já tinha sido levado pelas vagabundas. Ao menos seja justo — os olhos dela procuravam os de Xiangzi. — Diga alguma coisa!

Xiangzi ficou estatelado ali, sem nada a dizer.

Capítulo 15

Era impossível para Xiangzi bater em um velho e, pior ainda, numa mulher. E seria inútil utilizar a força. Oportunizar a situação para levar vantagem não era do seu feitio. Em se tratando do caráter de Tigresa, ele bem que poderia sair correndo, sem deixar rastro. Mas, como ela tinha enfrentado o pai por sua causa, e como ninguém sabia da história por dentro, dava a impressão de que ela se sacrificara por ele. Por isso, na frente de todos, ele tinha que sustentar ares de heroísmo, mesmo sem nada para dizer, ficando ali, de pé, esperando que a situação se resolvesse por si mesma.

Ao pai e à filha nada mais restou a não ser se encararem. Não tinham mais nada a dizer e Xiangzi permanecia calado. Os puxadores de riquixá, mesmo pendendo para um ou outro lado, não sabiam bem onde meter a colher. Constrangidos com a cena toda, os jogadores não poderiam permanecer em silêncio e soltaram algumas frases para amenizar a situação, aconselhando ambos a discutirem o assunto de maneira mais pacífica e calma, pois não existe problema insolúvel. Era tudo o que poderiam sugerir, embora nada pudessem resolver. Vendo que nenhuma das partes cedia, aproveitaram a oportunidade para sair, porque "um juiz decente não se intromete em assuntos de família", como diz um dito popular.

CAPÍTULO 15

Antes que saíssem, a senhorita Tigresa agarrou pelo casaco o senhor Feng, da loja de carvão Tianshun.

— Senhor Feng, tem lugar na loja para Xiangzi ficar por dois dias? O nosso assunto vai ser resolvido logo e ele não vai ficar por muito tempo. Xiangzi, vá com o senhor Feng, vejo você amanhã para conversarmos. Já vou avisando que só saio de casa carregada em uma liteira! Senhor Feng, cuide bem dele, amanhã eu apareço para buscá-lo.

O senhor Feng respirava com sofreguidão, sem querer arcar com essa responsabilidade. Xiangzi, apressado em sair dali, interveio:

— Eu não vou fugir!

Tigresa lançou um olhar fulminante para o pai e voltou para o seu quarto. Fechou a porta por dentro e desatou a chorar.

O senhor Feng aproveitou para aconselhar o velho Liu Si a se recolher. Comportando-se como um homem da praça, o velho apressou-se a pedir para que ninguém fosse embora e que bebessem mais uns copos.

— Fiquem todos tranquilos. A partir de hoje, ela é ela e eu sou eu, nunca mais vamos discutir. Ela vai embora e farei de conta que nunca tive essa filha. Depois de tantos anos na praça, ela me humilhou! Se pudesse voltar vinte anos, eu os teria separado. Mas agora deixo-a ir, que vá! E que nem pense em querer de mim um tostão sequer! Jamais! Nenhum tostão! Não dou! Quero ver como ela vai se virar. Vou ensiná-la, vai aprender por si mesma a distinguir o que é melhor, se é o pai ou um zero à esquerda como aquele sujeito. Fiquem! Vamos beber!

Os convidados desculparam-se e partiram, para evitar envolver-se no assunto.

* * *

Xiangzi foi para a loja de carvão Tianshun.

E tudo se resolveu rapidamente. Tigresa alugou dois quartos virados para o sul, em um pátio no Maojiawan. Contratou um homem para forrar a casa com papel de parede branco, do chão ao teto. Pediu ao senhor Feng que escrevesse alguns ideogramas da "dupla felicidade" e colocou-os nas paredes. Depois foi contratar um palanquim e dezesseis instrumentistas, mas sem lanternas douradas nem acompanhantes. A liteira fechada estava decorada com estrelas prateadas. Com tudo isso arranjado, ela mesma costurou sua túnica de casamento, em seda vermelha, e apressou-se a terminá-la antes do Ano-Novo, para manter a tradição de não se fazer costura entre o primeiro e o quinto dia do primeiro mês. Dia 6 era a grande ocasião, data auspiciosa em que não era tabu sair de casa. Com tudo pronto, disse a Xiangzi que também comprasse roupa nova.

— Uma pessoa só se casa uma vez na vida!

Xiangzi tinha apenas cinco yuans no bolso.

Tigresa olhou para ele espantada.

— O quê? E os trinta yuans que dei a você?

A verdade teve de vir à tona e Xiangzi contou tudo o que se passara na casa dos Caos. Ela piscou os olhos, meio desconfiada do que ouvia.

— Está bem, não tenho tempo para discutir isso agora com você. Cada um tem que agir de acordo com sua consciência! Pegue aqui quinze yuans. Se no dia do casamento não aparecer como um noivo, terá problemas!

No sexto dia do Ano-Novo, Tigresa subiu no palanquim nupcial. Saiu de casa sem dirigir uma palavra ao pai, sem o acompanhamento de irmãos, parentes ou amigos, nem seus votos de felicidades, apenas com a fanfarra que contratara, címbalos e tambores que conferiam uma nota de festividade às

CAPÍTULO 15

ruas por onde iam passando, ainda animadas pelo Ano-Novo. A procissão passou pelo Portão Xi'an e pelo arco de Xisi, despertando invejas e emoções dos que a viam passar, especialmente os atendentes das lojas.

Xiangzi vestia as roupas novas compradas em Tianqiao. Estava corado e usava um daqueles chapéus de cetim que custavam trinta centavos. Parecia ter se esquecido de quem era e ficou ali parado ouvindo e assistindo a tudo. De uma loja de carvão, tinha passado para uma casa nupcial forrada com papel de parede, branca como a neve, e sentia-se confuso. O passado parecia-lhe tão negro quanto os pedaços de carvão da loja do senhor Feng. E agora estava ali, naquela casa com ideogramas vermelhos de felicidade colados nas paredes. Sentiu que tudo devia ser uma peça que estavam pregando nele, branca, nebulosa e opressiva.

Os quartos estavam mobiliados com antigas cadeiras e a mesa de Tigresa. O fogão e a tábua da cozinha eram novos; em um canto do quarto do casal estava largado um espanador de penas coloridas. Ele reconheceu apenas a mobília e essa combinação de velho e novo fez com que ele se lembrasse do passado e se preocupasse com o futuro. Manipulado por todos, ele próprio parecia um objeto usado, com ares de novo. Um objeto de decoração, estranho, ele não se reconhecia. Não tinha vontade de chorar nem de rir, seus membros grandes e desajeitados movimentavam-se nesse quarto pequeno e acolhedor, como se fosse um grande coelho numa gaiola, cujos olhos vermelhos ora olhavam para dentro ora para fora, com um desejo de liberdade contido, incapaz de escapar, embora tivesse pernas ágeis.

Tigresa vestia túnica vermelha, com seu rosto empoado de pó e ruge, e o seguia com os olhos. Ele não se atrevia a encará-la de frente. Ela também parecia um objeto estranho, um misto de velho e novo. Menina e mulher, fêmea com ares de macho; humana e bestial. Essa besta vestida de vermelho mirava-o e se preparava para acabar com ele num piscar de olhos. Qualquer um poderia acabar com ele, mas a besta era a pior de todas, em vigília a todo momento, que não o largava, espreitando-o, sorrindo para ele e o apertando fortemente entre os braços. Ele não tinha como escapulir. Xiangzi tirou o chapéu de cetim e ficou olhando para o nó vermelho no topo, até ficar com os olhos desfocados, de modo que, quando desviou o olhar para a parede, viu pontinhos vermelhos voando, pulando. No centro, estava o maior de todos, Tigresa, com um sorriso repulsivo nos lábios.

Apenas na noite de núpcias é que Xiangzi descobriu a verdade: Tigresa não estava grávida. Como um mágico que explica o seu truque:

— Se eu não tivesse enganado você, nunca iria aceitar casar comigo! Por isso, meti uma almofada dentro das calças! Ha, ha, ha! — disse Tigresa, rindo a ponto de derramar lágrimas. — Bobalhão! Esqueça isso! Seja como for, eu sou boa para você. Vamos nos colocar em nossos devidos lugares. Tive uma briga com papai e segui você. Devia agradecer ao céu e à terra!

No dia seguinte, Xiangzi saiu de casa muito cedo. A maioria das lojas já iniciara o expediente, embora algumas ainda estivessem fechadas. Os letreiros, com saudações alusivas ao Ano-Novo, ainda reluziam suas cores encarnadas ao lado das portas, enquanto algumas fitas amarelas simbolizando fortuna haviam sido rasgadas pelo vento. As ruas estavam tranquilas e ainda assim havia um número considerável de riquixás, uns perambulando e, outros, parados à espera de passageiros. Os puxadores pareciam mais animados do que o habitual, quase todos calçando sapatos novos e com um pedaço de papel vermelho colado na parte de trás do riquixá.

CAPÍTULO 15

Xiangzi invejava esses puxadores pelo ar festivo que emanavam, enquanto ele próprio ficara, por esses dias, trancafiado em casa. Os puxadores levavam uma vida honesta cumprindo o seu dever, enquanto ele perambulava, sem nada para fazer. Irritava-o vadiar, mas dali por diante teria de negociar seus projetos futuros com a mulher. Ele comia na mão dela — dessa mulher! Scr grande e forte eram atributos inúteis. Seu primeiro trabalho era servir a bruaca, aquela coisa de caninos longos, feito um vampiro. Ele não era humano, apenas um pedaço de carne. Ele perdera toda a autonomia, apenas esperneava diante dela, feito um rato na boca de um gato. Não tinha vontade nenhuma em discutir com ela, só pensava em debandar. Teve uma ideia, ir embora sem se despedir. Não ficaria a lhe dever nada, ela era apenas uma bruxa com seu truque de travesseiro! Sentiu-se miserável e com vontade de rasgar a roupa nova em pedacinhos, lavar-se por dentro e por fora com água pura e libertar-se daquela imundice nauseabunda que o cobria e o sufocava. Nunca mais queria vê-la diante de si!

Para onde poderia ir? Ele não sabia. Normalmente, puxando riquixá, seu destino acabava ditado pela boca dos passageiros, e hoje suas pernas estavam livres, mas sentiu-se perdido. Seguiu em direção sul do arco Xisi, passou pelo Portão Xuanwu: era uma estrada e ele estava determinado. Saiu do portão da cidade, firme em direção ao sul, quando viu uma casa de banho. Decidiu entrar.

Tirou toda a roupa e sentiu-se envergonhado ao se ver nu. Desceu à piscina, a quentura da água entorpeceu o seu corpo. Ele fechou os olhos e sentiu toda a imundice se desgrudar dele. Quase não conseguia se tocar, o coração estava vazio e grandes gotas de suor escorriam da sua cabeça. Só quando a respiração acelerou é que saiu preguiçosamente de dentro da água, com o corpo vermelho, feito um recém-nascido. Mesmo enrolado na toalha, deixou hesitante a piscina, sentindo-se feio. Embora transpirasse por todos os poros, ainda se sentia sujo, especialmente por dentro, como se a mancha negra que lhe marcara o coração nunca mais pudesse ser lavada: aos olhos do senhor Liu Si e de todos que o conheciam, Xiangzi seria sempre um sedutor de mulheres!

O suor ainda não tinha secado, mesmo assim ele vestiu-se às pressas e deixou a casa de banho. Ele não queria que ninguém o visse despido. Um ar gélido varreu-lhe o corpo e sentiu-se relaxar. A rua também lhe parecia mais animada. O céu claro iluminava o rosto das pessoas. Xiangzi ainda sentia o coração apertado, não sabendo para onde ir. Caminhou para o sul, para o leste e depois para o sul outra vez, chegando a Tianqiao. Depois das nove da manhã do Ano-Novo, os atendentes das lojas saciados pelo café da manhã se encaminhavam para lá. As bancas multicoloridas de produtos e de saltimbancos já estavam abertas desde cedo. Quando Xiangzi chegou ali, a animação tomava conta, com aglomerações de pessoas aqui e acolá, mas ele não teve vontade de se juntar a ninguém. Não sabia mais sorrir.

Em anos anteriores, os diálogos cômicos, ursos, mágicas, contadores de histórias, acrobacias, cantores de música popular, lutadores de kung-fu, todos forneciam a ele um prazer verdadeiro e faziam-no pôr na cara um grande sorriso. Era em parte por Tianqiao que ele não conseguia sair de Beijing. As barracas e aquelas marés de gente faziam-no recordar muitas coisas agradáveis. Agora ele não tinha vontade nenhuma de se espremer entre as pessoas, pois não havia espaço para ele nos risos de Tianqiao. Fugiu da multidão e tentou caminhar pelas ruelas mais silenciosas, mas se deteve com pena. Não! Ele não poderia abandonar esse lugar animado e agradável, não deixaria

CAPÍTULO 15

Tianqiao, não sairia de Beijing. Partir? Não havia para onde ir! Ele ainda teria que voltar para ela para conversarem. Não tinha como escapar, mas precisava fazer alguma coisa. Uma pessoa encurralada tem de retroceder um passo para seguir adiante. Percebeu que já tinha passado por todos os sofrimentos possíveis, para que levar a sério mais esse ocorrido? O passado não podia ser alterado, a única coisa a fazer era continuar.

Ficou parado, a ouvir aquele amálgama de vozes misturado aos sons dos címbalos e tambores, a olhar a corrente de veículos e pessoas em movimento. Subitamente pensou nos dois pequenos quartos. O tumulto pareceu silenciar-se aos seus ouvidos e a multidão desvaneceu-se perante seus olhos, e tudo o que via eram aqueles dois quartos acanhados, com os ideogramas de felicidade colados na parede. Apesar de ter passado apenas uma noite, eram-lhes íntimos e familiares. Mesmo aquela mulher vestida de túnica vermelha parecia-lhe difícil de ser abandonada. Parado em Tianqiao, ele não tinha nada e não era nada, mas dentro daquela casa ele tinha tudo. Voltaria para casa, apenas lá teria uma solução para os seus problemas. O futuro estava naquela casa. Vergonha, medo e tristeza não resolviam nada. Decidiu viver, ir em direção à esperança.

Voltou para casa a passos largos. Chegou às onze horas. Tigresa já tinha preparado o almoço: pão cozido no vapor, acelga cozida com almôndegas de carne, um prato de torresmo gelatinoso e nabo. A mesa estava posta, faltando apenas a acelga que ainda cozinhava no fogão, de onde vinha um cheiro delicioso. Ela trocara a túnica vermelha por calças e casaco curto de algodão. O cabelo estava enfeitado com uma flor vermelha de feltro com um lingote dourado. Xiangzi espreitou-a de soslaio e não a achou parecida com uma noiva. Todos os seus gestos remontavam a uma mulher casada havia anos, rápida, precisa e segura de si. Apesar de não se parecer com uma noiva, descobriu coisas novas nela: cozinhava e arrumava a casa. O cheiro agradável dos quartos e o seu calor eram coisas que ele nunca experimentara antes. Não importava o que ela era, Xiangzi finalmente tinha um lar, algo naturalmente adorável. Não sabia o que fazer consigo mesmo.

— Por onde andou? — perguntou Tigresa, enquanto servia a acelga.

— Fui tomar banho — respondeu, tirando a túnica.

— Ah! Da próxima vez, avise antes de sair.

Ele ficou mudo.

— Não pode ao menos dizer alguma coisa? Senão, eu ensino você!

Ele assentiu com um murmúrio vago. Sabia que havia casado com uma jararaca, que sabia cozinhar, arrumar a casa e atazanar a vida, e também iria ajudá-lo, mas mesmo assim sentia-se mal. Ele se serviu de pão cozido no vapor. Realmente a comida era muito mais saborosa e quente do que Xiangzi estava habituado a comer, mas enquanto mastigava não sentia prazer.

Depois de comer, deitou-se na cama de tijolos com aquecimento, com a cabeça sobre os braços a fazerem de travesseiro e os olhos fixos no teto.

— Ei! Venha me ajudar a lavar a louça! Eu não sou sua empregada! — gritou ela do lado de fora do quarto.

Levantou-se devagar, olhou para Tigresa e apressou-se em ajudar. Ele costumava ser prestativo, mas ali sentia-se obrigado a tal. Quando estava na Garagem Harmonia, ele sempre a ajudava, mas agora sentia cada vez mais nojo dela, sem saber a razão. Ele nunca tinha odiado ninguém antes. Conteve todo o seu aborrecimento; já que não podia se separar dela, não havia sentido brigar com ela. Ficou dando voltas dentro dos quartos e achou que a vida era muito injusta.

Depois de arrumada a casa, ela suspirou e, olhando em torno, disse:

— Então, o que acha?

— Sobre o quê? — respondeu Xiangzi, acocorado junto ao fogão, aquecendo as mãos. Não estavam frias, mas não sabia o que fazer com elas. Os quartos pareciam uma casa de verdade, mas ele não sabia onde pôr as mãos e tampouco os pés.

— Vamos sair? Vamos ao Templo Baiyun? Não, já é tarde. Vamos dar uma volta? — pediu Tigresa.

Ela queria aproveitar a felicidade própria de recém-casados. Apesar de não ter sido um casório com toda a pompa, essa nova liberdade era ótima e agora era o momento de ficar mais tempo com o marido e passear. Na casa de seu pai nunca lhe faltara comida, roupa e dinheiro, apenas um homem para dividir a sua intimidade. Agora que ela tinha conseguido um, mesmo com alguns defeitos, queria exibi-lo pelas ruas, na quermesse, e se divertir com ele.

Xiangzi não tinha a mínima vontade de sair. Em primeiro lugar, porque ele achava indecente sair com uma mulher na rua. Em segundo, por sentir vergonha de estar com uma mulher a quem havia se juntado daquela maneira, e queria mantê-la escondida em casa quanto fosse possível. Além de tudo, ao sair com ela, seria inevitável não topar com conhecidos. Metade dos puxadores de riquixá do lado oeste da cidade sabia o que tinha ocorrido entre Xiangzi e Tigresa, e ele não queria atrair comentários pelas costas.

— Que tal conversarmos? — propôs Xiangzi, ainda agachado.

— O que você quer conversar? — Tigresa aproximou-se do fogão.

Ele afastou as mãos do fogo e as apoiou no joelho. Ficou com os olhos fixados nas chamas. Um longo tempo depois, disse:

— Eu não posso ficar sem fazer nada!

— Ah, que vida difícil! — disse ela em tom irônico. — Já sente comichão pelo corpo depois de um dia único sem puxar riquixá, não é? Veja o velho: divertiu-se a vida inteira e no final dela ainda abriu uma locadora de riquixá. Ele não puxa riquixá, nem vende a força de seu trabalho: vive dos rendimentos, e como lhe apetece. Vê se aprende alguma coisa. O que vai ganhar sendo puxador a vida inteira? Vamos primeiro nos divertir por estes dias e depois vemos o que fazer. Afinal, não é nenhum deus nos acuda ter de decidir tudo às pressas. Não estou a fim de discutir com você agora, não me enerve!

— Vamos falar primeiro! — Xiangzi decidiu não recuar de sua decisão. Se não podia safar-se dela, ao menos podia afastar-se dela trabalhando. Não poderia continuar se encolhendo o tempo todo.

— Está bem, fale a sua proposta! — ela puxou um banquinho e se sentou ao lado do fogão.

— Quanto dinheiro você tem? — perguntou ele.

— Ah, eu sabia que você iria me perguntar sobre isso! Você não casou comigo e sim com o meu dinheiro, não é?

Xiangzi teve a sensação de ter sido atingido por uma corrente de ar frio e engoliu em seco várias vezes. O velho Liu Si e os puxadores de riquixá da Garagem Harmonia, todos eles, pensavam que Xiangzi tinha dado o golpe do baú. Agora, ela própria o acusava da mesma coisa. Ele havia perdido sem motivo o seu riquixá e o seu dinheiro. Nesse momento, o dinheiro da mulher punha-o sob as ordens dela — até a comida dele era por conta da megera. Ele tinha vontade de esganá-la! Esganá-la

CAPÍTULO 15

até que os olhos revirassem! E depois que a matasse sufocada, cortaria a própria garganta. Os dois não eram humanos e mereciam morrer. Nenhum deles merecia viver!

Xiangzi levantou-se e pensou em sair. Não deveria ter voltado para casa.

Tigresa percebeu algo errado no semblante de Xiangzi e resolveu recuar:

— Está bem. Vou dizer para você. Eu tinha em mãos quinhentos yuans para começarmos a vida. O palanquim, o pagamento adiantado de três meses do aluguel, o papel de parede e a mão de obra, o custo das roupas e outras coisas, que comprei para nós, consumiram cem yuans, então ainda nos restam quatrocentos. Não há motivos para preocupação, vamos aproveitar e nos divertir. Depois de puxar riquixá todos esses anos, você merece uma roupa melhor e uns dias de descanso. E eu, depois de tantos anos solteira, também quero aproveitar. Quando gastarmos quase todo o dinheiro, pedimos ajuda ao velho. Naquele dia, se eu não tivesse perdido a cabeça e brigado com ele, nunca teria saído de casa. Agora a minha raiva já passou e, afinal, ele é meu pai. Sou sua única filha e ele sempre gostou de você, por isso, se dermos o braço a torcer e lhe pedirmos desculpas, ele provavelmente deixará para trás o que se passou. Isso é muito realista! Ele tem dinheiro e nós somos os herdeiros, isso é normal. É muito melhor isso do que você servir de mula de carga e se arrebentar de tanto trabalhar para os outros. Daqui a alguns dias, vá lá para visitá-lo, mesmo sendo provável que ele não queira vê-lo. Se ele recusar, você pode insistir em aparecer de novo. Devemos deixá-lo se sentir por cima e, assim, é certo que ele acabe mudando de ideia. Depois eu apareço para visitá-lo e vou amaciando o velho. É bem capaz de ele nos deixar voltar para casa. Então, poderemos erguer de novo a cabeça e ninguém vai se atrever a nos desprezar. Se ficarmos eternamente aqui, nunca poderemos limpar nosso nome, concorda?

Jamais ocorrera nada disso a Xiangzi. Desde que Tigresa fora à casa dos Caos para procurá-lo, a única coisa que ele pensou foi que, ao casar com ela, pegaria o seu dinheiro para comprar um riquixá para trabalhar. Embora não fosse honroso usar o dinheiro de sua mulher, mas dada sua atual relação, pouca importância teria. Nunca lhe passara pela cabeça que Tigresa pudesse ter uma carta escondida na manga. Era realmente uma solução, para quem tivesse estômago para artimanhas do gênero, mas Xiangzi não era esse tipo de gente.

Repassou tudo o que havia acontecido e ele começou a perceber que se uma pessoa tivesse dinheiro e alguém lhe botasse a mão, não havia a quem recorrer para pedir justiça. Quando alguém lhe dava dinheiro, era obrigado a aceitar e, ao aceitá-lo, deixava de ser senhor de si próprio. A força e a ambição eram inúteis por si, ele apenas servia como escravo: um brinquedo da mulher e um serviçal do sogro. As pessoas eram reduzidas a nada, feito pássaros que, ao tentarem se alimentar, acabavam por ser capturados. Mas ao alimentar-se da comida dada por outros, obrigava-se a ficar quietinho dentro da gaiola, aguardando ser vendido a qualquer momento.

Ele não quis visitar o velho Liu Si. Sua relação era apenas carnal com Tigresa, não tinha nada a ver com o velho. Ele já acabara prejudicado por ela e agora não iria mendigar ao pai dela.

— Eu tenho de fazer alguma coisa! — foi tudo o que disse, não querendo gastar energia com discussões inúteis.

— O homem nasce para sofrer — falou Tigresa em tom jocoso. — Se não quer ficar parado, vá trabalhar no comércio.

— Não! Não vou conseguir ganhar dinheiro! Puxar riquixá é tudo o que sei, e eu amo riquixá! — as veias da testa ficaram bem evidentes.

— Então já vou avisando que não vou deixar você puxar riquixá! Não quero que chegue todo fedido e suba na minha cama! Você tem suas ideias e eu as minhas. Vamos ver, vamos ver quem é mais forte! Você casou comigo e gasta o meu dinheiro, sem entrar com nenhum tostão. Pense bem, quem é que tem que seguir as regras nesta casa?

Mais uma vez, Xiangzi ficou sem resposta.

Capítulo 16

Xiangzi aguentou o tranco até o décimo quinto dia do Ano-Novo lunar, na festa das lanternas.

Tigresa estava animadíssima. Ela falava em fazer bolinhos de farinha de arroz recheados com gergelim, *jiaozi*, pastéis de carne, queria passear nas quermesses e ver as lanternas à noite. Ela não permitia a Xiangzi nenhuma iniciativa, mas sempre mantinha sua boca cheia, pensando em mil e uma receitas para agradá-lo. No pátio, além de Xiangzi e Tigresa, moravam sete ou oito famílias, espremidas em um quarto, no qual cabiam entre sete ou oito membros de todas as idades. Havia puxadores de riquixá, vendedores ambulantes, policiais e criados. Cada família mantinha-se ocupada em seus afazeres, sem tempo para nada. Inclusive as crianças, que saíam de manhã com cesto na mão, para ir buscar papa de arroz, e de novo à tarde, para apanhar lenha ou restos de carvão para fazer fogo. Apenas as crianças muito pequenas ficavam no pátio, brincando ou brigando, com as bundinhas muito vermelhas de frio que se viam pela racha das calças. Cinzas, poeira e poças d'água suja acumulavam-se no pátio, sem que ninguém se desse ao trabalho ou parecesse se importar em limpar. No centro do pátio acumulava-se o gelo, que era utilizado como rinque de patinação pelas crianças maiores, ao voltarem com lenha ou carvão. Os que mais sofriam eram os velhos e as mulheres. Os velhos nada possuíam e ficavam o dia inteiro prostrados sobre a cama gelada, esperando os jovens voltarem para casa. Se trouxessem algum dinheiro, poderiam comprar uma tigela de papa de arroz e se alimentar. Porém, às vezes os jovens voltavam de mãos abanando e, nesses dias, perdiam a cabeça e arranjavam algum pretexto para bate-boca. Os velhos, de barriga vazia, só tinham as próprias lágrimas para se alimentar. As mulheres tomavam conta dos velhos e das crianças, além de consolar os maridos que traziam dinheiro para casa. Mesmo grávidas tinham de seguir essa rotina, comendo pão de farinha de milho e papas de batata-doce. Também era tarefa delas ir buscar a papa de arroz dos pobres e arranjar algum trabalho para ganharem um extra; e, assim, quando os velhos e as crianças já estavam deitados, à luz do lampião, elas lavavam, remendavam ou cosiam as roupas de outros. O quarto era muito pequeno, e pelas paredes, caindo aos pedaços, entrava um vento gélido, que levava embora o ar aquecido do interior. O corpo delas era apenas coberto por trapos, e só levavam na barriga uma ou meia tigela de papa de arroz, mesmo quando grávidas de seis ou sete meses. Elas tinham de trabalhar para alimentar os velhos e as crianças. Eram todas doentes, antes dos trinta anos tinham perdido boa parte do cabelo, mas não podiam descansar. Quando a doença as levava, as famílias tinham de mendigar aos filantropos por um caixão. Aquelas moças, de dezesseis ou dezessete anos, não tinham calças, apenas um pedaço de pano a cobrir-lhes as partes — para elas os quartos eram como prisões onde ajudavam as mães nas tarefas domésticas. Para ir ao banheiro, tinham de observar se não havia ninguém no pátio e correr como ladrão para chegar à latrina. Durante todo o inverno, não podiam sair para tomar sol e ver o céu. Aquelas que nasciam feias haviam de tomar o lugar das mães mais tarde, enquanto as mais bonitas sabiam que, mais cedo ou mais tarde, seriam vendidas pelos pais para "serem felizes".

Num pátio como esse, Tigresa sentia-se satisfeita. Ela era a única que não tinha a preocupação com o que comer e se vestir, a única que tinha tempo para passear. Ela saía e entrava com o nariz empinado, achava-se melhor do que os outros, mas, como receava ser contaminada por eles, ignorava os vizinhos pobres. Os vendedores que ali moravam vendiam mercadorias baratas, da mais baixa qualidade que se poderia encontrar: raspas de ossos, acelga congelada, leite de soja cru, carnes de burro e de cavalo. Depois de Tigresa ter se mudado para esse pátio, começaram a aparecer na entrada do lugar aqueles que vendiam cabeça de carneiro, peixe defumado, pães, *doufu* frito em molho picante. Ela, de cara fechada, atravessava o pátio com a tigela repleta dessas coisas boas. As crianças com os dedos esticados e enfiados dentro da boca a viam passar, como se fosse uma princesa. Ela estava ali disposta a se divertir e não via, nem queria ver, os sofrimentos alheios.

Xiangzi desaprovava sua conduta. Ele tinha sido pobre a vida inteira e sabia o que era a miséria. Não queria comer coisas tão boas e achava isso um desperdício de dinheiro. Além do mais, tinha chegado à dolorosa conclusão de que ela não queria que ele puxasse riquixá de maneira nenhuma e, ao mesmo tempo, alimentava-o do bom e do melhor, como se estivesse engordando uma vaca leiteira para dela tirar mais leite. Havia se tornado um brinquedo dela. Ele já tinha reparado que mesmo uma cadela magra e velha escolhia um cachorro forte. Ao se lembrar disso, ele não apenas ficou com nojo de sua vida, mas também ficou preocupado consigo. Sabia como um homem que

CAPÍTULO 16

vendia a força de seu trabalho tinha de preservar seu corpo, que a saúde era tudo o que possuía. Se continuasse a viver dessa forma, iria se tornar pele e osso. Um molenga. Essa ideia o fez estremecer. Se quisesse viver, tinha de começar a trabalhar imediatamente. Correndo o dia inteiro, podia cair num sono profundo, e não estaria por ali o dia todo a petiscar aquilo que ela ia lhe estendendo. Desse modo, deixaria de ser o brinquedo da madame. Estava decidido a fincar o pé e fazer o que queria. Se ela quisesse comprar-lhe um riquixá tanto melhor, senão, alugava um. E foi isso mesmo que fez.

No décimo sétimo dia do Ano-Novo lunar, ele começou a trabalhar, alugando um riquixá por um dia inteiro. Duas corridas mais longas foram suficientes para ele sentir dores que até então nunca tivera. Cãibra na batata da perna e incômodo no quadril. No fundo, ele tinha consciência da origem dessas dores, mas para se consolar considerou-se enferrujado por não trabalhar havia mais de vinte dias, e com o tempo as pernas recuperariam a forma e ele não sentiria mais essas dores.

Fechou ainda mais uma corrida, como parte de um grupo de quatro. De comum acordo, deixaram o mais velho deles, um puxador alto acima de quarenta anos, encabeçar a fila. Sorrindo, ele começou a correr, sabendo que os outros três eram todos muito mais rápidos do que ele, mas não querendo se render à idade, correu sem parar por mais de um *li*. O que o seguia logo atrás não poupou um elogio:

— E então? Como se sente? Está cansado? Você corre bem!

— Como não? Para acompanhá-los tenho que ser rápido — respondeu quase sem fôlego.

Na realidade, ele não ia nada devagar, mesmo Xiangzi tinha de utilizar sete ou oito décimos de sua força para acompanhá-lo. A postura do puxador mais velho na hora de correr era muito feia. Por ser alto, não conseguia curvar o corpo à altura do peito. O tronco era duro como uma tábua, de modo que tinha de inclinar todo o corpo para a frente, com os braços esticados para trás. Isso significava que tinha de mexer as ancas com o dobro de força, enquanto os pés mal tocavam o chão, avançando rapidamente. Ia depressa, mas era óbvio que era trabalho duro. Dobrava as esquinas em curvas tão fechadas que cortava a respiração dos outros. Parecia indiferente se o riquixá pudesse ou não se curvar em um espaço tão estreito.

Quando chegaram ao destino, o suor escorria-lhe pelo nariz e pingava-lhe dos lobos das orelhas. Pousou os varais, endireitou-se muito depressa e abriu um sorriso, as mãos tremiam tanto que quase não foi capaz de segurar o dinheiro da corrida.

Uma corrida compartilhada os havia tornado amigos, e assim pararam os quatro riquixás, fazendo os puxadores sentarem-se juntos. Xiangzi e os outros dois mais novos limparam o suor e começaram a contar piadas, como de costume. O mais velho manteve-se calado, tossindo. Só depois de ter escarrado várias vezes se juntou à conversa.

— Estou acabado! Coração, costas e pernas, tudo muito fraco. Por mais que eu queira endireitar as costas, não consigo mais levantar as pernas. Que aflição!

— Imagina, ainda agora correu bem rápido! — disse um dos puxadores mais baixos, de vinte e poucos anos. — Estou falando sério! Nós três somos fortes e todos nós suamos.

O mais velho entusiasmou-se, mas logo a seguir abateu-se e suspirou.

— Pela maneira como corre, é natural que se canse — comentou o outro jovem. — Idade não é brincadeira, não.

O mais velho sorriu e disse balançando a cabeça:

CAPÍTULO 16

— Não é apenas uma questão de idade, irmãos! Eu vou contar a vocês uma verdade, pessoas do nosso ramo não devem casar. Sério! — Ao ver que todos se aproximavam para ouvi-lo, ele continuou, em voz mais baixa: — Depois de constituir família, não há um momento de sossego, dia ou noite. Não se para nunca. Olhem para as minhas ancas, duras como tábua, sem nenhuma elasticidade. E, se eu cerrar os dentes para correr mais depressa, desembesto a tossir e sinto um forte aperto no peito. Gente do nosso ramo tem que ficar solteiro a vida inteira! Até os filhos da puta dos pardais andam em pares, mas nós, não, não podemos casar! Além do mais, depois de casar, cada ano é uma criança, e eu já tenho cinco! Todas de boca bem aberta esperando comida. O aluguel dos riquixás é alto, o cereal, caro, o trabalho, árduo, e o que se vai fazer? É melhor ficar solteiro o resto da vida, e quando precisar descarregar é questão de procurar as putas e que se lixem as pústulas! Uma pessoa ao morrer é enterrada, mas tendo família, várias bocas para alimentar, nem consegue morrer em paz! O que você acha? — perguntou a Xiangzi.

Xiangzi acenou em sinal afirmativo, sem dizer nada.

Nesse meio-tempo chegou um passageiro. O mais baixo dos quatro acertou o preço, mas cedeu a corrida e gritou para o mais velho:

— Meu camarada, faça você essa corrida, já que tem cinco crianças à espera!

— Está bem, vou fazer mais uma corrida, ainda que não seja assim que as coisas se resolvem — respondeu sorrindo. — Bem, pelo menos ainda levo para casa mais uns pães. Até depois, parceiros!

Olhando o mais velho se afastar, o mais baixo disse entredentes:

— Que vida de merda! Trabalhar até morrer e sem ao menos ter a chance de deitar com uma mulher! Enquanto esses filhos da puta cheios da grana podem ter quatro ou cinco beldades para se esbaldar!

— Esqueça os outros — disse um deles. — Ele tem razão. Nesta vida é melhor ter cuidado. Veja bem, por que casar? Será que vale a pena? Não! É uma arapuca! Andar a roer pães de milho dia e noite, queimando a vela até a ponta, até o mais forte acaba fodido!

Ao ouvir até aquela altura da conversa, Xiangzi levantou-se e pegou os varais do riquixá.

— Eu vou para o sul, que este ponto não está dando em nada — comentou ele, de forma casual.

— Até logo, parceiro! — despediram-se dele os outros dois mais jovens.

Xiangzi parecia não ter escutado. Ia andando a passos lentos, esticando as pernas e sentindo ardência nos músculos das nádegas. Tinha pensado em voltar para casa, mas agora não se atrevia. Não era uma mulher que o aguardava em casa, mas uma vampira sedenta!

Os dias começaram a alongar-se. Ficou perambulando pelas ruas e mesmo assim eram apenas cinco horas da tarde. Ele entregou o riquixá e foi se sentar em uma casa de chá para passar o tempo. Depois de dois bules, ficou com fome e decidiu jantar na rua antes de regressar a casa. Comeu pães recheados de carne e uma tigela de sopa de feijão vermelho e milho painço. Foi para casa caminhando e arrotando. Era certo que raios e trovoadas o aguardavam. Mas ele manteve-se calmo, pois estava determinado em não discutir nem brigar com a mulher. Ao chegar em casa, cairia na cama e dormiria. No dia seguinte continuaria a puxar riquixá, não importando o que ela fizesse.

CAPÍTULO 16

Ao entrar, encontrou Tigresa esperando por ele no quarto externo. Quando o viu, sua carranca alongou-se. Xiangzi queria distensionar o ambiente e saudá-la da maneira habitual, mas se deu conta de ser incapaz de simular. Com a cabeça baixa, passou para o quarto de dormir. Ela não deu um pio, dos quartos reverberava um silêncio como o de uma caverna no fundo de uma montanha. Os sons de tosse, de conversa, de choro de crianças eram nítidos e distantes ao mesmo tempo, como se estivessem no cume de uma montanha.

Nenhum dos dois quis iniciar uma conversa, deitaram-se um depois do outro, de boca calada, como duas tartarugas marinhas mudas. Ao acordar, depois de um cochilo, Tigresa falou em um tom meio irritado meio brincando:

— Onde você foi ontem? Ficou fora o dia inteiro!

— Fui puxar riquixá! — respondeu Xiangzi, meio acordado meio dormindo, como se tivesse alguma coisa entalada na garganta.

— Ah! Bem que eu imaginei, enquanto não fedesse a suor, não iria sossegar! Seu maltrapilho! Fiz janta para você e não veio comer, preferiu ficar vagabundeando na rua, não é? Não me provoque. Olha que meu pai era bandido e eu sou capaz de tudo! Se você se atrever a sair de novo amanhã, me enforco só para você ver. Estou falando sério!

— Eu não posso ficar sem fazer nada!

— Você não vai procurar o velho?

— Não!

— Orgulhoso!

Xiangzi perdeu a cabeça, não podia mais segurar as palavras dentro de si:

— Eu vou puxar riquixá, vou ter meu próprio carro, e se alguém atravessar o meu caminho desapareço e nunca mais volto!

— Hum... — bufou Tigresa, o balbucio ressoando pelas narinas, que era uma forma de expressar toda a soberba e o desprezo por Xiangzi, enquanto repensava toda a situação.

Ela sabia que Xiangzi, apesar de honesto, era cabeça-dura. Esse tipo de gente quando diz uma coisa é porque levará sua decisão a cabo. Não tinha sido fácil agarrá-lo e não ia deixá-lo escapar por entre os dedos. Ele era o marido ideal: honesto, trabalhador e forte. Com a idade e a aparência que tinha, seria difícil conseguir outra preciosidade como aquela. Saber a hora certa de agir com punhos de aço ou com mãos de veludo era a solução para dobrá-lo:

— Eu sei da sua ambição, mas você também tem que entender que eu te quero bem. Se não quer ir procurar o velho, então eu mesma vou. Sou a filha dele, afinal de contas, e não me importo com o que os outros vão pensar.

— Mesmo que o velho nos aceite, eu ainda vou puxar riquixá! — Xiangzi queria deixar tudo em pratos limpos.

Tigresa manteve-se em silêncio por um longo tempo. Não tinha pensado que ele fosse tão esperto. Embora as palavras dele fossem simples, demonstrava que não cairia mais nas suas artimanhas e que não era burro. Para continuar a dominar esse grande jumento teimoso, que empacaria quando provocado, ela tinha de ser mais sutil. Não podia forçar muito. Tinha de saber quando soltar e apertar a rédea, pois não fora fácil conquistá-lo.

— Então tá. Já que gosta tanto de puxar riquixá, não tenho como impedi-lo. Mas tem de jurar para mim que não irá pegar trabalho fixo e que voltará para casa todas as noites. Um dia sem você e fico desesperada! Prometa que voltará todos os dias cedinho para casa.

Xiangzi lembrou-se da conversa durante o dia com o puxador de riquixá mais velho. De olhos abertos no escuro, parecia

CAPÍTULO 16

ver um grupo de puxadores de riquixá, vendedores ambulantes, trabalhadores braçais, todos com as costas arriadas como tábuas e a arrastarem os pés. Ele seria um desses no futuro. Mas agora seria inadequado ele seguir discutindo com ela. Nesses termos, o acordo já era uma vitória.

— Está bem, vou me limitar às corridas.

Tigresa não se sentia à vontade para procurar o velho Liu Si. Ainda que estivessem acostumados a discutir todos os dias, agora a situação era diferente, pois tinha casado e saído de casa e, querendo ou não, a relação se distanciara e não se atrevia a reaparecer assim, sem mais nem menos. Se o velho realmente a deserdasse e não quisesse lhe dar nenhum tostão, ela nada podia contra isso, por mais barulho que fizesse e discussão que armasse. Mesmo um mediador, se tudo caísse num buraco sem saída, só podia aconselhá-la a voltar para casa, agora que ela tinha a sua própria.

Xiangzi continuou a puxar riquixá, enquanto ela, sozinha em casa, passava o tempo todo num desassossego, para cá e para lá. Várias vezes pensou em se arrumar e ir procurar o pai, mas não conseguia se mexer. Ela se via num dilema. Para o próprio conforto e felicidade devia ir, mas, se fosse, estaria perdendo o respeito por si mesma. Se o velho se acalmasse e ela pudesse levar Xiangzi de volta à Garagem Harmonia, naturalmente ensinaria o trabalho administrativo, não precisava mais fazer corridas e, de forma segura, assumiriam o negócio do pai. Sentiu-se mais animada. Mas e se o velho fincasse o pé? Ela não só seria humilhada, como estaria condenada a ser a mulher de um puxador de riquixá pelo resto da vida. Então, ela não teria nenhuma diferença em relação às mulheres do pátio onde morava. Sentiu-se deprimida. Quase se arrependeu por ter casado com Xiangzi. Por mais trabalhador que ele fosse, se não tivesse o apoio de seu pai, não passaria de um puxador de riquixá por toda a vida. Começou a considerar regressar sozinha para casa e se separar de Xiangzi. Não podia perder tudo por causa dele. Mas pensou que a felicidade de estar junto a Xiangzi era indescritível. Sentada na ponta da cama de tijolos, seus pensamentos vagueavam, sentiu a benção conjugal e imaginou-se como uma flor vermelha que se abre ao sol. Não, não tinha coragem de abandonar Xiangzi. Que ele seguisse puxando riquixá ou virasse mendigo, ela ficaria sempre ao lado dele. Se as mulheres ali do pátio podiam aguentar, por que não ela? Assim decidira e não iria ver o pai.

Desde que deixara a Garagem Harmonia, Xiangzi não quis mais passar pela avenida do Portão Xi'an. Nesses últimos dias, ao sair de casa tomava a direção leste da cidade, para evitar constrangimentos ao encontrar puxadores da locadora. Nesse dia, no entanto, depois de devolver o riquixá, decidiu passar pela sua entrada, por simples curiosidade. As palavras de Tigresa ainda ecoavam na mente, como se o testassem para ver se tinha coragem ou não de retornar à garagem. Caso Tigresa tivesse feito as pazes com o velho, antes de voltar, tinha de descobrir se ainda conseguiria andar por aquela avenida. Ele puxou o chapéu à altura dos olhos e ficou espreitando de longe a entrada, com receio de ser reconhecido por alguém. De longe viu a luz sobre o portão de entrada e sentiu uma tristeza imensa. Lembrou-se do tempo em que chegara ali, da sedução de Tigresa e a cena da noite do aniversário. Esses acontecimentos eram nítidos na sua lembrança, como pinturas diante de seus olhos. Entremeadas a essas, surgiam as imagens da Colina Oeste, dos camelos, da casa dos Caos, do agente da polícia... Todas muito nítidas, formando

CAPÍTULO 16

uma sequência de imagens assustadoras, como se tivesse se esquecido de seu passado e o estivesse repassando agora. Ao se dar conta de seu envolvimento com essas cenas, seus pensamentos tornaram-se confusos. Estonteado, perguntou-se outra vez por que fora tão maltratado e atormentado. Essas cenas embaralhavam sua noção de tempo, o deixavam confuso quanto à própria idade. Sentia apenas que, desde que viera para a Garagem Harmonia, envelhecera muito. Naquele tempo, seu coração estava repleto de esperança, e agora estava cheio de preocupações. Não conseguia formular uma explicação para tudo o que vivera, mas essas imagens eram suficientes e reais.

Quando chegou em frente à Garagem Harmonia, parou do outro lado da avenida e fixou a luz sobre o portão. De repente, notou algo. Os caracteres dourados — Garagem de Riquixá Harmonia — tinham mudado! Ainda que analfabeto, lembrou-se muito bem do que parecia o primeiro ideograma: dois traços juntos, nem cruzados e nem formando um triângulo, mas simples, o ideograma 人. Identificando o som pelo caractere, deveria ser *rén*, que tinha mudado de forma, sendo substituído por 仁 — um ideograma ainda mais esquisito. Ele não conseguia entender o motivo. Olhou para o interior do pátio e percebeu as luzes dos dois quartos, que jamais poderia esquecer, apagadas.

Quando entediou-se de estar ali, voltou para casa de cabeça baixa, pensando. Teria a Garagem Harmonia fechado as portas? Ele tinha de se informar, antes de contar para a mulher. Ao chegar em casa, Tigresa comia sementes de melão para passar o tempo.

— Chegando tarde outra vez! — reclamou Tigresa, de cara amarrada. — Vou lhe dizer, se seguir assim não vou aguentar! Você fica o dia inteiro na rua e eu não consigo nem pisar fora de casa. O pátio está tomado por uns mortos de fome, nunca se sabe, temo perder alguma coisa. Não tenho ninguém com quem conversar, eu não sou feita de madeira. Pense em alguma solução, não aguento mais!

Xiangzi não disse nada.

— Fala! Quer me irritar de propósito, não é? Comeram a sua língua? — as palavras saíam de sua boca feito uma matraca.

Xiangzi continuou mudo.

— O que aconteceu? — irrompeu ela, já nervosa.

Com uma expressão ambígua entre lágrimas e riso, ela teve que se segurar para não explodir:

— Vamos comprar dois riquixás e os alugamos, e você fica em casa, vivendo do aluguel, pode ser?

— Dois riquixás não vão render mais do que trinta centavos por dia, e isso não chega para o nosso sustento. Vamos alugar um e o outro eu mesmo puxo, assim será o suficiente! — Xiangzi falou devagar, mas com naturalidade. Quando se tratava de comprar riquixás, tudo o mais era esquecido.

— Mas isso não muda em nada! Você continuará o dia inteiro na rua.

— Então, vamos fazer de outra forma — respondeu Xiangzi, que tinha ideias de sobra em se tratando de riquixás. — Alugamos um o dia todo. O outro eu puxo durante metade do dia, e na outra metade o alugamos também. Se eu fizer o turno da manhã, saio bem cedo e volto em torno das três da tarde; se eu fizer o turno da tarde, saio às três e retorno à noite. Está bom assim?

Tigresa abanou a cabeça.

— Deixe-me pensar. Se não houver outra saída, faremos como disse.

Xiangzi riu por dentro. Caso pudesse colocar em prática essa ideia, significava que ele puxaria um riquixá próprio outra vez. Mesmo que o carro tivesse sido comprado pela mulher, ele poderia guardar dinheiro e comprar outro. Finalmente se deu conta de que havia algo de bom em Tigresa e sorriu para ela. Era um sorriso sincero, vindo de seu interior, como se toda a amargura de antes tivesse sido esquecida, e num piscar de olhos o mundo tivesse mudado — com a mesma facilidade com que se muda de roupa.

Capítulo 17

Pouco a pouco, Xiangzi descobriu o que acontecera na Garagem Harmonia. O velho Liu Si vendera parte da frota e entregou o resto a outro proprietário de riquixá conhecido, na região oeste da cidade. Xiangzi podia adivinhar que, sem a ajuda da filha, o velho sentiu-se sem condições de administrar o negócio sozinho e decidiu passar adiante. Com a receita da venda, resolveu que era hora de aproveitar a vida. Mas para onde teria ido o velho? Isso Xiangzi não conseguiu descobrir.

Não sabia se havia de ficar contente ou não, mas os planos de Tigresa, agora que o pai abandonara a garagem, tinham ido por água abaixo. Ele, ao menos, poderia, a partir daquele momento, viver com dignidade e ganhar a vida honestamente sem depender de ninguém. Por outro lado, lamentava que o velho tivesse largado o negócio e ninguém sabia como Liu Si usaria o dinheiro, já que não deixou nenhum tostão para Xiangzi e Tigresa.

Enfim, os fatos eram esses e Xiangzi não se sentiu afetado nem gastou energias em preocupações com o assunto. Para ele nada mudava, continuava a depender das próprias forças; trabalhando, a comida não seria problema. Ele contou tudo a Tigresa de forma simples e sem emoção.

CAPÍTULO 17

Ela, no entanto, ficou extremamente preocupada. Percebeu na hora o que significava aquilo — ela estava acabada! Tudo estava acabado! Seria por toda a vida a mulher de um puxador de riquixá! Jamais sairia daquele pátio. Sempre pensou que o pai pudesse casar de novo, mas nunca lhe ocorrera que pudesse abandoná-la com tamanha indiferença. Caso o velho arranjasse outra mulher, Tigresa lutaria ainda pela parte de seus bens, negociaria com a madrasta... Ideias não lhe faltariam, desde que o velho mantivesse a locadora de riquixá. Mas nunca imaginou que o velho agiria de forma tão drástica, como vender toda a propriedade e desaparecer. Ela tinha discutido com ele, convencida de que a reconciliação seria natural, pois sabia muito bem que ela era indispensável na administração da empresa. Quem poderia imaginar que o velho fosse encerrar o negócio de uma vez?

A primavera dava sinais de sua chegada, os botões vermelhos surgiam nas árvores. Mas, ali no pátio, a primavera não se anunciava dessa maneira, pois não havia uma única árvore ou flor. O vento primaveril tinha esburacado primeiro o gelo no pátio, e da terra suja subiam odores desagradáveis, além de haver penas, restos de comida e pedaços de papel que redemoinhavam e batiam contra as paredes. Para as pessoas que ali viviam, cada estação trazia suas preocupações. Só agora os velhos atreviam-se a sair para tomar sol e se aquecer; só agora as moças mais jovens limpavam a fuligem da ponta do nariz, acumulada durante os longos meses de inverno, revelando sua pele dourada; só agora as mulheres permitiam que as crianças saíssem ao pátio para brincar com pipas feitas de pedaços de papel rasgado, sem correrem o risco de rachar as mãozinhas imundas com o frio. Mas a sopa dos pobres não era mais servida, já não havia a venda de cereal a crédito e os filantropos deixaram de dar ajuda. Tudo parecia ter abandonado os pobres à brisa da primavera e do sol!

Mal brotaram as espigas verdes do trigo da primavera, o cereal de reserva diminuiu e, como de costume, os preços subiram. Com o alongar dos dias, os velhos nem sequer podiam deitar-se mais cedo enganando o estômago com sonhos. Com a chegada da primavera pioravam ainda mais os problemas no pátio. Piolhos que haviam resistido ao inverno eram os mais terríveis — abandonavam por instantes os remendos das roupas dos velhos e das crianças para aproveitar um pouco da primavera.

Tigresa desiludia-se ao ver o gelo derreter e as roupas esfarrapadas, ao ouvir o suspiro dos velhos e o choro das crianças, e ao sentir a mistura de odores no pátio. No inverno, todos se escondiam dentro de casa, as imundices estavam encobertas pelo gelo; mas, agora, as pessoas começavam a aparecer e tudo se mostrava como era na realidade. A terra esboroava, deixando nus os tijolos partidos das paredes das casas, como se estivessem apenas à espera do primeiro dia de chuva para desmoronar. O aspecto do pátio tornou-se ainda mais miserável que de antes do inverno, com as ervas daninhas prejudicando as flores. Urgh! Só nesse momento é que ela se dava conta de que moraria no pátio pelo resto de sua vida. O dinheiro chegaria ao fim e Xiangzi não passava de um puxador de riquixá.

Mandou-o cuidar da casa, enquanto ela ia a Nanyuan visitar a tia, para ver se conseguia descobrir algo sobre o pai. A tia lhe informou que o velho Liu Si fora visitá-la por volta do décimo segundo dia do Ano-Novo lunar. Tinha passado para lhe agradecer e dizer que viajaria para Tianjin ou Xangai. Dissera que nunca poderia se orgulhar se não saísse da capital ao menos uma vez na vida. Pretendia aproveitar o resto de força que ainda lhe restava para passear e se divertir. Além do mais, tinha vergonha de ficar na cidade, depois de a filha tê-lo envergonhado completamente. Era tudo o que a tia tinha a relatar, e sua conclusão era simples: era muito provável que o velho tivesse mesmo saído para viajar, mas também poderia ter dito apenas da boca para fora, e ter se escondido por aí. Quem saberia?

Quando chegou em casa, Tigresa atirou-se para cima da cama de tijolos e desatou numa choradeira de dar dó — e não era fingimento. Chorou até ficar com os olhos inchados.

Depois de chorar até não poder mais, enxugando as lágrimas, disse a Xiangzi:

— Está bem, valentão! Que seja tudo como você quer! Eu fiz a aposta errada e não há mais nada a fazer. Tome cem yuans, vá comprar o seu riquixá!

Na realidade, Tigresa ainda tinha uma carta na manga. Seu plano original era comprar dois riquixás, um para Xiangzi e outro para alugar. Mas agora tinha mudado de ideia, apenas compraria um para ele puxar e guardaria o resto do dinheiro. Assim, ainda mantinha a autoridade. Não queria aplicar o dinheiro todo na compra de dois riquixás — pensou que Xiangzi poderia abandoná-la, depois de ter os carros na mão. Tinha de se precaver. Além do mais, sentia-se desamparada com a partida do velho e ninguém sabia o que seria do amanhã. O que tinha de fazer era se divertir como pudesse, e para isso tinha que ter dinheiro na mão. Estava acostumada desde sempre a petiscar entre as refeições. Eles podiam viver do que Xiangzi ganhava — ele era um puxador de riquixá de primeira categoria — e com o pé de meia dela poderiam viver muito bem. O dinheiro era finito, mas a vida também. Apesar de ter se rebaixado por casar com um puxador de riquixá — embora não tivesse tido alternativa —, não poderia ainda lhe espichar a mão para pedir dinheiro, sem que tivesse algum no próprio bolso. Essa decisão fez com que ela se sentisse melhor. Sabia que o amanhã era nebuloso, mas nesse momento ainda podia manter a cabeça erguida. Era como andar ao pôr do sol: o céu está lá longe e já escuro, mas diante dos olhos ainda há claridade suficiente para caminhar mais uns passos.

Xiangzi não entrou em discussão com ela e ficou contente por poder comprar um riquixá. Sabia que podia ganhar seis ou sete centavos por dia, o suficiente para comer alguma coisa. Até então, todo o seu sofrimento tinha como causa a compra do riquixá. Agora que finalmente atingiu sua meta, do que iria reclamar? Claro que um riquixá só rendia o necessário para alimentar duas bocas, não haveria sobras, e uma vez que o riquixá ficasse velho não teriam como comprar outro. Era um risco. Mas por que antecipar os problemas? Comprar um agora já era tarefa difícil, melhor era dar-se por satisfeito.

Um dos vizinhos do pátio, Erqiangzi, queria vender um riquixá. No verão do ano anterior, ele tinha vendido sua filha, Xiaofuzi, de dezenove anos, para um militar, por duzentos yuans. Depois que a filha partiu, ele esbanjou por certo período: tirou do prego tudo o que havia penhorado e mandou fazer roupas novas, de modo que a família toda parecia ter subido de condição. Sua mulher era a mais baixa e repugnante criatura do pátio, com a nuca achatada, maçãs do rosto salientes, cabelos ralos, dentes de cavalo e sardenta. Tinha os olhos vermelhos de tanto chorar pela filha, mas mesmo assim vestia uma cabaia nova azul.

Erqiangzi sempre fora genioso. Depois de vender a filha, passara a beber e com os olhos mareados era absolutamente intratável. Assim, para a mulher, roupa nova e barriga cheia eram insuficientes para compensar seu tormento, pois ele a surrava mais do que nunca. Erqiangzi tinha quarenta anos e não pretendia mais puxar riquixá. Por isso, comprou um par de cestos e um pau de carga e resolveu estabelecer-se como vendedor

CAPÍTULO 17

ambulante de frutas, amendoins e cigarros. Em dois meses de vendas, percebeu que apenas adquirira dívidas e um enorme prejuízo. Acostumado a puxar riquixá, não era bom de negócios. Puxar riquixá é uma atividade de resultado imediato: ou se ganha ou não se ganha; já na compra e venda havia malandragens que ele desconhecia. Os puxadores de riquixá vivem todos de crédito e ele não podia negar-se a ajudar os antigos parceiros, mas não era fácil reaver o dinheiro. Não encontrando boa freguesia e os devedores só lhe pagando quando podiam, inevitavelmente começou a perder dinheiro. Isso o preocupava sobremaneira e, assim, bebia mais. Bêbado, na rua, metia-se em rixas com a polícia e, ao voltar para casa, descontava a ira na mulher. Toda a culpa era da bebida. Quando lhe passava a bebedeira, arrependia-se de sua conduta e sentia-se péssimo. Repassava os prejuízos nos negócios, a venda da filha, as bebedeiras e as brigas, e ficava envergonhado. Nesses dias, ele dormia o dia inteiro, tentando afogar a infelicidade nos sonhos.

Ele decidiu abandonar as vendas e voltar a ser puxador. Não podia mais desperdiçar todo o dinheiro dessa maneira. Assim, comprou um riquixá. Quando bêbado era completamente irracional, mas, se estivesse sóbrio, gostava de manter as aparências e fazer as coisas com estilo. Com um riquixá e roupa novos, achava-se um puxador de primeira categoria e tinha de beber chá de boa qualidade, transportar passageiros de classe. Em uma parada de riquixás, mostrava aos outros o novo carro, pavoneava-se com a roupa impecavelmente branca e nunca disputava com outro uma corrida. Espanava o pó do riquixá com o novo pano azul, e batia os sapatos novos a seguir. Ficava de nariz empinado, sorrindo ao lado do carro, esperando que alguém fosse elogiar o riquixá, para puxar uma conversa interminável. Era capaz de ficar assim por dias a fio. Mesmo quando o alugavam para uma boa corrida, as pernas traíam o aparato do puxador — ele era incapaz de correr depressa. Terrivelmente deprimido, pensava na filha e tinha de beber. Dessa forma, torrou todo o dinheiro, sobrando apenas aquele riquixá.

Durante o solstício de inverno, embebedou-se outra vez. Ao entrar em casa, os dois filhos, um de treze e outro de onze anos, tentaram sair para fugir dele. Furioso, deu um pontapé em cada um. Quando a mulher lhe disse qualquer coisa, saltou-lhe em cima e lhe deu um chute no estômago. Ela ficou caída no chão, estatelada, sem conseguir dizer nada, durante um longo tempo. Nervosas, uma das crianças levantou uma pá e a outra um rolo de macarrão, partindo para cima do pai. Na confusão que se seguiu, ainda deram duas ou três pancadas na mãe. Os vizinhos tiveram de intervir, pegaram Erqiangzi e enfiaram-no na cama, com os meninos chorando sobre a mãe, ainda caída. A mulher acordou, mas nunca mais pôde voltar a caminhar. No terceiro dia do décimo segundo mês lunar, ela parou de respirar, vestida com a cabaia nova azul, comprada com o dinheiro da venda da filha. Os pais da mulher, furiosos, ameaçaram processá-lo. Através do aconselhamento de amigos, as duas famílias entraram em acordo. Erqiangzi garantiu que lhe faria um enterro decente e ainda pagaria aos pais da morta quinze yuans. Ele penhorou o riquixá, no que obteve sessenta yuans. Depois da virada do ano, queria se livrar dele, já que não teria a mínima chance de pagar o valor do penhor. Quando bêbado, pensava em vender um dos filhos, mas ninguém compraria. Ele também foi procurar o marido da filha Xiaofuzi, que não o reconheceu como sogro, e sobre isso nada mais é preciso acrescentar.

Xiangzi conhecia o histórico desse riquixá e não estava disposto a comprá-lo. Havia tantos riquixás no mercado, por que justamente esse carro, obtido da venda de uma filha e vendido

CAPÍTULO 17

por causa do assassinato de uma mulher? Esse carro trazia má-sorte. Tigresa não compartilhava dessa opinião. Ela pensava em comprá-lo por oitenta yuans, uma bagatela. O riquixá tinha sido usado por apenas seis meses e os pneus nem mudaram de cor! Sem falar que era feito pela renomada fabricante Decheng, da região oeste da cidade. Um riquixá de segunda mão custa cinquenta ou sessenta yuans. Não podia deixar escapar uma pechincha daquelas. Além disso, ela sabia que depois da passagem do ano, ficava apertada de dinheiro, e Erqiangzi não se poria a regatear para subir o preço, porque precisava da venda. Ela mesma foi vistoriar o riquixá, negociar com Erqiangzi e fechar negócio. Xiangzi só teve de esperar pelo carro para trabalhar e não disse nada, até porque o dinheiro não era dele.

Examinando o riquixá amiúde, achou a carroceria forte. Mas se sentia incomodado. O que mais o desgostava era a cor negra do chassi e os metais niquelados. Erqiangzi achava a combinação do preto com o branco perfeita e bonita, mas Xiangzi a considerava deprimente, fúnebre. Ele queria trocar os metais para bronze ou para uma cor leitosa para dar um aspecto mais animado ao veículo, mas não negociou nada com Tigresa para evitar discussões desnecessárias.

Chamava a atenção ao sair com um riquixá desses, e ele odiava quando uns o chamavam de "carro de viúva". Xiangzi aborrecia-se e tentava não pensar nisso, mas como andava o dia inteiro com o veículo, ficava sempre em alerta à espera de que surgisse algum problema. Às vezes, lembrava-se de Erqiangzi e seu infortúnio, tinha a impressão de estar puxando um caixão, em vez de um riquixá. Outras vezes, parecia-lhe ver sombras de fantasmas em torno dele.

Entretanto, nada se passou, apesar do mau pressentimento de Xiangzi. A temperatura cada vez mais elevada o fazia dispensar o casaco e vestir apenas camisa e calça de pano fino, pois a primavera de Beijing era muito curta. Os dias se tornavam longos e enfastiantes, todos se sentiam cansados. Xiangzi saía de manhã cedo e pelas quatro ou cinco horas tinha a sensação de já ter trabalhado o suficiente. Mas o sol continuava alto. Ele não queria parar, mas também não queria se recolher tão cedo. Ficava indeciso, bocejando preguiçosamente.

Se ele vivia cansado e aborrecido pelo alongar dos dias, em casa Tigresa sentia-se ainda mais só. No inverno, ela podia ficar se aquecendo ao pé do fogão e ouvindo o farfalhar do vento. Embora se sentisse entediada, tinha motivos para não sair de casa, para se consolar. Agora, havia mudado o fogão para baixo do beiral e não tinha nada para fazer dentro de casa. O pátio era sujo e fétido, sem uma erva que fosse. Quando saía à rua, ia com um pé e voltava com outro, com receio da vizinhança. Ela parecia uma abelha presa em um quarto, vendo o sol da rua, sem poder voar para fora. Não tinha nada em comum para conversar com as outras mulheres dali. Passavam o dia falando sobre coisas do lar, enquanto ela, acostumada a ser desbocada, não se interessava por esses assuntos. A infelicidade ressaltava a amargura de suas vidas, choramingando pelas coisas mais triviais; ela, quando chorava, era por se sentir insatisfeita com a sua sorte e, não tendo lágrimas, preferia discutir com alguém para descarregar. Incapazes de se compreenderem, o melhor era cada uma ficar no seu quadrado.

Apenas encontrou uma companheira na metade de abril quando Xiaofuzi, filha de Erqiangzi, regressou a casa. O seu "homem" era um oficial do exército, que estabelecia uma casa em cada lugar onde era destacado. Gastava cem ou duzentos yuans com uma mulher jovem e comprava uma cama extragrande e um par de cadeiras. Quando a sua unidade era

CAPÍTULO 17

transferida para outro lugar, deixava a cama e a mulher para trás e partia. Tinha vivido bem durante uns meses, feliz, e o preço que pagara se justificava.

Era um arranjo que valia a pena. Se tivesse de pagar a um criado durante um ou dois anos para lhe lavar a roupa e remendá-la, cozinhar e tratar das demais tarefas domésticas, teria de gastar no mínimo oito ou dez yuans por mês. Desse modo, "casando" com uma moça local, significava estar servido de cama e mesa e tinha certeza de que seria uma mulher asseada, sem doenças venéreas. Se lhe agradasse, podia muito bem comprar a ela uma cabaia floreada; se não, deixava-a em casa seminua e não havia nada que ela pudesse fazer sobre isso. Quando mudava de cidade, partia sem olhar para trás, e ela que se desenrascasse com o aluguel dos dois últimos meses, porque ele nunca pagava; a mulher que vendesse a cama e as cadeiras e, se o dinheiro não chegasse, o problema era dela.

Xiaofuzi voltara para casa depois de ter vendido a cama para pagar o aluguel, apenas com uma cabaia floreada e um par de brincos de prata.

Tendo vendido o riquixá e quitado a dívida com o penhor, ainda sobraram vinte yuans a Erqiangzi. Às vezes, sentia que um homem de meia-idade que perdeu a mulher era digno de pena. Mas ninguém parecia se solidarizar com ele e, assim, Erqiangzi punha-se a beber para afogar as mágoas e se consolar. Nesses momentos, ele parecia sentir raiva de dinheiro e saía torrando adoidado. Em outros momentos, conscientizava-se de que tinha de puxar riquixá para criar os dois filhos e ter algum futuro. Então, comprava para eles uma grande quantidade de comida. Com os olhos marejados, via-os devorar tudo e murmurava:

— Pobres crianças sem mãe! Pobres crianças desafortunadas! O pai suando sangue por causa de vocês. Eu não estou brincando. Não me importo de passar fome, desde que vocês tenham o suficiente para comer. Comam! Só não se esqueçam de mim quando crescerem!

Nesses momentos, ele gastava muito dinheiro, e logo torrou todos os vinte yuans.

Sem um tostão, bêbado e maldisposto, ele deixou de reparar na comida das crianças. Sem alternativa, elas tiveram de pensar em formas de arranjar o próprio sustento. Passaram a participar como atendentes em funerais e casamentos, vendiam ferro-velho e restos de papéis, que catavam nas latas de lixo, e por vezes ganhavam algumas moedas para comprar pães, ou eventualmente meio quilo de batatas-doces germinadas e pequenas, que engoliam com casca e tudo. E, quando os dois tinham apenas um centavo, compravam restos de amendoins ou favas que, se não matavam a fome, ao menos era algo para mastigar.

Quando Xiaofuzi voltou para casa, as crianças abraçaram-lhe as pernas e sorriam-lhe sem saber o que dizer, com os olhos repletos de lágrimas. A mãe os tinha deixado, mas a mana tomaria conta deles agora.

Erqiangzi manteve-se indiferente com o retorno da filha. Era mais uma boca para alimentar. Contudo, ao ver a felicidade dos filhos, ele tinha de admitir que era necessário uma mulher para cozinhar e lavar roupas. E decidiu não comentar nada, que as coisas seguissem seu curso natural.

Xiaofuzi não era feia. Apesar de pequenina, parecia mais alta e corpulenta depois de ter se juntado com o militar. Não havia nada de especial nela, mas seu rosto redondo, as sobrancelhas e os olhos alongados e bem definidos davam-lhe uma aparência especial. O lábio superior era mais curto e, quando brava ou alegre, apareciam-lhe os dentes, simétricos e brancos, que tanto agradaram ao oficial. Quando se viam, sua expressão indefesa e frágil conferia-lhe certo ar infantil. Como com todas as outras moças de famílias pobres, sua aparência de flor a desabrochar, de cor e aroma delicados, fez dela produto imediatamente comerciável.

Via de regra, Tigresa ignorava seus vizinhos, mas com Xiaofuzi foi diferente. Em primeiro lugar, tinha boa aparência; em segundo, vestia cabaia de tecido importado; e, por fim, tendo estado casada com um oficial, sabia alguma coisa da vida, por isso quis relacionar-se com ela. As mulheres têm dificuldade de fazer amizade, mas quando o fazem tornam-se unha e carne. Com poucos dias de convivência, Tigresa e Xiaofuzi já eram confidentes.

Tigresa adorava petiscar, e sempre que tinha pitéis ou qualquer coisa, chamava Xiaofuzi e beliscavam as duas, em meio a conversas e risos. Xiaofuzi ria daquele jeito que lhe era particular e contava a Tigresa todo tipo de coisas que esta jamais ouvira. Xiaofuzi não vivera luxuosamente, mas quando o oficial estava bem-disposto levava-a a restaurantes ou ao teatro e, assim, Xiaofuzi tinha muito que contar, impressionando Tigresa. Ainda havia outras coisas acerca das quais Xiaofuzi evitava falar, por considerá-las degradantes, mas para Tigresa era um deleite; e, quando esta lhe pedia que as contasse, Xiaofuzi, embaraçada, ficava constrangida em recusar. Tigresa considerava a colega a mais adorável e invejável das criaturas. Depois de ouvir as histórias, pensava em si — na aparência, na idade e no marido que tinha — e achava que havia sido injustiçada na vida. Não tivera juventude e não havia esperança quanto ao futuro. No presente, Xiangzi era aquela cabeça de mula! Quanto mais vexava Xiangzi, mais gostava de Xiaofuzi. Ainda que a moça fosse pobre e sem recursos, para Tigresa Xiaofuzi tinha aproveitado a vida, conhecido o mundo e, mesmo que morresse, a vida teria valido a pena. Xiaofuzi representava o que de melhor uma mulher pode esperar da vida.

Tigresa não percebia as dificuldades de Xiaofuzi. A moça voltou para casa de mãos abanando, e ainda assim ela tinha de pensar em dar de comer aos irmãos, dada a negligência do pai. Onde arranjaria dinheiro para isso?

Quando Erqiangzi embebedou-se, deu uma ideia:

— Se você realmente se importa com seus irmãos, deve haver um jeito de sustentá-los. Não podem ficar esperando tudo de mim, que já trabalho feito uma mula o dia inteiro. Eu tenho de comer primeiro. Por acaso, posso correr de barriga vazia? Se eu cair morto na rua, quero ver como vão se virar! O que está esperando, se já tem tudo pronto para vender?

Xiaofuzi olhou para o pai, podre de bêbado, para os irmãos famintos e para si mesma, e começou a chorar. As lágrimas não comoveram o pai e não alimentavam os irmãos. Tinha de fazer alguma coisa mais prática. Para sustentar os irmãos, precisaria vender seu corpo. Apertando o menor contra o peito, as lágrimas caíam-lhe dos olhos sobre os cabelos desalinhados do irmão, e ouviu-o dizer:

— Mana, estou com fome!

A irmã era a fonte de carne para os irmãos se alimentarem.

Tigresa, sem sombra de compaixão, propôs lhe emprestar dinheiro — é claro, para a amiga ficar mais apresentável. Como o quarto onde Xiaofuzi vivia com o pai e os irmãos era uma pocilga, Tigresa concordou também em lhe alugar um dos seus, mais decente. Tinha dois, por isso sempre haveria espaço para as duas. Com Xiangzi fora o dia inteiro, Tigresa sentia-se contente por poder ajudar a amiga e, ao mesmo tempo, aprender mais sobre o mundo da promiscuidade, sobre as coisas que tinha perdido e, por mais desejosa que também estivesse de experimentar, não podia. Pôs apenas uma condição: Xiaofuzi devia pagar-lhe dois centavos a cada vez que usasse o cômodo. Amigos, amigos, negócios à parte. Para manter o quarto limpo e arrumado para a amiga, Tigresa teria gastos com vassoura e espanador. Dois centavos era uma pechincha e se cobrava tal valor era só porque eram amigas.

Os lábios de Xiaofuzi rasgaram-se revelando os dentes e engoliu as lágrimas em seco.

Mesmo sem entender por quê, Xiangzi percebeu que as suas noites começaram a registrar maior atividade. Tigresa, desde que começara a "ajudar" Xiaofuzi, queria recuperar os anos perdidos da sua juventude por meio dele.

Capítulo 18

Durante os dias de junho, o pátio estava quase sempre silencioso. De manhã bem cedo, de cestas na mão, as crianças saíam para catar qualquer coisa. Em torno das nove horas, o sol já queimava suas costas e elas voltavam com aquilo que recolheram das ruas, e tratavam de comer o que os pais tinham para lhes dar. Então, os mais velhos, que conseguiam juntar algum dinheiro, por mais irrisório que fosse, compravam ou passavam a mão em alguns pedaços de gelo para revender. Se não tivessem nenhum tostão, saíam em grupos para tomar banho no fosso da Cidade Proibida. Podiam aproveitar para roubar alguns pedaços de carvão da estação do trem, ou pegar libélulas e cigarras para vender aos filhos de famílias ricas. Os menores não se aventuravam para longe, preferindo a sombra das árvores ali perto do pátio, brincando com os insetos que encontravam nas acácias ou entretendo-se a desenterrar suas larvas. Com as crianças e os homens na rua, as mulheres ficavam em casa, com o tronco nu. Nenhuma saía de casa, não por vergonha, mas porque o pátio ficava quente feito um forno.

Com o cair do sol, os homens e as crianças regressavam pouco a pouco. Nessa hora, havia a sombra dos muros e soprava uma brisa fresca no pátio, enquanto dentro das casas o calor do

CAPÍTULO 18

dia parecia preso como o vapor dentro de uma panela ao fogo. Todos se sentavam no pátio, à espera de que as mulheres preparassem o jantar. A animação tomava conta do lugar, como uma feira, mas sem mercadorias. A paciência de todos esgotava-se depois de um dia de calor. Maldispostos e esfomeados, uma palavra menos cuidadosa era o suficiente para os homens baterem nos filhos ou nas mulheres, ou então lhes rogar pragas. E assim prosseguia até depois do jantar. Algumas das crianças deitavam-se e adormeciam no pátio, outras iam brincar na rua. Os adultos, de barriga cheia, aplacavam os ânimos, e os mais sociáveis juntavam-se em grupos de três ou quatro para discutir e contar as adversidades do dia. Para aqueles que não tinham ganhado o suficiente para a refeição da noite, era tarde demais para vender ou penhorar qualquer coisa — se é que tinham alguma coisa para vender ou penhorar. Os homens atiravam-se para cima da cama de tijolos, sem se importar com o calor do quarto. Às vezes mantinham-se em silêncio, outras praguejavam em voz alta. Com os olhos mareados, as mulheres rondavam a casa dos vizinhos pedindo ajuda e só com sorte conseguiam depois de muita recusa, nem sempre, uma nota velha de vinte centavos. Apertando na mão esse tesouro, saíam para comprar restos de cereais e cozinhavam uma panela de papa para a família.

Tigresa e Xiaofuzi não faziam parte desse estilo de vida. Tigresa estava grávida, dessa vez de verdade. Xiangzi saía de madrugada e ela apenas se levantava em torno de oito ou nove horas, sob a crença tradicional equivocada de que mulher grávida não devia se movimentar. Além disso, queria aproveitar seu estado para mostrar sua posição social. Enquanto todos tinham de começar a trabalhar bem cedo, ela podia ficar deitada até quando lhe apetecesse. À noite, pegava um banquinho e ia sentar-se fora do pátio, onde corresse uma aragem e até que todos fossem deitar, pois julgava todos abaixo de sua condição para falar com eles.

 Xiaofuzi também se levantava tarde, mas por outro motivo. Ela temia que os homens do pátio a olhassem enviesados, por isso esperava que saíssem para o trabalho, antes de se aventurar fora de casa. Durante o dia, ou visitava Tigresa ou saía à rua para se oferecer. À noite, para escapar dos olhares dos vizinhos, só voltava para casa quando todos já tivessem se recolhido.

 Entre os homens, Xiangzi e Erqiangzi eram exceções. Xiangzi tinha medo de entrar no pátio, e mais ainda em casa. As tagarelices intermináveis o enervavam e preferia sentar-se sozinho num canto sossegado. Dentro de casa, achava Tigresa cada vez mais indomável, à altura de seu apelido. Os quartos eram quentes e abafados e, com Tigresa dentro, Xiangzi sentia-se sufocado. Antes regressava mais cedo para evitar discussões, mas agora que Tigresa tinha Xiaofuzi de amiga, ela afrouxara a guarda com ele, que vivia chegando tarde.

 Já Erqiangzi quase não voltava para casa. Ele sabia dos negócios da filha e tinha vergonha de encarar os vizinhos. Não havia como impedi-la, pois ele próprio não tinha condições de sustentar os filhos. Então, preferia ficar nas ruas, porque "longe dos olhos, longe do coração". Às vezes odiava a filha, tivesse nascido homem, não lhe traria tanta vergonha. Já que encarnara como mulher, por que tinha de ter nascido justamente na sua família? Em outros momentos, sentia pena dela, por estar vendendo o corpo para dar de comer aos irmãos menores. Raiva ou pena, não havia o que fazer. Mas, quando ele queria beber e não tinha dinheiro, não havia ódio nem comiseração, e pedia dinheiro a ela. Nesses momentos, via a filha como fonte de renda, e ele, como pai, tinha todo o direito de lhe pedir. Nesses momentos ele também mantinha as aparências: todo mundo a desprezava, e ele não fazia por menos. Enquanto lhe pedia dinheiro, injuriava-a, como que para todo mundo ouvir que ele não tinha culpa, pois ela era uma sem-vergonha por natureza.

Xiaofuzi nunca respondia às injúrias do pai. Quem o peitava era Tigresa, que se livrava dele com alguns trocados para beber. Era melhor bêbado, porque se ficasse sóbrio poderia se atirar no rio ou se enforcar.

O 15 de junho estava excepcionalmente quente. Mal o sol raiara e a terra já estava escaldante. Um miasma cinza, nem nuvem nem névoa, pairava no ar e todos se sentiam sufocados. Não havia uma brisa sequer. No pátio, Xiangzi viu aquele dia cinza-avermelhado e pensou em trabalhar à tarde, depois das quatro. Caso o negócio estivesse ruim, poderia trabalhar a noite inteira até o amanhecer, pois seria mais suportável do que de dia.

Tigresa preferia que ele saísse, pois não o queria ali, no caso de Xiaofuzi trazer algum cliente.

— Pensa que é melhor dentro de casa? Ao meio-dia até as paredes vão começar a ferver!

Ele não disse nada, bebeu uma concha de água fresca e saiu.

Os salgueiros alinhados ao longo da rua pareciam doentes, com as folhas poeirentas recurvadas e os ramos imóveis, pendurados. A rua estava seca e reluzia. A poeira levantava-se nas calçadas e misturava-se àquele miasma cinza, formando um véu de areia que cobria o rosto ressecado dos transeuntes. Tudo estava seco e quente, como se toda a cidade fosse um enorme forno de oleiro aceso, e todos tinham dificuldade para respirar. Cachorros ficavam deitados com a língua de fora, mulas e cavalos dilatavam suas narinas ao máximo, os vendedores ambulantes não se atreviam a anunciar suas mercadorias, enquanto o asfalto das ruas e até os anúncios das lojas, em latão, pareciam derreter.

As ruas estavam em um silêncio fora do normal, ouvindo-se apenas o bater dos martelos, monotônico, contra as forjas dos ferreiros. Embora soubessem que seu sustento dependia disso, os puxadores de riquixá não tinham energia para chamar por passageiros. Alguns tinham parado na sombra, levantado a capota do assento de passageiro e, sentados dentro dele, cochilavam; outros se refugiavam em casas de chá; havia ainda os que apareciam sem o riquixá, para avaliar o movimento e justificar a saída com o carro. Aqueles que conseguiam alguma corrida, mesmo entre os puxadores mais esbeltos, preferiam caminhar a correr loucamente, mesmo que passassem um pouco de vergonha. Os poços de água eram verdadeiros salva-vidas. Mesmo após alguns passos, todos corriam para eles e, se derrubassem um balde de água fresca, acabavam bebendo da tina mesmo, juntamente com as mulas e os cavalos. Outros, vencidos pelo calor ou por alguma cólica súbita, dobravam-se e caíam para não mais se levantarem.

Até Xiangzi começou a ficar apavorado. Depois de caminhar alguns passos, sem passageiro, sentiu-se envolto por uma onda de calor da cabeça aos pés, que fazia as mãos suarem. Mesmo assim, quando viu um passageiro, decidiu transportá-lo, porque pensou que ao correr sopraria uma brisa. Mas, quando começou a correr, percebeu que ninguém podia trabalhar num calor letal daqueles. À medida que corria, sentia-se sufocado e com os lábios rachando. Embora não tivesse sede, queria beber água a todo o momento. Se não corria, o sol queimava-lhe as mãos e as costas até renderem bolhas. Por sorte chegou rapidamente ao destino, com a roupa toda suada, grudada no corpo. Abanou-se com o leque de folha de bananeira, mas era inútil, pois o vento soprava quente. Ele já perdera a conta de quanta água bebera, e ainda assim dirigiu-se às pressas para uma casa de chá. Depois de sorver dois bules de chá quente, se tranquilizou. A bebida descia goela abaixo e saía de imediato, em forma de suor, como se o corpo fosse uma peneira. Não se atrevia a se mexer.

Depois de permanecer ali sentado durante muito tempo, enfastiou-se. Com medo de sair e ainda sem nada para fazer, sentiu que o tempo não colaborava. Não, ele não podia esmorecer. Era um puxador experiente e aquele não era o primeiro verão de sua vida, não podia se dar ao luxo de ficar o dia inteiro parado. Isso é o que pensava, porque a perna não saiu do lugar. Sentia seu corpo mole, como se tivesse saído de um banho suado, sem ter se recomposto. Ficou mais um momento e, finalmente, resolveu sair. Mesmo ali sentado não parava de suar, então era melhor se mexer.

Mais uma vez na rua, se deu conta de ter cometido um grande erro. Aquele miasma cinza dissipara, e o calor era menos abafado, mas o sol incidia mais intenso sobre as ruas: ninguém tinha coragem de levantar a cabeça e olhar para cima, porque tudo reluzia, um brilho estonteante, telhados, paredes e o chão, tudo ressoava branco com laivos carmesins. O mundo todo parecia estar sob uma lente de aumento, na qual o sol procurava o foco e concentrava seus raios nas coisas, queimando até o ponto de combustão. Em meio a essa luminosidade, todas as cores ardiam nos olhos, todos os sons se tornavam ruídos estridentes, todos os cheiros se materializavam em odores fétidos. As ruas pareciam desertas, e causavam a impressão de se tornar mais largas e sem brisa — era assustador.

Com a cabeça vazia, Xiangzi caminhava lentamente, de cabeça baixa, puxando o riquixá, sem destino, atordoado pelo calor. O corpo estava pegajoso de suor, as solas dos pés colaram-se nas meias e nas palmilhas, como se tivesse pisado na lama. Um nojo. Cada vez que via um poço, bebia água, não para matar a sede, mas para sentir seu frescor. A água descia pela garganta e chegava ao estômago, fazia-o tremer, os poros se contraíam, era refrescante. Então, passava a arrotar repetidamente, a cada contração do estômago.

Andava um pouco e descansava, sem energia para chamar por corrida. Não sentia fome, embora fosse meio-dia. Pensou em ir ao lugar de costume para almoçar, mas, ao ver a comida, sentiu-se enjoado. Seu estômago cheio de água produzia um som chacoalhante, como a barriga das mulas e cavalos depois de beberem e se saciarem.

Sempre achara o inverno mais temível que o verão. Nunca tinha topado com um verão tão insuportável como esse. Seria a temperatura mais alta do que a de anos anteriores, ou seu corpo estaria mais fraco? Sentiu-se, de repente, revigorado e com o coração pulsante. Era seu corpo que estava no limite, não havia dúvidas! Ele ficou com medo, mas nada tinha a fazer. Não pôde se livrar de Tigresa, estava prestes a se tornar um Erqiangzi, ou o puxador de meia-idade com quem encontrara outro dia, ou como o avô de Xiaoma. Era o seu fim!

À uma da tarde, ele pegou um passageiro. Era a hora mais quente, do dia mais quente do ano, mas ele decidiu aceitar a corrida mesmo assim. Caso conseguisse chegar ao destino, provaria que seu corpo estava são; se não, ele poderia muito bem cair morto naquele chão ardente, que pouco se importaria.

Alguns passos depois, sentiu uma lufada de ar fresco, como uma corrente que passa por uma fresta da porta. Mas acreditava que vira o balançar dos galhos dos salgueiros nos dois lados da rua. Num repente, as ruas encheram-se de gente que saía das lojas, de leques nas mãos, dizendo:

— Os salgueiros se mexeram! Deus do céu, dê-nos mais vento!

CAPÍTULO 18

Continuava quente, mas a brisa serviu para acalmar o espírito. Mesmo que leve, trouxe esperança a todos. Mais uns sopros e o sol parecia menos intenso, como se uma nuvem de areia passasse por entre ele e a terra. De súbito, uma rajada de vento levantou os salgueiros, galvanizados de alegria, abanando e acenando os galhos, que pareciam alongar-se. Depois da ventania, o céu escureceu e foi tomado pela poeira; quando esta assentou para o norte, o céu estava tomado por nuvens negras. O suor do corpo de Xiangzi tinha secado, olhou para o norte, parou o riquixá e levantou a cobertura do passageiro. Sabia bem que a chuva de verão rebentava de uma hora para outra. Não havia tempo a perder.

Mal levantou a cobertura, outra rajada de vento soprou, e as nuvens negras já cobriam metade do céu. O calor que subia do chão misturava-se ao vento frio, que levantava a poeira fétida e seca. A temperatura estava quente e fria ao mesmo tempo. O lado sul do céu se apresentava claro e ensolarado, enquanto o lado norte, escuro e encoberto, como à iminência de uma calamidade, e então, de repente, instalou-se o pânico. Puxadores de riquixá apressavam-se a levantar a cobertura; os atendentes de loja recolhiam os anúncios; os vendedores de rua juntavam suas mercadorias, os pedestres aceleravam os passos. Outra rajada de vento e as ruas ficaram vazias: anúncios, bancas e pedestres desapareceram. Só os salgueiros seguiam dançando.

Mesmo antes de o céu ficar totalmente encoberto, a escuridão cobriu o chão. O meio-dia abrasante transformara-se, em minutos, num breu. Gotas de chuva, atiradas pelo vento, caíam aqui e acolá, como se procurassem algum alvo. Ao norte, um rasgão de luz vermelha parecia cortar as nuvens ao meio, como que as deixando, por um momento, ensanguentadas. A ventania diminuiu, mas ainda soprava, fazendo as pessoas se arrepiarem. Os ventos deixavam as pessoas alarmadas, os salgueiros, inclusive, permaneceram imóveis, como a aguardar que algo acontecesse. Outro clarão, dessa vez sobre a cidade, seguido de uma chuva branca que chicoteava o chão, levantava poeira e transformava tudo em lama. Os pingos da chuva caíam sobre as costas de Xiangzi, que se arrepiava. A chuva parou e o céu se manteve coberto de nuvens negras. Outra lufada de vento, dessa vez mais forte, fez esvoaçar os galhos do salgueiro em paralelo ao chão; a poeira tornou a levantar e caiu uma tromba d'água. Vento, poeira e água misturaram-se em uma amálgama, em um vórtice frio enraivecido, tornando árvores, terra e nuvens indistinguíveis. Quando o vento parou, a chuva continuou a cair, vertical, como uma massa sólida, como se a terra estivesse sendo alvejada por flechas. Formaram-se milhares de cascatas que caíam dos beirais dos telhados. Depois de poucos minutos, era como se o céu tivesse se rasgado e deixado cair toda a água que sustinha, formando córregos. O mundo se tornou acinzentado e pardo, intercalado por relâmpagos.

Xiangzi estava todo encharcado, sem um único ponto do corpo seco. O cabelo sob o chapéu de palha escorria. A água nas ruas chegava aos tornozelos, o que tornava difícil caminhar. A chuva chicoteava-lhe a cabeça e as costas, a cara e os olhos. Ele não conseguia levantar a cabeça e abrir os olhos, tinha dificuldade de respirar e dar um passo. Com a água, perdera o sentido de direção. Só sentia a água gelada se infiltrando pelos ossos. Estava grogue. A única quentura que emanava era do coração e ouvia apenas o som desordenado da chuva. Ele queria parar o riquixá, mas não encontrava um lugar adequado para isso. Ao tentar correr, os pés atolavam no lamaçal. Lentamente, de cabeça baixa, arrastava-se, pé ante pé. O passageiro parecia morto, não dizia uma palavra de incentivo, deixando ao puxador a luta contra a água.

A chuva diminuiu, Xiangzi endireitou as costas e, depois de um longo suspiro, perguntou ao passageiro:

— Senhor, quem sabe nos abrigamos por um momento?

— Adiante! Não vai me deixar aqui! — gritou o passageiro, batendo os pés.

Xiangzi queria mesmo era estacionar o riquixá e procurar um lugar para se abrigar da chuva. Mas sabia que, molhado como estava, não tardaria a tremer de frio se interrompesse a corrida. Resignado, levantou alto os pés e desatou a correr. Mal tinha corrido alguns passos, o céu escureceu, seguido de uma claridade, com a chuva impedindo sua visão.

Quando chegaram ao destino, o passageiro não pagou um centavo a mais pela corrida. Xiangzi também nada comentou, estava farto de tudo.

A chuva parou por um momento e voltou a chuviscar em seguida. Xiangzi correu para casa num só fôlego e foi acocorar-se perto do fogão. Estava a tremer como as folhas das árvores na chuva. Tigresa preparou-lhe um chá com açúcar e gengibre e, sem pensar, ele sorveu num único gole e enfiou-se debaixo das cobertas. Não queria saber de mais nada, mas, sonolento, ainda ouvia a chuva a ressoar nos ouvidos.

Eram quatro e pouco quando as nuvens negras pareciam esgotar-se e os relâmpagos enfraqueceram. Instantes depois, as nuvens negras do lado oeste rasgaram-se, as orlas negras adornaram-se de dourado, e raios de sol despontaram. Uma névoa branca serpenteava entre eles. Os relâmpagos afastaram-se para o sul, acompanhados de alguns trovões. O céu abriu no lado oeste e os raios de sol conferiam às folhas das árvores, molhadas pela chuva, um tom verde-dourado. Ao leste, dois arco-íris sustentavam-se sob duas nuvens negras e um céu azul ao fundo. Mas um instante depois tudo desapareceu, e o céu, limpo e lavado como tudo na terra, parecia renascer das trevas, um mundo novo, fresco e belo. Até libélulas multicoloridas surgiram nas poças d'água do pátio.

No entanto, com exceção das crianças descalças animadas em caçar libélulas, ninguém mais do pátio tinha tempo para apreciar a paisagem pós-chuva. O beiral dos fundos da casa de Xiaofuzi havia desabado e os irmãos tratavam de cobrir a abertura com a esteira da cama de tijolo. Várias paredes do pátio ruíram, mas ninguém se importava com isso, porque todos estavam com a preocupação voltada para dentro de suas casas. Algumas estavam inundadas, devido ao nível do chão ser mais baixo que o nível do pátio. Seus ocupantes tratavam de tirar a água, com pás e tigelas partidas. Outros reconstruíam paredes que tinham ruído. Havia ainda os que, em função de os telhados de suas casas estarem com vazamentos que molhavam móveis e utensílios, colocavam tudo para fora para secar ao lado do fogo ou estender nos varais.

Durante o temporal, todos haviam se escondido dentro de seus quartos, que poderiam desmoronar a qualquer momento, e entregavam suas vidas aos céus. Depois da chuva, começaram a calcular o prejuízo e tentar recuperar os estragos. Depois de uma chuvarada como aquela, o preço de meio quilo de cereais talvez caísse a cinquenta centavos, mas os prejuízos não tinham como ser compensados. Pagavam o aluguel, mas ninguém se preocupava em consertar as casas, a menos que tivesse se tornado impossível viver nelas; então, um par de pedreiros vinha, dava uma mão de terra, assentava entulhos e tudo estava pronto para aguentar até a próxima ameaça. Mas, se o aluguel não fosse pago, a família toda era posta na rua e tinha seus pertences retidos.

CAPÍTULO 18

Ninguém queria saber se as casas eram perigosas e poderiam desabar e matar as pessoas. Que podiam almejar os que nelas viviam, se não haviam como pagar por uma melhor?

O pior da chuva eram as doenças que causavam. Famílias inteiras que passavam o dia na rua tentando ganhar a vida podiam sucumbir às tempestades de verão. Todos sobreviviam da venda de sua força de trabalho, estavam sempre suando, enquanto a tempestade do norte costumava chegar desavisada e gelada. Às vezes, era acompanhada de granizos do tamanho de uma ameixa, e quando as gotas frias caíam sobre os corpos quentes deixavam as pessoas doentes por dois dias. Quando uma criança adoecia, não havia dinheiro para comprar remédio. A chuva fazia crescer o milho e o sorgo, mas também matava muitas crianças pobres das cidades. O pior era quando os adultos adoeciam; depois da chuva, os poetas se inspiravam nas gotas de chuva sobre as flores de lótus e os arco-íris duplos, mas, nas famílias pobres, quando os adultos adoeciam, todos passavam fome. Depois de um temporal, talvez aumentasse o número de prostitutas e ladrões, mais pessoas iam para a prisão. Quando os adultos adoecem, as crianças fazem de tudo para não morrer de fome. A chuva caía tanto para os ricos quanto para os pobres, para os bons e os ruins. Sem critérios de justiça.

Xiangzi adoeceu, e não era o único no pátio.

Capítulo 19

Xiangzi ficou desacordado por dois dias e duas noites, e Tigresa entrou em pânico. Ela foi até o templo da deusa Guanyin para pedir uma prescrição mágica: um pouco de cinza abençoada e mais duas ou três ervas medicinais. Deu a mistura a Xiangzi, que abriu os olhos por alguns instantes e caiu no sono outra vez, sob delírio. Só então ela chamou o médico. Umas sessões de acupuntura, mais um remédio, e ele despertou, perguntando:

— Parou de chover?

A segunda dose do medicamento ele recusou. Em parte, por achar que era dinheiro desperdiçado e, em parte, porque se envergonhava de ter sucumbido a um temporal. Ele não queria beber aquele remédio amargo. Para provar que não precisava, quis se vestir e descer da cama. Mas, quando se sentou, sentiu a cabeça pesada como uma pedra, seu pescoço pendeu, viu estrelas diante dos olhos e tombou outra vez. Nada precisou ser dito para convencê-lo de que ainda estava doente, então cedeu e tomou a medicação.

Ficou acamado por dez dias. Sentia-se cada vez mais desesperado, às vezes enfiava a cabeça no travesseiro e chorava baixinho. Sem poder trabalhar, era Tigresa quem arcava com todas as despesas da casa e do tratamento; e quando o dinheiro dela acabasse estariam totalmente dependentes dos rendimentos do riquixá. Ela era extravagante e gostava de estar sempre a petiscar, como ele poderia sustentá-la, com ela grávida? Quanto mais tempo ficava deitado, mais remoía os mesmos pensamentos, o que só retardava sua recuperação.

Assim que se sentiu melhor, perguntou:

— E o riquixá?

— Não se preocupe, já o aluguei para Ding Si.

— Ó! — exclamou Xiangzi. Ele ficou incomodado, e se Ding Si ou quem quer que fosse o estragasse? Contudo, como não tinha como sair da cama, era natural que pretendesse alugá-lo. Calculou que se fosse puxado por ele mesmo conseguiria obter cinquenta ou sessenta centavos por dia, o que mal chegava para pagar aluguel, carvão, lenha, comida, querosene, chá e tudo o mais, sem contabilizar a roupa para o casal. Tinham de poupar e não desperdiçar como Tigresa estava fazendo. Agora, com o riquixá alugado, isso só lhes rendia dez centavos por dia, o que significava que o resto tinha que sair das economias de Tigresa, quarenta ou cinquenta centavos, no mínimo, sem contar o custo com a medicação. Caso não melhorasse, o que poderia fazer? Sim, agora entendia por que Erqiangzi bebia, não admirava que alguns amigos seus transgredissem a lei: não havia saída para quem puxava riquixá! Não importava quanto se esforçassem, não poderiam casar, ficar doentes ou dar um passo em falso. Ah! Lembrou-se do seu primeiro riquixá e de suas economias. Não tinha feito nada a ninguém, e mesmo sem ser casado na época, sem ter ficado doente, perdera tudo, sem razão. Fizesse o que fizesse, bem ou mal, era um caminho que levava à morte e sem hora marcada. Ao pensar nisso tudo, a tristeza transformou-se em desespero. Foda-se! Se não pudesse se levantar, ficaria deitado, tudo ficaria na mesma. Ficou com a mente em branco e permaneceu imóvel, quieto. Pouco tempo depois, já não se aguentava e entrava em frenesi. Queria se levantar para trabalhar; mesmo que fosse um caminho sem saída, ele estava vivo e, até entrar num caixão, devia manter a esperança. Mas não conseguia ficar em pé. Com uma frustração enorme a sufocá-lo, virou-se para Tigresa e disse:

— Eu sabia que aquele riquixá era amaldiçoado, sério!

— Trate de melhorar e cuidar de si. Só fala de riquixá, parece enfeitiçado!

Ele não comentou nada. Ela tinha razão. Ele era fascinado por riquixá! Desde que começara a puxar um, pensava que nada mais existia, e afinal...

Assim que se sentiu um pouco melhor, saiu da cama. Olhou-se no espelho e não reconheceu o seu reflexo: barba por fazer, têmporas e maçãs do rosto sobressalentes, os olhos afundados e inúmeras rugas sobre aquela cicatriz. O quarto estava abafado e ele não tinha coragem de sair para o pátio. Primeiro porque as pernas estavam moles, como se não tivessem mais ossos, e, segundo, tinha vergonha de que alguém o visse. Céus, ele era conhecido por todos do pátio e das paradas de riquixá, da região leste e do oeste, como um dos mais fortes. Era inacreditável que estivesse reduzido agora a esse estado miserável! Ele se negou a sair de casa, mas ficar preso no quarto também o deixava inquieto. Desejou poder recuperar a saúde num abrir e fechar de olhos, e voltar para as ruas com seu riquixá. Mas uma doença como a sua, desgastante, vai e vem sem aviso.

Descansou por um mês e então, sem se importar se estava ou não recuperado, pegou de novo seu riquixá. Enterrou o chapéu na cabeça até os olhos, para evitar que o reconhecessem e para poder correr mais devagar. O nome de Xiangzi era

CAPÍTULO 19

associado à "velocidade" e, se alguém o visse marcando passo, seria motivo de piada.

Contudo, sua saúde ainda estava debilitada e passou a aceitar mais corridas, de modo a compensar o tempo perdido, mas isso o fez ter uma recaída. Dessa vez, um ataque de disenteria. Esbofeteou-se, irritado, mas de nada servia; parecia ter o estômago colado às costas e, ainda assim, os intestinos soltos. Finalmente, quando passou a disenteria, Xiangzi mal podia ficar em pé. Estava fora de questão puxar riquixá. Parou novamente, por mais um mês. Ele sabia que, nessa altura, Tigresa já devia ter gastado grande parte de suas economias.

No dia 15 de agosto, ele decidiu retomar o trabalho. Se adoecesse de novo, jurou a si mesmo que se jogaria no rio dessa vez!

Xiaofuzi viera visitá-lo várias vezes enquanto estivera doente. Como a língua de Xiangzi não conseguia vencer a de Tigresa, e por se sentir deprimido, às vezes desabafava com a moça. Isso enraivecia a mulher. Quando Xiangzi estava fora, Xiaofuzi era uma boa amiga, mas quando ele estava em casa Tigresa considerava-a "uma sem-vergonha oferecida!", e passou a apertá-la para devolver o que lhe devia, dizendo:

— A partir de agora, afaste-se daqui!

Xiaofuzi perdera o lugar para recepcionar a clientela, porque seu quarto era uma pocilga — e a esteira da cama ainda se encontrava pendurada para tapar parte da parede, que ruíra com o temporal —, e não teve outra saída a não ser registrar-se em uma casa de intermediação. Mas a casa não tinha espaço para ela, porque era especializada em "estudantes" e "moças de boas famílias". Como a clientela era de alto nível, cobrava preços exorbitantes; não queriam prostitutas baratas como Xiaofuzi. Ela não sabia o que fazer. Não tinha capital próprio nem poderia fazer o serviço em casa, assim teria que se entregar a um bordel. Isso a faria perder toda a liberdade, e quem iria cuidar de seus irmãos? Morrer seria a saída mais fácil para essa vida infernal, a morte não a intimidava, mas ainda não era o momento. Porque estava determinada a fazer algo mais nobre e corajoso do que morrer. Ela queria viver até ver os irmãos se sustentarem sozinhos, daí partiria em paz. Afinal, a morte chegaria, mais cedo ou mais tarde, de qualquer maneira. Mas ela teria salvado duas vidas!

Depois de muito pensar, decidiu vender-se barato. Era óbvio que quem estivesse disposto a se deslocar ao buraco onde ela vivia, não lhe pagaria muito. Muito bem! Qualquer um serviria desde que pagasse. Assim, ao menos poupava na roupa e nos cosméticos. Os homens que fossem se esbaldar de seu corpo também não esperariam grande coisa, pela pechincha que pagavam. Ela era muito jovem.

A barriga de Tigresa estava enorme e ela tinha medo de se locomover mesmo se fosse para ir só até a venda da esquina. Com Xiangzi fora o dia inteiro e Xiaofuzi no seu buraco, Tigresa estava tão só como um cachorro preso em casa. A cada dia, sentia-se mais amargurada, a ponto de imaginar que Xiaofuzi andava se vendendo barato só para atazaná-la. Para se vingar, passou a sentar em frente de sua casa, de porta aberta, à espera. Quando via alguém entrar no quarto de Xiaofuzi, soltava impropérios em voz alta, constrangendo-a e ao visitante. Quando os clientes de Xiaofuzi diminuíram, ela sentiu-se triunfante.

Naquela toada, os moradores do pátio acabariam por se juntar a Tigresa e até expulsar Xiaofuzi dali. Ela tinha medo, mas não poderia se dar ao luxo de enfrentar Tigresa, porque pessoas em situações como a dela tinham de ser realistas. Pegou a mão do irmão mais novo e foi ajoelhar-se aos pés de Tigresa. Nada disse, mas o seu significado era claro: se essa humilhação fosse insuficiente, ela estava preparada para morrer e acertaria as contas com Tigresa primeiro. O maior sacrifício é se submeter à humilhação, prelúdio da resistência.

Era a vez de Tigresa ficar constrangida. Sentiu-se encurralada, mas não tinha como ir às vias de fato com sua barriga enorme. Sem poder enfrentar Xiaofuzi pela força, teve que arranjar uma forma de se desculpar: ela estava apenas implicando de brincadeira com Xiaofuzi; por que a amiga estava levando a sério? Depois dessa explicação, elas se reaproximaram e Tigresa voltou a lhe dar suporte, como antes.

Desde que voltara à praça após o Festival da Lua, Xiangzi tornara-se mais precavido. As duas doenças haviam-lhe ensinado que ele não era de ferro. Ainda tinha a ambição de vencer na vida, mas os sucessivos reveses haviam exposto a fragilidade de um homem sozinho. Há momentos em que um homem tem de se resignar, mas isso pode custar-lhe o sangue! Estava recuperado da disenteria, mas volta e meia ainda sentia cólicas. Por vezes, quando tinha marcado o ritmo e tentava aumentar a velocidade, o intestino parecia-lhe apertar na barriga como um nó, e ele abrandava os passos. Em certos momentos, era obrigado a parar, mantinha-se de cabeça baixa e dobrava o corpo, para suportar as dores. Quando levava um passageiro sozinho não era tão ruim, mas, quando em um grupo, ao parar daquela maneira, os outros se perguntavam qual era o problema e Xiangzi sentia-se embaraçado. Tinha apenas vinte e poucos anos e já fazia cenas daquelas! O que iria acontecer quando tivesse trinta ou quarenta anos? Só de pensar nisso desatava a suar frio.

Tendo em vista a sua saúde, seria preferível um emprego fixo. Teria de correr ligeiro, mas os intervalos para o descanso eram maiores. Soava melhor do que puxar corrida avulsa. Mas sabia que Tigresa nunca concordaria. A falta de liberdade era o preço do casamento, especialmente em se tratando de sua mulher. Azar o dele!

De meio ano para cá, do outono ao inverno, ele agia de maneira comedida, sem se esgotar, mas sem largar por completo o trabalho, infeliz, mas determinado. De cabeça baixa, ele perdera a iniciativa e não se importava com mais nada. Mesmo com essa ponderação, ainda conseguia ganhar mais dinheiro do que a maioria dos puxadores de riquixá. A não ser que fosse insuportável a dor na barriga, ele não deixava passar uma corrida, sem falar que ele não tinha adquirido nenhum mau hábito. Nunca aprendera as artimanhas da profissão, de pedir preços exorbitantes, alterar o valor da corrida a meio caminho ou esperar por quem pagasse bem. Dessa maneira, trabalhava duro e tinha um ganho seguro. Nunca tentava trapacear e, assim, não corria riscos.

Entretanto, o que ganhava era insuficiente para fazer economias. O dinheiro entrava por uma mão e saía por outra e, no fim, tinha os bolsos sempre vazios. Desistiu da ideia de poupar qualquer coisa. Ele podia saber como ganhar, enquanto Tigresa sabia como gastar. O parto estava previsto para o início do segundo mês depois do Ano-Novo lunar e, desde o princípio do inverno, sua barriga começou a aparecer e ela adorava apontar para ela como forma de parecer importante. Quando se olhava, nem sentia vontade de sair da cama e deixava Xiaofuzi cozinhar. Normalmente, os restos iam para os irmãos da moça e isso significava prejuízo ainda maior. Além das refeições, ainda tinha os gastos com os petiscos que iam aumentando de acordo com o tamanho da barriga de Tigresa. Ela comia de tudo o dia inteiro e ainda mandava Xiangzi trazer mais coisas da rua. Suas exigências aumentavam e diminuíam de acordo com o que

CAPÍTULO 19

ele faturava. Xiangzi nada podia dizer. Durante a doença dele, tinha gastado o dinheiro dela, por isso ele devia agora satisfazer-lhe todos os seus caprichos. Se ele tentava apertar o cinto, ela adoecia, dizendo:

— Estar grávida é uma doença de nove meses e você não entende nada disso.

E isso era a mais pura verdade.

A partir do Ano-Novo lunar, os desejos de Tigresa aumentaram ainda mais. Como ela não conseguia sair do quarto, mandava Xiaofuzi sair várias vezes para comprar petiscos no seu lugar. Embora detestasse ficar enclausurada, ela se amava demais, e ao encher a casa de comida sentia-se melhor. Repetia a todo momento que não comprava para ela própria e, sim, por amor a Xiangzi:

— Você trabalhou o ano inteiro e precisa se alimentar! E depois que ficou doente não conseguiu se fortalecer. Se não comer no fim do ano, vai ficar magro como um percevejo!

Xiangzi não se sentia à vontade para discutir e nem sabia como. Quando a comida estava pronta, Tigresa comia duas ou três tigelas bem cheias e, depois, como não fazia nenhum tipo de exercício, de tão empanturrada agarrava a barriga e dizia que a gravidez lhe causava náuseas.

Ao passar o Ano-Novo, ela não deixava Xiangzi sair à noite de maneira nenhuma, com medo de parir a qualquer momento. Nessas horas é que ela sentia o peso da idade, apesar de ainda não admitir, embora já não repetisse mais que "era apenas *um pouco* mais velha que ele".

O nervosismo dela o preocupava. O nascimento de uma criança não passava da perpetuação da vida, e Xiangzi passava a gostar da ideia, apesar de não sentir a necessidade de uma; mas a palavra "pai", simples e mágica, que em breve lhe seria designada, amolecia até o coração de um homem de pedra. Desajeitado como era, Xiangzi não conseguia encontrar em si mesmo nada do que se orgulhar; mas o som daquela palavra fazia-o se sentir respeitável. O fato de não possuir nada também não o incomodava, pois a criança preencheria o vazio da vida. Ao mesmo tempo, ele queria prover tudo o que podia para Tigresa, que não era apenas mais "uma" pessoa. É verdade que era desagradável, mas nesse assunto o mérito era cem por cento dela. Mas mesmo assim, não importasse a dimensão de seus méritos, o seu nervosismo se tornara insuportável. Ela mudava de ideia a todo o momento, agia como se estivesse possuída pelo demônio, jogando dinheiro pela janela. Para obter o sustento, Xiangzi tinha de descansar para, no dia seguinte, poder pegar de novo no tranco. Tigresa não o deixava trabalhar de noite, e tampouco o deixava dormir em paz, e ele andava o dia todo zonzo, de cabeça baixa, não sabendo o que fazer. Às vezes, sentia-se feliz; outras, apreensivo; e, por vezes, chateado. Havia momentos em que ele se envergonhava de sua alegria, outros em que se sentia confortado pela ansiedade, e ainda ocasiões em que ficava feliz em estar deprimido. Sendo ele uma pessoa simples, esses conflitos emocionais fizeram-no perder o equilíbrio. Certa vez até esqueceu-se do endereço que o passageiro lhe dera e passou sem parar onde devia, a cabeça nas nuvens.

Por volta da Festa das Lanternas, Tigresa mandou Xiangzi chamar a parteira, pois não aguentava mais. Mas a parteira disse que ainda era cedo, e explicou-lhe os sintomas de quando seria chegada a hora. Tigresa aguentou mais dois dias e entrou novamente em um tal estado de agitação que a parteira foi chamada outra vez. No entanto, ainda era cedo. Tigresa chorou e gritou que queria morrer, não poderia mais suportar aquele tormento. Xiangzi não tinha nenhuma habilidade para acalmá-la, mas, para demonstrar a sua atenção com ela, aceitou ficar em casa e não sair para trabalhar. Ao fim do mês, até Xiangzi percebia que a hora havia chegado. Tigresa estava disforme. A parteira veio e deixou nas entrelinhas que seria um parto difícil, dada a idade dela e ao fato de ser o primeiro filho. Como ela não tinha feito nenhum exercício e passara a gravidez inteira comendo alimentos gordurosos, somado ao tamanho generoso do bebê, não se poderia esperar um parto simples. Além do mais, ela nunca consultara um médico e agora era tarde para alterar a posição do feto no útero, que estava incorreta. A parteira não tinha essa habilidade, e só repetia que o bebê estava atravessado e o parto seria complicado.

Nesse pátio, morrer durante o parto era comum, dizia-se. Para Tigresa, o perigo era ainda maior. As outras mulheres trabalhavam até o momento de parir, e como não tinham nada para comer, conseguiam manter os fetos pequenos, o que tornava o parto mais fácil. O maior risco de vida delas era a falta de cuidados depois do nascimento. Com Tigresa era o contrário. Sua vantagem era a fonte de seus males.

Xiangzi, Xiaofuzi e a parteira ficaram ao lado de Tigresa por três dias e três noites. Ela clamou pela misericórdia de todos os deuses, bem como fez inúmeras promessas, mas tudo sem resultado. Por fim, ela já estava afônica, apenas gemia uns "Ah, mãe! Ah, mãe!". A parteira não tinha o que fazer, assim como os demais, e foi dela mesma a ideia de chamar a anciã Chen Er, que vivia para lá do Portão Desheng. A velha, uma médium que falava através de um Espírito de Sapo, não vinha por menos de cinco yuans. Tigresa tirou seus últimos sete ou oito tostões e disse a Xiangzi:

— Xiangzi, vá depressa! Não se importe com o dinheiro! Quando eu estiver melhor, vou te obedecer em tudo, durante o resto da minha vida. Depressa!

Era quase noite, hora de acender as lâmpadas nas ruas, quando a anciã Chen Er chegou com o seu ajudante, um homem enorme, de cara amarelada, de uns quarenta anos. A anciã tinha em torno de cinquenta. Vestia um casaco e uma calça de seda azul, flores de romãs vermelhas no cabelo e um rico conjunto de joias de ouro. Tinha um olhar penetrante e, ao entrar em casa, primeiro lavou as mãos e acendeu alguns incensos. Depois fez as vênias, batendo a fronte no chão, e sentou-se atrás da mesa, a olhar fixamente para as pontas em brasa, como em estado de transe. De repente, seu corpo estremeceu em um espasmo violento. A cabeça pendeu-lhe. Os olhos fecharam-se e ela ficou imóvel durante um longo tempo. O quarto foi tomado por um silêncio tão marcante que se podia ouvir o cair de um alfinete. Tigresa também cerrou os dentes, sem se atrever a fazer ruído algum.

Lentamente, a anciã Chen Er ergueu a cabeça e acenou a todos. O ajudante apressou-se a empurrar Xiangzi, em sinal para que ele fizesse a reverência ao espírito. Xiangzi não tinha certeza se acreditava em espíritos, mas achou que fazer a vênia não seria um problema, e assim, desconcertado, tocou com a testa várias vezes ao chão. Quando se levantou, viu aquele olhar penetrante do espírito e as pontas apagadas dos incensos, sentiu seu perfume, esperando vagamente que algo de bom saísse de tudo isso. Enquanto aguardava, as palmas das mãos começaram a suar frio.

O Espírito de Sapo começava a falar, numa voz rouca:

— Está tudo bem, tudo tranquilo! Escreva um encantamento para apressar o parto!

O ajudante apressou-se em alcançar-lhe um punhado de papel feito de algodão. A médium pegou algumas pontas de incenso, molhou-as com a língua e rabiscou ligeiro. Depois, balbuciou algumas palavras dizendo que Tigresa, em uma vida anterior, ficara em dívida com aquela criança e agora devia sofrer para pagá-la. Xiangzi, com a cabeça zunindo, sem entender muito bem, ficou com medo.

A anciã Chen Er bocejou longamente, fechou os olhos e ficou parada um instante, como se tivesse despertado de um sonho. O ajudante apressou-se em lhe relatar as palavras do Espírito de Sapo. Ela parecia satisfeita:

— Hoje o Espírito de Sapo estava contente, falou muito! — disse. A médium ainda ensinou Xiangzi sobre como proceder para que Tigresa tomasse a poção com o encantamento junto com uma pílula "milagrosa".

Como a anciã estava desejosa de ver o efeito do encantamento, Xiangzi foi obrigado a dar a ela algo para comer. Para tanto, encarregou Xiaofuzi, que buscou alguns pães de gergelim e joelho de porco ao molho de soja. A anciã ainda reclamou de não ter nada de álcool para beber.

Depois de Tigresa ter engolido a poção com o encantamento e de a anciã Chen Er e seu ajudante terem jantado, Tigresa continuou a contorcer-se e a gemer de dor por mais de uma hora. Seus olhos reviraram. A anciã Chen Er teve outra ideia e mandou Xiangzi ajoelhar-se em frente a um incenso enorme, que ele acendeu. Nessa altura, Xiangzi já perdera quase toda a confiança na velha; no entanto, tendo em conta os cinco yuans que gastara com ela, tinha de experimentar todos os seus métodos. Como não havia como dar-lhe uma sova, só restava continuar — nunca a esperança de um milagre deve esmorecer.

Xiangzi ficou ajoelhado defronte ao incenso alto, sem saber a que deus recorrer, mas achava que devia ser sincero. Olhando para a ponta do incenso, tinha a impressão de enxergar uma sombra qualquer e rezava em silêncio. O incenso queimava devagar, a ponta tornava-se cinzenta; baixou a cabeça, pousou a mão no chão e cochilou. Havia três dias e três noites que não dormia. Quando sua cabeça tombou para a frente, acordou sobressaltado, o incenso já quase no fim. Sem se importar em saber se era ou não o momento apropriado para se levantar, pôs-se de pé, devagar, sentindo as pernas dormentes.

A anciã Chen Er e o seu ajudante já tinham debandado.

Xiangzi não teve tempo para odiá-los e apressou-se em ir ver Tigresa, consciente de que agora já não havia mais ajuda possível. Ela estava a se esvair, incapaz mesmo de gemer. A parteira aconselhou-o a levá-la ao hospital, pois não tinha mais nenhuma solução.

Xiangzi sentiu o coração partir e caiu no choro. As lágrimas também escorriam no rosto de Xiaofuzi, que estivera ajudando o casal em tudo, mas sem se intrometer.

— Mano Xiangzi, não chore ainda! Quem sabe eu vou até ao hospital e pergunto?

Sem esperar pela resposta dele, correu para fora, limpando as lágrimas. Regressou uma hora depois, quase sem fôlego para falar. Apoiada na mesa, disse entremeada por uma tosse:

— A visita do médico custa dez yuans apenas para vê-la, sem incluir o parto. O parto custa vinte yuans. Se for difícil, tem que ser levada ao hospital, e isso custa dezenas de *yuan*s. Mano Xiangzi, o que vamos fazer?

Eles não podiam fazer nada, apenas esperar a hora da morte dos malditos.

Ignorância e crueldade os levaram àquele ponto. Onde há ignorância e crueldade, há de existir outras razões.

Era meia-noite quando Tigresa exalou seu último suspiro com uma criança morta no ventre.

Capítulo 20

Xiangzi vendeu o riquixá.

O dinheiro escapava-lhe por entre os dedos como água. Os mortos tinham de ser enterrados, e mesmo uma certidão de óbito custava dinheiro.

Olhava atônito para todo mundo que ia de um lado a outro, e não fazia nada além de gastar dinheiro. Tinha os olhos assustadoramente vermelhos, os cantos enremelados e amarelos, e os ouvidos, surdos. Parecia uma mosca tonta.

Só quando seguiu o caixão de Tigresa para fora da cidade Xiangzi começou a se dar conta da situação, mas não queria pensar em nada. Não havia cortejo fúnebre; além dele, apenas Xiaofuzi e os dois irmãos acompanhavam, com um punhado de dinheiro de papel, como oferenda às almas penadas.

Estonteado, viu os homens descerem o caixão à terra e não chorou. Parecia ter uma bola de fogo dentro da cabeça, que havia secado as lágrimas, de modo que, mesmo que quisesse, não conseguiria chorar. Ficou olhando atônito, como se nada entendesse. Apenas quando o chefe dos coveiros disse que o trabalho estava feito é que se deu conta de ir para casa.

Xiaofuzi havia arrumado os quartos. Quando ele chegou em casa, enfiou-se na cama de tijolos, morto de cansaço. Os olhos, demasiado secos, não fechavam e, assim, ficou olhando para o teto, para as marcas de goteiras. Sem sono, sentou-se. Olhou em volta e baixou os olhos. Sem saber o que fazer, saiu e comprou um maço de cigarros Leão Dourado. Sentado em cima da cama, mesmo não gostando de fumar, acendeu um.

Ao olhar para a tênue coluna de fumaça azulada, de súbito as lágrimas começaram a escorrer pela face; pensou não apenas em Tigresa, mas em toda a sua vida. Chegara à cidade havia alguns anos e aquele era o resultado de todo o seu esforço, tudo o que conseguira. Até o seu choro era silencioso. O riquixá era sua fonte de renda. Tinha comprado um e o perdera, comprado outro e o vendera. Por duas vezes realizara seu sonho, mas perdera tudo, de modo que de nada tinham servido todos os reveses e dificuldades vencidas; tudo em vão! Não tinha nada, nada! Até a mulher morrera! Tigresa podia ter sido uma megera, mas, sem ela, que lar era esse? Tudo o que havia na casa era dela e ela estava enterrada no lado de lá dos portões da cidade. Quanto mais pensava, mais ódio sentia, as lágrimas contidas pela raiva. Fumou furiosamente, um cigarro após o outro. Quanto mais lhe desagradava o sabor do cigarro, maior a raiva com que tragava. Quando o maço ficou vazio, apoiou a cabeça entre as mãos, o gosto amargo queimando ao mesmo tempo sua boca e sua alma. Queria gritar, ou cuspir o sangue que lhe enchia o coração.

Não se sabe quanto tempo depois, Xiaofuzi entrou no quarto e ficou de pé olhando para ele, em frente à tábua de cortar legumes, no quarto externo.

Quando levantou a cabeça e a viu, as lágrimas rolaram de novo. No estado em que se encontrava, mesmo que visse um cachorro, também cairia em prantos. A presença de qualquer ser vivo fazia-o sentir enorme vontade de desabafar toda a mágoa represada no peito. Queria falar-lhe, buscava compaixão, mas havia tanto a dizer que se manteve calado.

— Mano Xiangzi! — ela se aproximou. — Eu já arrumei tudo.

Ele fez um aceno com a cabeça, mas sem agradecer, pois quando a dor toma conta dos homens a cortesia soa falsa.

— O que você vai fazer?

— An? — Xiangzi parecia não compreender. Depois, recapitulou e balançou a cabeça, indicando que ainda não pensara em nada.

Ela aproximou-se mais dois passos e o seu rosto enrubesceu, deixando ver seus dentes brancos, mas nada disse. Seu modo de vida a tinha obrigado a deixar o recato de lado, mas diante de alguma coisa importante Xiaofuzi ainda era uma mulher decente que tentava agir com comedimento.

— Eu estava pensando... — começou a dizer e desistiu. Tinha dentro de si muito para dizer, mas corou e as palavras sumiram por completo de sua mente. Não conseguia se lembrar de nenhuma.

É muito rara a sinceridade entre as pessoas, mas o enrubescimento de uma mulher valia mais que mil palavras. Até Xiangzi entendeu o que ela queria dizer. Aos seus olhos, ela era uma mulher muito bonita, por dentro e por fora. Mesmo que seu corpo estivesse tomado de pústulas, mesmo que a pele apodrecesse sobre os ossos, para ele ela seria sempre linda. Bela, jovem e forte, trabalhadora e econômica. Caso Xiangzi quisesse casar outra vez, ela seria a candidata ideal. No entanto, ele não tinha pressa em casar de novo — era demasiado cedo para pensar nisso. Mas como ela o desejava e estava propondo, movida pela dura realidade em que vivia, ele parecia não ter como recusar. Ela era uma pessoa tão boa e o ajudara tanto que ele assentiu, contendo-se em se aproximar e abraçá-la, para chorar toda a amargura e a infelicidade que sentia, e recomeçar a vida com ela. Para ele, ela personificava todo o conforto que um homem podia e devia receber de uma mulher. Se Xiangzi era normalmente taciturno, com ela sentia vontade de se abrir. Com ela a ouvi-lo, não falaria só por falar. Um assentimento ou sorriso dela seria a melhor resposta, fazendo com que ele percebesse o verdadeiro significado da palavra "lar".

Nesse momento, o irmão menor de Xiaofuzi apareceu:

— Mana, o papai chegou!

Ela franziu o cenho. Mal ela abriu a porta, Erqiangzi já entrava no pátio.

— O que você está fazendo no quarto de Xiangzi? — perguntou Erqiangzi, fuzilando a filha com o olhar, enquanto tropeçava. — Você mal consegue vender os seus serviços e vai se oferecer de graça para Xiangzi? Sua puta sem-vergonha!

Xiangzi, ouvindo o seu nome, aproximou-se, ficando atrás de Xiaofuzi.

— Xiangzi — Erqiangzi tentou pôr o peito para fora, ainda que mal conseguisse manter-se de pé. — Xiangzi, você acha que é homem? Quer se aproveitar dela sem pagar nada? Nem pense nisso!

Xiangzi não sentia vontade de discutir com um bêbado, mas toda a miséria que experimentara até ali o fizera perder o controle de si. Avançou um passo. Os quatro olhos vermelhos como sangue pareciam faiscar ao entrar em contato. Xiangzi segurou Erqiangzi pelos ombros, como se levantasse uma criança, e atirou-o para o meio do pátio. Ao sentir o baque e recuperar a lucidez momentaneamente, Erqiangzi fez uma cena, querendo parecer que estava mais bêbado do que na realidade se encontrava. A queda deixou-o quase sóbrio. Queria contra-atacar, mas não poderia frente ao rival. Contudo, bater em retirada, sem fazer nada, seria humilhante. Assim, ele ficou sentado no chão, sem vontade de se levantar, ainda envergonhado. Na confusão em que estava, tudo o que conseguiu foi dizer:

— Estou educando a minha filha, o que você tem a ver com isso? Quer me bater? Vá foder a sua vó! Mas trate de pagá-la!

Sem responder, Xiangzi ficou à espera de o velho se levantar e partir para a briga.

Xiaofuzi, com lágrimas nos olhos, não sabia o que fazer. Não adiantava nada aconselhar o pai, mas também não queria que Xiangzi batesse nele. Ela enfiou a mão nos bolsos, juntou alguns centavos e entregou para o irmão. Este, que normalmente não se atrevia a se aproximar do pai, dessa vez reuniu forças para lhe repassar o dinheiro.

— Tome, agora vá embora!

Erqiangzi pegou o dinheiro, meteu-o no bolso e se levantou, dizendo entredentes:

— Dessa vez não vou fazer nada contra vocês, bastardos! Mas se forem muito longe eu mato todos vocês! — E antes de sair do pátio voltou-se e acrescentou: — Xiangzi, isso não vai ficar assim! Encontro você lá fora!

Depois que Erqiangzi partiu, Xiangzi e Xiaofuzi entraram juntos no quarto.

— Eu não posso fazer nada! — murmurou Xiaofuzi. Essa frase resumia todas as dificuldades e esperanças de que Xiangzi a aceitasse e a tirasse daquela vida.

No entanto, o incidente mostrara a Xiangzi as sombras que não havia reparado em Xiaofuzi. Ele ainda gostava dela, mas ele não tinha como assumir a responsabilidade pelos dois irmãos e pelo pai alcoólatra. Ainda não podia pensar que com a morte de Tigresa obtivera a sua liberdade. Tigresa tinha suas qualidades, pelo menos as financeiras, que o ajudaram muito. Ele não queria acreditar que Xiaofuzi queria lhe dar um golpe, mas o problema era que ninguém da família dela era capaz de ganhar dinheiro, e isso era verdade. Para as pessoas pobres, na decisão de amar pesava a questão financeira, "a semente do amor" só floresce entre gente rica.

Começou a arrumar as coisas.

— Vai se mudar? — especulou Xiaofuzi, com os lábios pálidos.

— Vou, sim — respondeu com dureza. Nesse mundo de injustiças, os pobres têm de ter um coração de pedra para manter seu quinhão de liberdade.

Depois de lhe lançar um olhar, Xiaofuzi baixou a cabeça e saiu. Ela não estava com raiva nem aborrecida com ele, apenas desiludida.

Tigresa tinha sido enterrada com as joias e as melhores vestes, tendo deixado apenas algumas roupas velhas, mobílias e utensílios de cozinha. Xiangzi escolheu as melhores peças de roupa e vendeu o resto, sem discutir o preço, a um ferro-velho por dez yuans e pouco. Ele estava com pressa de partir e de se livrar dessas coisas, por isso não se deu ao trabalho de barganhar. O homem do ferro-velho recolheu as coisas e, no quarto, restou apenas seu puído edredom e aquelas roupas usadas, em cima da cama de tijolos, já sem a esteira. O quarto estava vazio, e assim ele se sentiu melhor, como se tivesse se livrado das amarras e, a partir daquele momento, pudesse bater asas e voar.

Um instante depois, no entanto, ele lembrou-se dos utensílios. A mesa já não existia mais ali, mas deixara marcas, pequenos quadrados, na poeira que cobria o chão. Essas marcas fizeram-no pensar na mobília, em Tigresa, todo um sonho desfeito em fumaça. Não importa o estado das coisas ou das

CAPÍTULO 20

pessoas, bom ou mau, sem elas o coração não tem lugar para descanso. Sentou-se na beira da cama e puxou um cigarro.

Fumando, tirou do bolso um punhado de dinheiro amassado. Nesses dois últimos dias, ele tinha andado tão ocupado que nem sabia quanto ainda restava. Despejou tudo dos bolsos. No total, trinta yuans, contando os dez e pouco da venda das quinquilharias ao ferro-velho.

Ficou olhando para o dinheiro em cima da cama, sem saber se chorava ou se ria. Não havia ninguém nem nada no quarto, apenas ele e o dinheiro imundo. Isso não fazia sentido.

Deu um longo suspiro e colocou o dinheiro de volta no bolso. Depois, carregou o edredom e as roupas usadas, e foi procurar Xiaofuzi.

— Fique com essas roupas para você! Vou deixar o edredom aqui por um tempo, e venho retirar assim que achar uma locadora de riquixá — falou Xiangzi, de cabeça baixa, sem olhar para Xiaofuzi.

Ela não disse nada e assentiu com um murmúrio.

Xiangzi encontrou uma locadora, voltou para retirar o edredom e viu os olhos de Xiaofuzi inchados de tanto chorar. Sem saber ao certo o que dizer, Xiangzi pensou um instante e falou:

— Espere por mim! Depois que eu melhorar de vida, volto, com toda a certeza!

Ela assentiu com a cabeça, sem nada comentar.

Xiangzi apenas descansou por um dia e voltou a puxar riquixá, como de costume. Ele não tinha mais aquele entusiasmo de outrora, embora não fosse preguiçoso; vivia seus dias sem sobressaltos. Um mês depois sentia-se mais animado, e havia engordado um pouco — tinha o rosto mais cheio, mas sem o tom róseo de antes, substituído por uma tonalidade amarelada. Seu corpo não era mais tão forte, mas tampouco era mirrado.

Tinha os olhos muito brilhantes, porém destituídos de qualquer expressão, apenas denotavam estar sempre em alerta. Era como uma árvore na bonança, após a tempestade. Se nunca fora falante, agora andava mais taciturno do que nunca. O tempo estava mais quente, e as folhas dos salgueiros, verdes. Às vezes, ele estacionava o riquixá para tomar sol e ficava de cabeça baixa, murmurando sozinho. Outras vezes, tirava um cochilo sob o sol. Salvo o estritamente necessário, nunca falava com ninguém.

Virou um fumante inveterado. Quando se sentava à espera de um passageiro, as mãos, de forma inconsciente, procuravam os cigarros, sob o descanso dos pés, onde os guardava. Fumava devagar, olhando para as espirais da fumaça subindo, abanava a cabeça de quando em quando, como se tivesse chegado a alguma conclusão.

Ainda corria mais depressa do que a maioria dos outros puxadores, mas já não se esforçava tanto. Era especialmente cuidadoso nas curvas e nas ladeiras, uma cautela quase excessiva. Não importava quanto o provocassem, ou que um puxador quisesse apostar uma corrida, ele baixava a cabeça e nada dizia, mantendo o mesmo ritmo de suas passadas. Era como se, completamente desiludido da profissão, não lhe interessasse fama ou elogios.

No entanto, na garagem de riquixás, apesar de taciturno, fez alguns amigos, porque mesmo um ganso bravo gosta de voar em bando. Se não fizesse amizades, seria incapaz de suportar a solidão. Quando tirava seu maço de cigarros do bolso, oferecia a todos. Às vezes, sobrava-lhe um único cigarro na carteira, e ninguém se sentia à vontade para pegá-lo, mas ele dizia de pronto: "Eu compro mais depois." Quando os colegas se punham a jogar, ele já não se mantinha a distância, aproximando-se para assistir e, por vezes, até apostava, sem se importar se perdia ou ganhava, apenas para demonstrar que era um deles e que também apreciava um divertimento, depois de um dia de labuta. Da mesma forma, quando bebiam, ele os acompanhava; bebia pouco, mas contribuía para a compra de petiscos e bebidas para todos compartilharem. Tudo o que ele antes não tolerava e desprezava agora via com outros olhos — afinal, ao perceber que havia falhado, por que não admitir que os outros pudessem ter razão?

Quando entre seus amigos havia casamento ou funeral, ele sempre contribuía com quarenta centavos ou com algum presente — coisa que antes nunca pensara em fazer. Não apenas contribuía, mas ainda comparecia para parabenizar ou para prestar condolências. Ele entendeu que esses gestos não eram em vão, mas uma parte essencial da solidariedade humana. A tristeza ou a alegria dessas ocasiões era genuína, ninguém simulava esse tipo de sentimento.

No entanto, não tinha coragem de mexer nos seus trinta yuans. Arranjou um pedaço de pano branco e costurou, desajeitado, um bolso dentro da camisa, próximo ao peito. Não gastaria esse dinheiro nem para a compra de um riquixá, apenas deixaria o dinheiro próximo de si, como reserva para o caso de algum imprevisto — quem saberia o que o futuro reservava? Doença e acidentes, a qualquer momento, poderiam acontecer, tinha de ser precavido. Compreendeu, de uma vez por todas, que as pessoas não são de ferro.

Aproximava-se o outono quando ele conseguiu um serviço de mês inteiro. Dessa vez, o trabalho era mais leve do que qualquer casa para a qual já trabalhara. Mas, se não fosse nessas condições, ele também não o aceitaria. Agora, ele sabia como escolher um serviço, apenas aceitava o que se adequava às suas condições; se não, ficava a puxar corrida avulsa. Não ficava mais ansioso por ir trabalhar numa casa de família. Para ele, o mais importante era manter a saúde do corpo, um puxador que só se matava em trabalhar — como ele fora antigamente — apenas corria risco de vida, sem ganhar nada. A experiência o ensinou a ser mais flexível, porque só se vive uma vez.

Seu novo local de trabalho era perto do Templo do Lama. O patrão, senhor Xia, andava na casa dos cinquenta anos. Homem educado e polido, tinha mulher e doze filhos. No entanto, arranjara uma concubina recentemente e, sem querer revelar à família, escolhera esse lugar calmo para estabelecer seu segundo lar. Além dele e da concubina, havia na casa uma criada e um puxador de riquixá — Xiangzi.

Xiangzi gostava muito desse emprego. A casa tinha apenas seis cômodos, dos quais o senhor Xia ocupava três, sobrando a cozinha e os dois quartos dos criados. O pátio era muito pequeno, próximo ao muro no lado sul havia uma jujubeira jovem, com alguns frutos vermelhos no topo. Para limpar o pátio, bastavam-lhe duas ou três vassouradas e pronto. Sem flores para molhar, pensou em podar as árvores, mas, sabendo como estas são caprichosas, crescendo muitas vezes retorcidas, resolveu não se ocupar delas.

Pouco trabalho havia para fazer. O senhor ia ao tribunal pela manhã e voltava às cinco da tarde. Xiangzi só precisava levá-lo e buscá-lo. Ao chegar em casa, o senhor Xia nunca saía, como se estivesse se escondendo. A senhora Xia saía de vez em quando, mas regressava sempre antes das quatro, quando Xiangzi ia buscar o marido. Uma vez terminada essa tarefa, Xiangzi tinha o resto do tempo livre. Além disso, os únicos lugares que a senhora Xia frequentava eram o mercado Dong'an e o Parque Zhongshan, quando sobrava tempo para descansar. Para Xiangzi, era trabalho de criança.

CAPÍTULO 20

O senhor Xia era avarento e nunca dava gorjeta. Passava por todos os lugares, sem olhar para os lados, como se não tivesse nada nem ninguém na rua. Sua mulher, em compensação, era mão-aberta, saía a cada dois ou três dias para as compras, e se trouxesse comida que não lhe agradasse deixava para os criados. Também dava a eles suas coisas usadas, quando pedia ao senhor Xia dinheiro para comprar novas. A missão de vida do senhor Xia parecia ser exclusivamente ganhar dinheiro para a concubina torrar, até por não nutrir mesmo outros interesses e distrações. Seu dinheiro passava pelas mãos da concubina; ele próprio nunca o gastava e muito menos o dava. Sua mulher e os doze filhos viviam em Baoding e, dizia-se, passavam quatro ou cinco meses sem que ele lhes desse um tostão.

Xiangzi não gostava desse tal senhor Xia: andava todo encurvado, com o pescoço encolhido, feito ladrão. Com os olhos fixos nas pontas dos pés, não falava nem ria, e ainda era mesquinho. Parecia um macaco magro sentado no riquixá. Nas raras ocasiões em que falava alguma coisa, suas palavras eram ofensivas, discursando como se fosse a única pessoa decente no mundo e, todos os outros, patifes miseráveis. Xiangzi detestava esse tipo de gente. Contudo, ele tratou isso como um mero negócio: desde que o salário no fim do mês caísse, o que lhe importava o resto? Ainda mais que a concubina era generosa e sempre lhe dava alguma coisa. Protestar? Para quê? Era só um macaco magro desprezível.

Para Xiangzi, a concubina era apenas uma fonte de gorjetas; ele também não gostava dela. Era muito mais atraente que Xiaofuzi, que nunca se poderia comparar com a concubina, sempre maquiada, perfumada e vestida em sedas e cetins. Mas, apesar de tudo isso, ela fazia-o se recordar de Tigresa. Não que fosse exatamente parecida na aparência ou na maneira como se vestia a falecida mulher, mas havia no comportamento e na atitude qualquer coisa que remontava a Tigresa, que ele não conseguia descrever em palavras. Talvez pudesse ser dito que eram da mesma laia.

Parecia muito madura para os seus vinte e dois ou vinte e três anos, e não tinha ares de recém-casada como Tigresa, que nunca mostrara afabilidade de menina nem acanhamento. Tinha os cabelos ondulados e usava sapatos de salto alto; o corte das roupas era delineado para mostrar as curvas do corpo. Mesmo Xiangzi percebia que, apesar de ela andar na moda, não possuía a compostura das senhoras casadas, mas também não tinha o aspecto de prostituta. Incapaz de classificá-la, ele a achava tão temível quanto Tigresa, embora fosse muito mais jovem e bonita. Era a personificação de toda crueldade e vício que ele experimentara na mulher e não se atrevia a olhá-la nos olhos.

Alguns dias depois, seus temores aumentaram. Xiangzi nunca via o senhor Xia gastar muito dinheiro quando saía com ele. Mas, de vez em quando, o patrão ia até a uma grande farmácia para comprar medicamentos. Xiangzi desconhecia que remédio ele adquiria, mas depois de voltar para casa com a compra, o casal parecia entusiasmado. A animação durava por dois ou três dias e o senhor Xia voltava a ser aquele homem apagado, mais insignificante do que nunca, tal como um peixe comprado vivo na feira e posto dentro de um balde em casa que, depois de se agitar por um momento, se aquietava. Quando o senhor Xia se sentava no riquixá, com aquele ar fantasmagórico que Xiangzi aprendera a conhecer, já era a ocasião para nova corrida à farmácia. Embora não gostasse nem um pouco do patrão, nessas ocasiões Xiangzi ficava com pena dele. E, ao vê-lo entrar no quarto com o pacote de remédio, pensava em Tigresa e sentia-se miserável. Não queria guardar rancor da finada, mas quando olhava para si e para o senhor Xi, o ódio que sentia dela voltava. Não havia dúvidas que o seu corpo não era mais tão forte como antes, e Tigresa era em grande parte responsável por isso.

Pensou em pedir as contas, mas seria ridículo fazê-lo por razões tão banais. E, enquanto fumava o seu Leão Dourado, murmurava:

— O que eu tenho a ver com o que eles fazem?

Capítulo 21

Quando os crisântemos apareceram no mercado, a senhora Xia comprou quatro vasos e a criada Yang quebrou um deles, o que rendeu uma discussão entre elas. Yang viera do campo e, para ela, flores e plantas nada tinham de especial. Porém, como fora descuidada e danificara objeto alheio, ficou quieta. No entanto, a senhora Xia continuou ralhando com ela, voltando sempre ao mesmo assunto, chamando-a de interiorana e irresponsável, e Yang não se conteve mais e retrucou. Os camponeses, ao se enervarem, não medem as palavras que proferem. A criada insultou a senhora Xia com tudo o que lhe veio à cabeça. Enfurecida, a senhora Xia não deixou por menos, até que mandou a criada pegar suas trouxas e ir embora.

Do início ao fim, Xiangzi não apartou a briga, porque pensava devagar e era incapaz de conciliar duas mulheres. Quando ouviu a criada chamar a senhora Xia de puta, logo viu que a subalterna seria posta na rua, e ele também, pois a concubina não iria querer criados que soubessem daquele episódio. Depois da partida de Yang, Xiangzi ficou à espera de sua demissão, o que, calculou, aconteceria quando a nova criada fosse contratada. Não se importava, pois a experiência o tinha ensinado a aceitar perder empregos com tranquilidade. Não havia motivos para se afetar.

Porém, depois de Yang partir, a senhora tornou-se mais gentil com Xiangzi. Sem empregada, ela mesma tinha de cozinhar, e deu a ele dinheiro para que fosse ao mercado. Quando Xiangzi voltou, ela indicou quais legumes ele devia lavar e descascar, enquanto ela cortava a carne e cozia o arroz, tagarelando o tempo todo. Ela vestia um corpete rosa, calça preta e alpargatas brancas de cetim bordado. Xiangzi fazia o que ela mandava, desajeitado, sem se atrever a olhá-la, por mais que desejasse, porque o perfume dela despertava nele a vontade de observá-la, do mesmo modo que o aroma das flores atraía as abelhas.

Tendo consciência de quão perigosa uma mulher pode ser, Xiangzi sabia, por outro lado, que elas não são de todo más. Uma Tigresa era tudo o que levaria um homem a temer e a se apegar a uma mulher. Com a senhora Xia, que era superior a Tigresa, esse aspecto ficou ainda mais claro. Ele a olhou de soslaio. Embora fosse tão temível quanto Tigresa, ela era, sob diversos ângulos, mais desejável do que sua esposa jamais teria sido.

Se isso tivesse acontecido dois anos antes, Xiangzi não teria tido coragem de olhar, mas agora esse tipo de convenção social já não o preocupava mais. Em primeiro lugar, ele havia sido seduzido e, com isso, seu autocontrole posto à prova. Em segundo, passou a ser visto pouco a pouco como um modelo de comportamento entre os puxadores de riquixá. O que fosse adequado para a média dos puxadores, também era para Xiangzi. Trabalho pesado e autocontenção haviam se mostrado infrutíferos para ele, de modo que teve de admitir que o comportamento e a atitude dos outros puxadores, sim, eram corretos, o que o instigou a se comportar como um verdadeiro puxador de riquixá, não importando se se sentisse de fato como tal. Ou você é um deles, ou não. Ele olhou para ela. E daí? Era uma mulher superficial, e se ela estava com vontade, ele não poderia recusar. Devia ser difícil acreditar que ela poderia se submeter a ele. Mas quem sabe? Ele não faria o primeiro movimento, e não saberia o que fazer se ela desse uma ou duas sugestões. Mas ela já havia aberto uma fresta na porta, o que o instigava a especular por que a patroa teria dispensado Yang e não ter contratado outra criada imediatamente. Só para ele poder ajudar na cozinha? E por que o perfume? Xiangzi não se iludia, mas no fundo de seu peito formava-se uma escolha, e a esperança se renovava. Ele se imaginava preso num sonho maravilhosamente irreal; mas ciente de que não passava de um sonho, queria saber como tudo terminaria. Uma força interior o levou a admitir que ele não era uma boa pessoa. E nessa admissão residia veladamente a fonte de grande prazer — e talvez de grandes problemas. Quem saberia? Quem se importava?

Uma ponta de esperança despertou sua coragem, que desencadeou a faísca necessária para acender as chamas de seu coração. Não havia nada barato ou degradante naquilo. Nem ele nem ela poderiam ser considerados de baixo nível. Desejo carnal é algo comum a todos.

Mas então um fiapo de medo despertou seu julgamento, que por sua vez apagou seu coração. Sentiu-se impelido a sair de lá o mais rápido possível, já que ali era uma fonte de problemas; mas tomando esse caminho poderia parecer patético.

Esperança num momento, medo no seguinte, como se estivesse com calafrios e febre de malária. Sentia-se pior do que quando Tigresa o emboscara em sua inocência. Sentia-se como uma abelha que cai numa teia de aranha em sua primeira aventura fora da colmeia. Agora ele conhecia as virtudes da cautela e os riscos da ousadia. Por alguma estranha razão, queria levar isso à sua conclusão lógica, ainda que temesse cair na armadilha.

CAPÍTULO 21

Ele não desprezava essa concubina, que também era uma prostituta, pois, ainda que fosse ambas as coisas, também não era nada. Tentando se justificar, ele pensava que a culpa toda era daquele macaco magricela, o senhor Xia, que merecia uma lição. Com um homem como aquele, nada do que ela fizesse poderia ser considerado errado, e, com tal patrão, ele, Xiangzi, podia fazer o que bem entendesse. Sentiu a coragem crescer.

Ela, no entanto, não prestou atenção aos olhares que ele lhe lançava, e quando o almoço ficou pronto, comeu sozinha na cozinha e depois o chamou, dizendo:

— Venha comer! Depois lave tudo. À tardinha, quando for buscar o senhor, aproveite e já compre o necessário para o jantar. Amanhã é domingo, o senhor fica em casa e eu vou atrás de uma criada. Você conhece alguma pessoa para indicar? É tão difícil arranjar alguém. Está ouvindo? Venha comer, antes que a comida esfrie.

Ela falou de modo muito natural e simpático. De repente, o corpete rosa que ela vestia pareceu a ele muito menos atraente. Sentiu-se desapontado e envergonhado, dando-se conta de que, afinal, além de ser insignificante, ainda era um patife. Comeu duas tigelas de arroz e se sentiu sem graça. Lavou a louça e foi se sentar no quarto, aborrecido, fumando um cigarro atrás do outro.

No final da tarde, quando foi buscar o senhor Xia, sentiu um ódio desmedido daquele macaco esquelético. Pensou seriamente em acelerar o passo, e então, de súbito, frear e atirá-lo no meio da rua. Só agora Xiangzi compreendia o que acontecera certa vez, quando trabalhava para uma abastada família. O patrão havia flagrado sua terceira concubina tendo relações suspeitas com o filho dele, que então pensou seriamente em envenenar o velho. Naquela época, Xiangzi imaginou que o rapaz era muito jovem para compreender a real dimensão de seu plano. Agora, contudo, Xiangzi compreendia que o velho merecia mesmo ter morrido, embora não tivesse nutrido o desejo de assassiná-lo. Achava o senhor Xia repugnante e odioso, mas Xiangzi não se via em condições de fazê-lo pagar por suas péssimas qualidades. De propósito, até sacudiu os varais do riquixá para aborrecer o patrão, mas como este nada dissesse, Xiangzi ficou sem jeito. Nunca havia feito nada do gênero, e agora até tinha razões para fazê-lo, não havia desculpa. Mas uma sensação de pesar o fez se desprender daquilo. "Por que dificulto as coisas para mim mesmo? Não importa como eu veja a situação, sou um puxador de riquixá. Devo fazer meu trabalho e não pensar em mais nada."

Quando se acalmou, esqueceu-se desse incidente sem resultados; e quando se lembrava dele pareceu-lhe ridículo.

No segundo dia, a senhora Xia saiu à procura de uma criada e apareceu mais tarde com uma, para um período de experiência. Xiangzi pressentiu que a hora de sua demissão se aproximava; sentia um amargor na boca.

Depois do almoço de segunda-feira, a senhora Xia dispensou a criada, reclamando que era muito porca. Depois, mandou Xiangzi comprar meio quilo de castanhas.

Quando regressou com as castanhas ainda quentes, chamou pela patroa, do lado de fora do quarto.

— Traga-as aqui — respondeu ela lá de dentro.

Xiangzi entrou. Ela se maquiava e ainda vestia aquele corpete rosa, mas as calças, agora, eram verde-claras. Viu Xiangzi entrar pelo reflexo do espelho e virou-se rapidamente para ele, sorrindo. Xiangzi viu nesse sorriso uma Tigresa jovem e atraente. Ele ficou estático, feito um boneco de pau. A coragem, a esperança, os medos e as preocupações desapareceram, restando apenas um calor no corpo, que o fazia flutuar. E era esse sopro que o motivava a avançar e a recuar; não tinha vontade própria.

Três ou quatro noites depois, ele regressava à garagem de riquixás, com a trouxa de edredom às costas.

O que antes Xiangzi acreditava ser a maior vergonha do mundo, agora era motivo de brincadeira que ele contou a todos: não conseguia urinar.

Todos se dispunham a lhe indicar algum remédio e a qual médico recorrer. Ninguém tinha vergonha disso e agiam de forma solidária, dando-lhe sugestões de tratamento. Amavelmente contavam suas experiências, ruborizados. Alguns puxadores mais jovens tinham contraído aquilo depois de pagar pelo serviço; alguns de meia-idade haviam sido afetados de graça; outros, também empregados anteriormente em trabalho fixo, já haviam passado pela mesma situação; outros ainda, embora não tivessem passado por isso, sabiam de histórias de patrões com o mesmo problema, que mereciam ser contadas.

A moléstia de Xiangzi fez com que todos abrissem o coração e falassem livremente, mesmo ele não sentindo vergonha nem orgulho, tendo apenas aceitado o que lhe acontecera como se tivesse apanhado uma gripe ou insolação.

A receita e os medicamentos custaram-lhe mais de dez yuans e, mesmo assim, não o curou por completo, porque ao observar sua ligeira melhora parou de se medicar. Em dias úmidos e em troca de estações, sentia dores nas juntas e então recorria a remédios ou aguentava no osso. A vida em si já era amarga, que importância tinha a saúde?

Quando finalmente se recuperou, era outro homem. Continuava alto, mas, sem o vigor de outrora, deixava pender os ombros e tinha sempre um cigarro no canto da boca. Por vezes, também deixava um cigarro queimado pela metade, pendurado atrás da orelha, não porque fosse o lugar mais conveniente, mas para ficar com ar de malandro. Continuava taciturno, mas, quando falava, às vezes gracejava e, mesmo que não fosse ligeiro e inteligente, mostrava senso de oportunidade. Afrouxara-lhe a determinação e suas atitudes tornaram-se afetadas.

Comparado a outros puxadores, contudo, ainda não era dos mais patifes. Quando sozinho, não ignorava suas origens e queria melhorar de vida, não se afundar assim. Embora ambição não servisse para nada, a autodestruição também não era uma saída inteligente. Nesses momentos, ele pensava em comprar um riquixá e daí lembrava-se de Xiaofuzi. Sentia-se em débito com ela. Desde que saíra do pátio, nunca mais voltou para vê-la. Em parte porque não tinha melhorado de vida, e em parte por ter contraído uma doença vergonhosa.

Mas, ao voltar à roda dos amigos, continuava a fumar e a beber quando podia. Esqueceu-se de Xiaofuzi por completo. Ele nunca liderava as iniciativas com os parceiros, mas não se recusava a aderir ao que estivessem fazendo. O trabalho árduo e as injustiças do dia podiam ser momentaneamente esquecidos ao divertir-se com eles. O conforto do consolo imediato afastava as ambições mais elevadas, ele preferia ficar contente por instantes e, depois, afogar a tristeza em um longo sono. Quem não optaria por isso, tendo a vida monótona, sofrida e desesperançada? Os percalços da vida só poderiam ser esquecidos por meio do efeito anestésico de cigarros, bebida e mulheres. Veneno combate veneno, que um dia haveria de corroer o coração, mas haveria outra alternativa?

CAPÍTULO 21

Sua autocomiseração aumentava em função da apatia. Se antes ele não tinha medo de nada, agora ele procurava sossego e conforto: nos dias de vento e chuva não saía; se lhe doía o corpo, descansava por dois ou três dias. A autocomiseração transformou-o num egoísta, não emprestava um tostão para ninguém, a parca economia que tinha era reservada aos dias de chuva. Pagava uma bebida, dava um cigarro, mas emprestar dinheiro estava fora de questão. Considerava-se o mais merecedor de mimos e cuidados. Sua preguiça aumentava na proporção da sua ociosidade e, quando se via sem ter o que fazer, procurava por diversão ou comprava algo de bom para comer. Embora soubesse que não devia desperdiçar dinheiro e tempo desse jeito, tinha uma desculpa, que aprendera por experiência própria: "Antigamente fui forte e determinado, mas o que ganhei com isso?" Essa frase era indiscutível e não dava margem para argumentações; assim, quem poderia evitar que Xiangzi se afundasse?

A preguiça torna as pessoas irascíveis, e Xiangzi tornara-se belicoso. Já não suportava os caprichos dos passageiros, policiais ou de quem quer que fosse. Ele havia sido injustiçado quando trabalhava de forma diligente, e agora tinha consciência de quão valiosa era cada gota de seu suor, por isso poupava cada gota. Ninguém mais tiraria alguma vantagem dele. Quando se sentia cansado, estacionava no lugar que o aprouvesse, não importando se fosse proibido. Quando um policial o abordava, ele discutia, argumentava e fincava pé tanto quanto pudesse. Quando não havia outra solução e tinha mesmo de ir estacionar em outro lugar, desatava a xingar o policial. Se este retrucasse e tudo acabasse em pancadaria, melhor assim, pois era forte e dava uma sova no policial. Depois de derreá-lo, pouco se lixava em ir dormir alguns dias na cadeia. Ao meter-se numa briga, ficava orgulhoso por sua força e habilidade. Utilizar a força para bater em alguém deixava-o bem-disposto, parecia que o sol ficava mais brilhante. Poupava suas forças para as brigas, nas quais nunca imaginara envolver-se antes, mas agora eram realidade, e isso lhe dava prazer e vontade de rir.

Os policiais desarmados e os carros na rua não o assustavam. Quando os veículos aproximavam a frente dele, Xiangzi não lhes dava passagem, não importando quanto buzinassem, ou quanto seus ocupantes xingassem ou gritassem. Sem alternativa, o carro tinha de diminuir a velocidade, e só assim Xiangzi dava passagem, para não sufocar em meio à poeira. Se o veículo viesse por trás, fazia o mesmo. Contanto que nenhum motorista se atrevesse a passar por cima dele, não via justificativa nenhuma para deixar os carros passarem, na pressa em que habitualmente vinham, e ele ter de respirar a poeira que deixavam no rastro. Os policiais estavam a serviço dos carros, pois apenas abriam caminho para os veículos motorizados, como se, de propósito, estimulassem aquela poeira dos infernos. Como Xiangzi não era policial, então não os deixava passar. Aos olhos da polícia, Xiangzi era um encrenqueiro de primeira, e ninguém se atrevia a provocá-lo. Entre os pobres, a preguiça é o resultado natural do trabalho duro não valorizado, o que justifica sua irascibilidade.

Xiangzi também se recusava a agradar os passageiros. Só os conduzia até o destino combinado, nem um passo a mais. Se o ponto de destino fosse a entrada de uma rua, e depois pedissem para ele seguir pela rua até chegar ao portão da casa de fulano ou sicrano, nada feito. Se o passageiro o encarava de mau humor, ele devolvia um olhar ainda mais feroz. Ele sabia que esses senhores, vestidos de terno, tinham medo de sujar a roupa importada, além do fato de a maioria ser gente metida a besta e avarenta. Ele estava preparado para esses tipos. Se não

CAPÍTULO 21

chegassem a um acordo, agarrava-lhes a manga do terno e deixava nela uma marca preta de suas mãos. E, depois disso, eles ainda tinham de lhe pagar a corrida, pois, não bastasse a sujeira com que Xiangzi lhes marcara o terno de cinquenta ou sessenta yuans, também tinham consciência de sua força, sentindo a dor do apertão no braço.

Suas passadas ainda eram rápidas, mas não acelerava de graça. Quando o passageiro o apressava, Xiangzi perguntava:

— Quanto me dá se eu apertar o passo?

Por que fazer cerimônia, se o que ele vendia era o seu sangue e suor? Ele não esperava que lhe dessem gorjetas por bondade, preferindo combinar tudo antes, para não desperdiçar energia.

Também não se preocupava tanto em cuidar do riquixá. Como já arrefecera a vontade de comprar outro carro, deixara de se interessar com os dos outros também. Era apenas um riquixá. Puxando-o, ganharia o suficiente para comida, roupa e aluguel; quando não puxava, não tinha que pagar a locação e, tendo o suficiente para comprar comida, para que se preocupar? Essa era toda a relação existente entre um homem e um riquixá. Claro que nunca danificaria de propósito o veículo de outrem, mas também não havia razão para se ocupar dele em demasia. Se algum outro puxador de riquixá batesse no seu por acidente, em vez de se enraivecer, regressava calmamente à garagem. Se lhe dissessem para pagar cinco centavos pelo estrago, pagava dois e fim de papo. Se o proprietário do veículo se pusesse a protestar e estivesse disposto a brigar com ele para acertar as contas, Xiangzi não se intimidava.

A vida é adubada pela experiência, que molda o caráter dos homens — não nascem peônias no deserto. Xiangzi tinha entrado nos trilhos, não era um puxador nem melhor nem pior que os outros — apenas mais um entre eles. Dessa forma, ele se sentia mais relaxado do que antes, e os outros o aceitavam também melhor. Os corvos são pardos, ele não queria ser o único de penugem branca, solitário.

O inverno chegara outra vez. Certa noite, o vento gelado do deserto, carregado de areia, matou muita gente de frio. Ouvindo-o rugir lá fora, Xiangzi enfiou a cabeça para dentro do edredom, sem se atrever a sair. Só quando o vento parou de sibilar ele se levantou, contra a vontade, indeciso quanto a pegar o riquixá ou folgar um dia. Não lhe apetecia pegar naqueles varais gelados e engolir aquele vento nauseante. Vendaval não resiste ao pôr do sol; às quatro da tarde, o sol se pôs e o vento parou. O céu crepuscular revelava nuvens avermelhadas. Ele animou-se e saiu a custo. Com as mãos enfiadas nas mangas, apoiava o peito à vara transversal e, assim, puxava o riquixá, com um toco de cigarro em meio aos lábios.

Logo escureceu. Ele esperava que lhe aparecesse um passageiro para ganhar o dia e voltar para casa. Mesmo com preguiça, teve de acender as lanternas após quatro ou cinco avisos dos policiais.

Em frente à Torre do Tambor, ele disputou e ganhou uma corrida para a região leste da cidade. Sem despir o casacão, manteve o passo a trote. Sabia que vestido assim tinha um aspecto miserável, mas quanto ele ganharia a mais por elegância e por passar frio? Além disso, não se tratava de uma corrida de riquixá, mas um ganho de vida. Mesmo quando o suor começou a escorrer pela testa, permaneceu com o casacão. Numa ruela, um cachorro, talvez não acostumado a ver um puxador de riquixá de casacão comprido, colou-se aos seus calcanhares a lhe ladrar. Ele parou o veículo, pegou o espanador e saiu correndo para acertar o cão. Depois de tê-lo espantado, ainda esperou por um instante, para se certificar de que o animal não voltaria.

CAPÍTULO 21

— Filho da puta! Pensa que tenho medo de você? — praguejou.

— Afinal, que tipo de puxador de riquixá é você? — perguntou o passageiro, irritado.

Xiangzi teve um pressentimento e prestou atenção à voz, familiar. Embora as lanternas estivessem acesas, apontavam para baixo, e como a ruela estava muito escura não conseguia identificar quem era. O passageiro usava um gorro e tinha a boca e o nariz cobertos pelo cachecol, de maneira que só se lhe viam os olhos. Xiangzi estava tentando adivinhar a identidade do homem, quando ele lhe perguntou:

— Você não é Xiangzi?

Xiangzi deu-se conta de que era o velho Liu Si! Sentiu um tremor e calor por todo o corpo. Não sabia o que fazer.

— Onde está a minha filha?

— Morreu! — Xiangzi olhou para o chão, quase sem reconhecer a própria voz.

— Como assim?! Morta?

— Sim, morta.

— Qualquer um que caia em suas mãos tem esse destino? Xiangzi recompôs-se e disse com sangue-frio:

— Desça já daí! Desça! Você é velho demais para me impedir de lhe dar uma sova. Desça!

O velho Liu Si desceu, com as mãos trêmulas.

— Onde ela está enterrada? Diga, quero saber!

— Não é da sua conta! — respondeu Xiangzi, pegando nos varais e se afastando.

Quando já estava a uma grande distância, virou-se e viu o velho, uma enorme sombra negra, ainda parado ao fundo da rua.

Capítulo 22

Xiangzi andou sem destino. Afastou-se de cabeça erguida, segurando os varais com firmeza, os olhos brilhantes e em passadas largas. Seguiu andando, sem destino ou direção. Sentia-se revigorado, livre e desimpedido, como se tivesse descarregado sobre o velho Liu Si todo infortúnio e desgraça que tivera ao se casar com Tigresa. Esqueceu-se do frio, da corrida, pensando só em caminhar, como se fosse encontrar seu velho eu, aquele Xiangzi livre, ingênuo, ambicioso e trabalhador.

A visão daquela sombra negra, daquele velho no meio da rua, dispensava comentários. Triunfar sobre o velho Liu Si era um grande feito. Embora não tivesse lhe dado uma porrada e um pontapé, o velho tinha perdido sua única parente direta, enquanto Xiangzi estava livre e desimpedido. Se isso não era castigo, o que seria então? O velho não morreria de desgosto, mas seu fim não estava longe. O velho Liu Si tinha tudo e Xiangzi, nada. No entanto, Xiangzi estava contente por poder puxar um riquixá, enquanto o velho Liu Si nem sequer sabia onde estava enterrada a filha. O velho poderia empilhar um monte de dinheiro e ser irascível contra todos, mas não era páreo para o puxador miserável, que lutava diariamente pelo pão de cada dia.

CAPÍTULO 22

Quanto mais pensava nisso, mais leve se sentia, a ponto de querer cantar uma canção de triunfo para dizer ao mundo que ele, Xiangzi, havia renascido e vencido!

Ainda que o ar gelado lhe queimasse o rosto, ele não sentia frio, mas um vigor crescente dentro de si. As lâmpadas das ruas brilhavam desoladas, mas seu coração irradiava calor, e tudo estava brilhante, iluminando o seu futuro. Já não fumava havia algum tempo e não tinha mais vontade. A partir dali, não iria mais fumar nem beber, Xiangzi iria virar uma nova página de sua vida, voltar a ser determinado e ambicioso. Hoje havia vencido Liu Si, triunfado sobre ele! As pragas do velho o enchiam ainda mais de esperança.

Seu desgosto tinha sido liberado numa golfada, e a partir de então Xiangzi respiraria ar fresco. Olhou para os seus membros e se achou ainda jovem, eternamente jovem! Queria que Liu Si morresse, enquanto Xiangzi continuaria vivo, regojizado, determinado, cheio de ambição — o mal sucumbira, morreriam todos! Aqueles soldados que lhe tomaram o riquixá, as senhoras Yangs que não deixavam os criados comerem, Liu Si que o menosprezou e o oprimiu, o agente Sun que extorquiu suas economias, a anciã Chen Er que o fez de idiota, a senhora Xia que o seduziu... queria todos mortos! Apenas o honesto e leal Xiangzi viveria para sempre!

"Mas, Xiangzi, a partir de hoje tem que trabalhar direitinho, hein!", aconselhou-se em voz alta. "Por que não? Ainda tenho vontade, força e juventude!", estendeu o diálogo consigo próprio. "Uma vez que eu me sinta feliz, quem poderá impedir meu sucesso? Depois de tudo o que suportei, qualquer um teria desanimado e se equivocado. Aquilo tudo passou, amanhã vocês verão um Xiangzi novo, e muito, muito melhor do que o de antes!"

Murmurando para si mesmo, apertou o passo, como se para provar que era verdade tudo o que dissera e que estava determinado a mudar. E depois, que importância tinha que tivesse contraído uma doença vergonhosa? A mudança interior fortaleceria seu corpo, não seria problema!

Bastante suado, ficou com sede e se deu conta de que estava no Portão Houmen. Sem se dar ao trabalho de ir até uma casa de chá, parou o riquixá no estacionamento a oeste do portão. Chamou uma criança que vendia chá na rua. Bebeu duas tigelas de chá ralo e amargo, e jurou a si mesmo que, a partir de então, só beberia isso, não desperdiçando mais em chá de qualidade e boa comida. Tendo assim decidido, resolveu comer alguma coisa, algo que fosse difícil até de engolir, como testemunho do início de uma vida nova e laboriosa. Comprou dez rolos fritos recheados de acelga, preparados sem cuidado. Tinham um sabor horrível, mas Xiangzi engoliu-os e limpou a boca com as costas da mão. O que faria a seguir?

Para ele, só havia duas pessoas com quem poderia contar e que devia procurar para refazer a vida: Xiaofuzi e o senhor Cao. Este era um "santo sábio", que deveria tê-lo perdoado e iria ajudá-lo com boas ideias. Agindo de acordo com os conselhos dele e com a ajuda de Xiaofuzi, ele trabalhando na rua e ela cuidando da casa, Xiangzi haveria de vencer, triunfaria, sem dúvida alguma!

E se o senhor Cao não tivesse voltado? Não seria um problema, amanhã iria até à avenida Beichang, onde ele morava, em busca de notícias dele. Então, hoje trabalharia a noite toda e amanhã procuraria o senhor Cao. Depois de encontrá-lo, iria atrás de Xiaofuzi. Contaria a ela as boas-novas: Xiangzi ainda não tinha melhorado de vida, mas iria melhorar, estava trabalhando duro e a queria ao seu lado!

CAPÍTULO 22

Esses planos faziam os olhos de Xiangzi se aguçarem, feito os de uma águia. Ao ver um passageiro, correu para apanhá-lo. Tirou o casacão comprido antes mesmo de combinar o preço da corrida. Ainda que suas pernas já não tivessem a força de outrora, na exaltação em que estava, acelerou como nunca! Afinal, ainda se chamava Xiangzi e ninguém era capaz de superá-lo! Correu como um louco, ultrapassando todos os riquixás que cruzaram seu caminho. O suor escorria pelo corpo. Depois dessa corrida, sentiu-se mais leve e as pernas com maior elasticidade, disposto a correr mais, feito um alazão insatisfeito, empinando-se. Era uma da manhã quando voltou para a garagem da locadora, pagou o aluguel e ainda tinha noventa centavos no bolso.

Dormiu até o amanhecer. Quando virou o corpo e abriu os olhos, o sol já estava alto no céu. Nada melhor que o repouso, depois de trabalhar até a exaustão. Levantou-se e espreguiçou-se, ouvindo o estalo das articulações. Sentiu o estômago vazio, queria devorar alguma coisa urgentemente.

Depois de comer, comentou alegre ao proprietário da garagem:

— Hoje vou tirar uma folga para resolver uns assuntos.

Tinha calculado tudo, resolveria as questões pendentes, para amanhã começar uma vida nova.

Caminhou depressa até a avenida Beichang para ver se o senhor Cao havia retornado. Só assim poderia saber. Enquanto caminhava, por dentro orava pelo regresso do senhor Cao, que não poderia deixá-lo sem saber o que fazer. Temia que, se as coisas não dessem certo no começo, nada terminaria bem. Xiangzi havia mudado e os deuses tinham que ajudá-lo!

Parou em frente à casa do senhor Cao e tocou a campainha com as mãos trêmulas. Enquanto esperava, com o coração quase a lhe saltar pela boca, o passado estava esquecido; só esperava que, ao abrir da porta, um rosto conhecido despontasse. Ficou aguardando, desconfiado que não houvesse ninguém em casa, devido ao silêncio. Um silêncio assustador. De repente, ouviu um ruído na porta e levou um susto. A porta rangeu e a mais amigável das vozes exclamou:

— Vejam só! — era a ama Gao. — Xiangzi? Quanto tempo que não o vejo! Você emagreceu! — ela estava mais gorda do que antes.

— O senhor está em casa? — Xiangzi tratou de ir direto ao assunto.

— Está em casa, sim. Mas você está bem, hein? Perguntando pelo senhor Cao como se nem me conhecesse! Nem mesmo me pergunta como estou! Que amigo, hein! Entre. Como tem passado? — perguntou, enquanto o levava para dentro.

— Ah, não tão bem! — respondeu Xiangzi, sorrindo.

— Senhor — falou a ama Gao em direção ao escritório —, Xiangzi está aqui!

O senhor Cao virava alguns narcisos em direção ao sol.

— Entre!

— Bom, vai lá. Nos falamos depois. Vou avisar a senhora, nós sempre lembramos de você! Os tolos sempre têm sorte! — murmurou a ama Gao, retirando-se.

Xiangzi entrou no escritório.

— Senhor, aqui estou! — queria cumprimentá-lo melhor, mas não conseguiu.

— Ah, Xiangzi! — exclamou o senhor Cao, de pé, vestido com um casaco curto e com um sorriso amável. — Sente-se! Hum... — Pensou por um instante e continuou: — Retornamos faz algum tempo, Cheng havia mesmo me contado que você tinha voltado para a Garagem Harmonia. A ama Gao ainda foi lá e não o encontrou. Sente-se! Como você está? Como andam as coisas?

Xiangzi estava prestes a chorar. Não sabia como se abrir com alguém, porque sua história era escrita a sangue e guardada no fundo de seu coração. Acalmou-se e queria contar sua danação em palavras simples. Tudo estava vívido em sua mente, precisava apenas de um pouco de ordem. Estava prestes a contar uma história de vida da qual pouco compreendia, só ciente de que as injustiças sofridas eram reais e marcantes.

O senhor Cao percebeu que o outro estava ordenando as ideias, sentou-se com calma, à espera que falasse.

Xiangzi ficou de cabeça baixa por um longo tempo e, de repente, erguendo os olhos, mirou o senhor Cao, como se dissesse que seria melhor manter o silêncio, já que quase ninguém lhe daria ouvidos.

— Conte, Xiangzi! — pediu o senhor Cao, com um movimento de cabeça.

Xiangzi começou a falar do passado, de como saíra do campo à cidade. Não era sua intenção contar essas coisas sem importância, mas, se não falasse, não se sentiria pleno, contando a história parcialmente. Suas memórias feitas de sangue, suor e dor não poderiam ser expressas de qualquer maneira, não poderia deixar nada de fora. Cada gota de sangue e suor tinha valor, por isso cada instante vivido merecia ser contado.

Descreveu como chegara à cidade, trabalhando como carregador e depois puxando riquixás; como poupara dinheiro e comprara o próprio veículo, e como o perdera, e assim por diante, até o presente. O tempo da narrativa e sua fluência surpreenderam o interlocutor. Episódio após episódio, contava tudo com emoção, parecendo encontrar sozinho as palavras certas para se retratar. As frases seguiam-se diretas, ternas e trágicas.

Não conseguia reter as memórias, e as palavras lhe saíam aos borbotões, como se Xiangzi tivesse desejo de abrir o coração. O alívio ia aumentando à medida que falava, rapidamente esquecendo-se de si próprio, agora que era parte da narração. Ele estava em cada frase — ambicioso, injustiçado, diligente e desmoralizado. O suor escorria da testa quando, por fim, finalizou o relato. Sentia seu coração vazio e satisfeito, como o de um homem que desmaia e recupera os sentidos, banhado em suores frios.

— Agora quer que eu o aconselhe sobre o que fazer? — perguntou o senhor Cao.

Xiangzi assentiu. Parecia não querer mais falar.

— Ainda quer continuar puxando riquixá?

Xiangzi assentiu outra vez. Ele não tinha outra habilidade.

— Nesse caso — disse o senhor Cao, falando pausadamente —, só há duas saídas. Uma é poupar para comprar outro riquixá, a outra é alugar um por enquanto, correto? Não tem economias e, se pedir dinheiro emprestado, terá de pagar juros, o que significa que não há diferença nenhuma. O melhor é alugar um riquixá e arranjar um trabalho fixo. É seguro e garante a comida e o alojamento. Venha trabalhar para mim. Eu vendi meu riquixá para o senhor Zuo, por isso você terá de alugar um. O que acha?

— Seria fantástico! — respondeu Xiangzi, levantando-se. — O senhor não guarda rancor do que aconteceu?

— O que aconteceu?

— O ocorrido naquela ocasião, quando o senhor e a senhora tiveram de fugir para a casa do senhor Zuo.

— Ah! — riu o senhor Cao. — Quem ainda se lembra daquilo? Eu fiquei muito nervoso e fugi com a mulher para Xangai, onde ficamos por alguns meses. Foi uma atitude precipitada, apesar de o senhor Zuo nos ter alertado e arranjado tudo. Deixa para lá, eu já me esqueci dessa história. Vamos tratar do nosso assunto: ainda há pouco falou de Xiaofuzi. O que fará com ela?

— Não sei!

— Minha ideia é a seguinte: você não tem como casar com ela e alugar um cômodo lá fora, tendo ainda o custo do querosene, do carvão e da lenha. Não tem como sustentar a casa com o que ganha. Se ela trabalhar no mesmo lugar com você, isso é muito difícil, mas digamos que arranjasse um lugar onde você pudesse trabalhar como puxador de riquixá e ela como criada — falou o senhor Cao, abanando a cabeça. — Não me leve a mal, mas ela é de confiança?

O rosto de Xiangzi enrubesceu e engoliu várias vezes, antes de responder.

— Ela só faz aquilo porque está desesperada. É uma boa moça, e eu coloco a minha cabeça a prêmio por ela! Ela... — sentimentos difusos se emaranharam, como um novelo cheio de nós, e ele acabou sem palavras.

— Então, quem sabe façamos assim... — continuou falando o senhor Cao, ainda um tanto desconfiado. — Talvez eu consiga dar um jeito. Seja você casado ou solteiro, terá sempre um quarto seu, nisso não há problema. Ela sabe lavar roupa e costurar? Se souber, poderá ajudar a ama Gao. Logo, a senhora vai ter outro bebê, o que vai sobrecarregar a ama. Se eu lhe der de comer, sem salário, o que você pensa disso?

— Isso seria ótimo! — disse Xiangzi, sorrindo com ingenuidade.

— Mas, antes, tenho que falar com a senhora, não posso tomar essa decisão sozinho.

— Claro! Caso a senhora fique em dúvida, posso trazer Xiaofuzi para ela conhecer.

— Boa ideia — assentiu o senhor Cao, sorrindo. Não pensara que Xiangzi fosse tão esperto. — Olha, vou falar com a senhora e você traz Xiaofuzi outro dia. Se a senhora concordar, negócio fechado!

— Então já vou indo, sim? — disse Xiangzi, apressado para encontrar Xiaofuzi e contar-lhe as boas-novas.

Quando saiu da casa dos Caos eram onze horas, o melhor horário do dia no inverno. Fazia um tempo especialmente bonito, sem uma nuvem no céu azul, e os raios de sol imprimiam um calor suave ao ar frio, aquecendo as pessoas. O cacarejar das galinhas e o ladrar dos cães, misturados às vozes dos vendedores ambulantes, ecoavam a longas distâncias e podiam ser ouvidos de uma rua a outra, bem como o grasnar das garças vindo do céu. Os riquixás estavam todos descobertos e os metais brilhavam, feito ouro. Ao longo das ruas, os camelos avançavam a passos lentos, os carros ultrapassavam velozes os bondes vagarosos. As pessoas, os cavalos, os pombos brancos no céu, tudo conferia à velha cidade um ar de tranquila rotina. O burburinho e a felicidade se misturavam. O céu azul formava uma abóbada resguardando todos os sons e riquezas da vida, e por todo lado havia árvores silenciosas.

O coração de Xiangzi estava prestes a sair-lhe pela boca e alçar voo junto aos pombos no céu. Ele tinha tudo — emprego, salário e Xiaofuzi. Nunca imaginara que tudo pudesse ser resolvido apenas com algumas palavras! O céu estava nítido e límpido, da mesma forma como são os nortistas: quando uma pessoa está feliz, até o clima parece melhorar. Xiangzi não se lembrava de um dia ensolarado de inverno tão adorável. Para demonstrar e festejar a felicidade que sentia, comprou um palito de caquis gelados. A primeira dentada o deixou com a boca cheia de sincelos. O caqui gelou seus dentes, depois desceu lento pelo peito, fazendo-o se arrepiar. Acabou de comer em duas ou três mordidas, com a língua dormente e o coração alvoroçado. Caminhava a passos largos para encontrar Xiaofuzi. Tinha na mente a imagem daquele pátio apinhado de gente, do pequeno quarto e de sua amada. Só faltava um par de asas que o levasse até lá. Com ela, o passado ficaria para trás e uma nova vida iria começar. A pressa de agora era maior do que quando fora procurar o senhor Cao. A relação entre este e Xiangzi era de amizade, e também de patrão e empregado — uma relação de troca. Xiaofuzi não era apenas sua amiga, iria entregar sua vida a ela. Eram duas pessoas saídas do inferno, que agora limpariam suas lágrimas e, de mãos dadas, trilhariam um novo caminho. Se as palavras do senhor Cao o emocionaram, Xiaofuzi, por sua vez, também emocionava Xiangzi, mas sem nada dizer. Xiangzi tinha sido sincero com senhor Cao, mas para ela diria coisas que para mais ninguém poderiam ser ditas. Ela tornara-se sua vida, sem ela nada valeria a pena. Ele não poderia mais lutar pela própria sobrevivência, tinha de arrancá-la daquele quarto e fazê-la ir morar com ele, em um quarto limpo e aquecido. Viveriam felizes como um casal de passarinhos decentes e apaixonados. Ela poderia deixar de tomar conta de Erqiangzi e dos dois irmãos, tinha de ir viver com Xiangzi e ajudá-lo. Erqiangzi podia muito bem cuidar de si, e os irmãos revezarem-se a puxar riquixá ou qualquer coisa, mas Xiangzi não podia viver sem ela. Precisava dela de corpo e alma, precisava dela também para o seu trabalho. E ela, do seu lado, também necessitava de um homem como ele.

Quanto mais pensava, mais apreensivo e contente se sentia. Dentre todas as mulheres do mundo, nenhuma era tão boa como Xiaofuzi, sua companheira ideal. Ele havia se casado uma vez e tido um romance ilícito, conheceu a beleza e a feiura, a velhice e a juventude, mas nenhuma daquelas mulheres havia cravado um lugar em seu coração — eram apenas mulheres, não companheiras de fato. Ela não tinha como ser a mulher imaculada dos seus sonhos, mas justamente por isso lhe parecia um ser mais digno de piedade, capaz de ajudá-lo. As camponesas tolas talvez fossem mais saudáveis e imaculadas, mas eram desprovidas da capacidade calculista de Xiaofuzi. E ele? Ele também não era puro. Por isso, os dois formavam um par perfeito, um à altura do outro, como um par de vasos de água trincados, mas ainda utilizáveis, postos lado a lado.

Via tudo como um bom começo. Depois de idealizar, passou a considerar coisas mais concretas. Primeiro, pensou em pedir para o senhor Cao um adiantamento do salário do mês para comprar uma cabaia acolchoada de algodão e uns sapatos decentes, para poder levá-la à presença da senhora Cao. Uma vez vestida com uma cabaia nova e discreta, sapatos novos e asseada da cabeça aos pés, jovem que era, com suas maneiras e aparência haveria de agradar à senhora Cao. Com toda a certeza!

Chegou ao pátio onde morara, ensopado de suor. A visão daquele portão velho era como um sinal de boas-vindas a um regresso desejado: as paredes caindo, as ervas daninhas amareladas no telhado, tudo lhe parecia afetuoso.

Entrou e foi direto ao quarto de Xiaofuzi. Sem bater nem chamar, abriu a porta e instintivamente recuou. Em cima da cama de tijolos estava sentada uma mulher de meia-idade, enrolada em um edredom velho, por não ter um fogão. Xiangzi ficou parado ao lado de fora da porta. De dentro do quarto, a mulher perguntou:

— O que foi? Veio para avisar a morte de alguém, entrando assim sem bater? Quem você procura?

CAPÍTULO 22

Xiangzi não tinha vontade de falar. O suor secou em seu corpo em um instante. Encostado à porta, não querendo perder a esperança, respondeu:

— Procuro Xiaofuzi.

— Não conheço! Na próxima vez, quando procurar por alguém, bata antes de abrir a porta.

Permaneceu sentado no beiral do portão durante um longo tempo, sem pensar em nada, esquecido do que fora fazer. Lentamente, recuperou parte da lucidez e Xiaofuzi surgia em sua mente, como que andando de um lado a outro. Parecia uma boneca de papel girando, inútil, em torno de uma lanterna. Quase não se lembrava da relação entre os dois. Devagar, a imagem de Xiaofuzi diminuiu, e ele se recobrou e sentiu uma enorme tristeza.

Enquanto paira a incerteza do desfecho, as pessoas tendem a esperar sempre pelo melhor. Xiangzi pensou que ela pudesse ter se mudado. Era tudo culpa dele. Por que não tinha ido visitá-la? A mancada o pôs em ação, para compensar o erro. Entrou novamente no pátio, para obter alguma informação com os vizinhos. Nada conseguiu, mas seguiu esperançoso. Sem jantar, foi procurar Erqiangzi, os irmãos. Esses três homens não eram difíceis de achar, por serem conhecidos na rua.

Perguntou para todas as pessoas que encontrou nas paradas, casas de chá, pátios. Depois de caminhar e investigar o dia inteiro, ainda não tinha notícias.

Com o cair da noite, voltou para a garagem morrendo de cansaço e cheio de preocupações. A decepção do dia arrefecia suas esperanças. Era fácil um pobre morrer, e mais fácil ainda ser esquecido. Estaria Xiaofuzi morta? Se não, teria sido vendida outra vez por Erqiangzi? Era bem possível e muito pior que a morte!

De novo, a bebida e o cigarro tornaram-se sua companhia. Como conseguiria raciocinar sem fumar? E se não se embebedasse, como conseguiria esquecer?

Capítulo 23

Caminhando feito alma penada pelas ruas, Xiangzi encontrou o avô de Xiaoma. O velho não puxava mais riquixá, suas roupas estavam ainda mais esfarrapadas. Ao ombro, levava uma vara de salgueiro e de cada lado pendiam dois cestos. No da frente, levava um grande bule de chá e, no de trás, pães fritos e assados e um grande tijolo. Reconheceu Xiangzi.

Ao conversarem, Xiangzi soube da morte de Xiaoma havia mais de meio ano, e que ele se desfizera do riquixá. Agora, o velho vendia chá e pães nas paradas de bonde. Ainda mantinha um aspecto simpático e bondoso, mas tinha as costas mais curvadas e os olhos lacrimejavam ao vento, com as pálpebras avermelhadas, como se tivesse chorado muito.

Xiangzi bebeu o chá servido pelo velho e contou-lhe rapidamente de si.

— Pensa que vai conseguir se dar bem sozinho? — comentou o velho. — Isso é o que todos querem, mas quem consegue? Já fui forte e bondoso, e olhe para mim agora! Forte? Não há escapatória nem para um homem de ferro. Bondade? Para que serve? Não existe recompensa para o bem nem castigo para o mal, é tudo balela! Na minha juventude, eu era um homem bom e me doava a todos. Serviu para alguma coisa? Não!

Eu salvei a vida de várias pessoas, de quem tentou se enforcar, e também de afogamento, e o que ganhei em troca? Nadinha de nada! Vou dizer uma coisa, qualquer dia desses vou aparecer morto de frio, em um canto qualquer. Eu sei que para nós, trabalhadores, é quase impossível que um homem sozinho consiga se dar bem na vida. Que futuro há para um homem solitário? Já viu um gafanhoto? Por mais longe que salte, se uma criança o apanha e lhe ata uma linha na pata, não consegue nem sequer voar. Contudo, quando forma um bando de gafanhotos, ah! Caem sobre um campo cultivado e devoram tudo, ninguém consegue contê-los! Não é verdade? Eu, com minha bondade, não consegui manter nem o meu neto. Ele adoeceu, eu não tinha dinheiro para comprar bons remédios e o vi morrer nos meus braços! Deixa para lá! Fim de papo! Chá, olha o chá quente!

Xiangzi compreendeu. O velho Liu Si, a senhora Yang, o policial Sun... nenhum deles foi castigado por suas maldades, da mesma forma que ele não seria recompensado por sua determinação. Só e sem apoio, era como um gafanhoto amarrado por uma linha. De que lhe serviam as asas?

Não lhe interessava mais ir à casa dos Caos. Se fosse para lá, teria de trabalhar duro, mas com que propósito? E se simplesmente deixasse a vida rolar? Quando não tivesse o que comer, puxaria riquixá; se tivesse o suficiente para passar o dia, descansaria. Pensaria no problema do amanhã quando ele chegasse. Essa não era apenas uma saída, mas a única. Poupar para comprar um riquixá e depois ser roubado? Para que tanto esforço? Por que não gozar a vida enquanto podia?

Caso encontrasse Xiaofuzi, ainda se empenharia em fazer o melhor que pudesse, se não por si, ao menos por ela. Já que não a encontrava, assim como esse velho que perdera o neto, lutaria na vida por quem? Ele contou ao velho sobre Xiaofuzi. Considerou-o um verdadeiro amigo.

— Quem quer chá quente? — anunciou o velho e depois ajudou Xiangzi a pensar. — Posso mais ou menos adivinhar o que aconteceu. Só há duas possibilidades: ou foi vendida por Erqiangzi como concubina, ou ele a penhorou no prostíbulo Casa Branca. Acho mais provável a segunda opção. Por quê? Porque se, como você conta, ela já tinha sido casada antes, ninguém mais a quis. Os homens querem virgens para concubinas. Por isso, o mais provável é que a encontre num prostíbulo. Eu já tenho quase sessenta anos e já vi muitas coisas. Se um puxador mais jovem e forte não aparece na praça por um ou dois dias, na certa arranjou um emprego fixo ou está arriado na Casa Branca. Da mesma forma, se a mulher ou a filha de um puxador de riquixá desaparece, em setenta ou oitenta por cento dos casos é para lá que foram. Nós vendemos o suor, nossas mulheres, o corpo. Eu sei, sei tudo! Vá lá espreitar. Espero que ela não esteja, mas... Chá quente! Chá quente!

Em um fôlego, Xiangzi correu até ao Portão de Xizhi e atravessou os muros da cidade.

Depois de passar Guangxiang, a desolação do campo o deixou em choque. Nas árvores caducas alinhadas ao longo das ruas não se via um único pássaro pousado. Tudo era cinzento: as árvores, a terra e as casas, que se estendiam sob o céu pesado, cor de chumbo. A distância, viam-se as Colinas Oeste, desoladas. Ao norte da estação de trem ficava um bosque e, na orla deste, algumas casas baixas. Xiangzi pensou que a Casa Branca devia ser ali. O silêncio reinava entre as árvores. Mais ao norte ficavam os charcos de Wangshengyuan. Não havia ninguém na rua, nenhum movimento. Tanto de longe quanto de perto parecia um lugar silencioso, e ele começou a desconfiar se aquele seria o famoso prostíbulo. Enchendo-se de coragem, andou para lá. As portas eram guardadas por reposteiros de palha novos, reluzindo uma cor amarelada. Tinha ouvido dizer que as mulheres daqui, no verão, ficavam com os peitos à mostra, sentadas do lado de fora dos quartos convidando os clientes. Aqueles que vinham para "cuidar" delas cantarolavam canções obscenas para demonstrar que não eram novatos. Por que tudo estava tão quieto agora? Será que não trabalhavam no inverno?

Enquanto ele tentava adivinhar, o reposteiro movimentou-se e apareceu a cabeça de uma mulher. Xiangzi levou um susto, era parecidíssima com Tigresa. Ele pensou consigo: "Vim à procura de Xiaofuzi, e só me faltava mesmo encontrar Tigresa!"

— Entre, tolinho! — disse-lhe a mulher. Sua voz rouca em nada se assemelhava à de Tigresa, e lembrou-se do velho vendedor ambulante de ervas medicinais em Tianqiao.

No quarto sem esteira havia apenas a mulher e uma cama de tijolos. Um cheiro acre do sistema de aquecimento tomava conta do ambiente. Sobre a cama havia um velho edredom de cantos imundos como os tijolos. A mulher parecia ter uns quarenta anos, tinha os cabelos desalinhados e a cara suja. Vestia uma calça de linho e um casaco acolchoado de algodão preto desabotoado. Xiangzi abaixou a cabeça para entrar e, mal adentrou, ela atirou-lhe os braços ao pescoço. O casaco aberto revelava os seios enormes e caídos.

Xiangzi sentou-se na beirada da cama, já que o quarto era demasiado baixo para ele ficar em pé. Ele gostou de encontrá-la, pois tinha ouvido falar de uma mulher a quem tinham apelidado de Saco de Farinha. Devia ser ela. O apelido vinha seguramente daqueles dois enormes seios. Xiangzi foi diretamente ao assunto, perguntando-lhe se tinha visto Xiaofuzi. Não sabia. No entanto, quando ele a descreveu, a mulher se lembrou.

— Sim, havia alguém assim. Jovem, e sempre com os dentes brancos aparecendo quando sorria. Nós a chamávamos de Carne Nova.

— Qual é o quarto dela? — perguntou Xiangzi de olhos arregalados, irascível.

— Ela? Se matou — respondeu Saco de Farinha, apontando para fora. — Se enforcou no bosque!

— O quê?

— Quando veio para cá, Carne Nova tinha boas relações, mas ela não aguentou o tranco. Uma noite, depois de acender as lâmpadas — ainda me lembro bem porque eu e mais duas nos sentamos na entrada —, chegou um cliente bem nessa hora e foi direto ao quarto dela. Ela não gostava de sentar-se conosco no lado de fora. Inclusive levou uma surra por causa disso, logo que chegou. Mas depois, como cresceu a fama, nós a deixamos ficar no quarto, porque os clientes que a procuravam não queriam mais ninguém. Depois de uns instantes, mais ou menos o tempo de uma refeição, o cliente foi embora, e ela, para o bosque. Nenhuma de nós percebeu alguma coisa e ninguém se dirigiu ao seu quarto para vê-la. Quando a cafetina passou para recolher o dinheiro é que viu um homem nu dormindo no quarto de Carne Nova. Estava bêbado. Ela vestiu a roupa do cliente e fugiu. Era esperta. Se não estivesse escuro, nunca conseguiria ter escapado e enganado a todos, vestida de homem. A cafetina logo mandou gente atrás dela. E ao entrarem no bosque deram com ela ali pendurada. Quando a desceram já não respirava, a ponta da língua estava para fora e mantinha boa aparência. Mesmo morta era adorável! Passaram-se todos esses meses e o bosque tem estado sempre silencioso durante a noite, e nunca o espírito dela assombrou ninguém. Era uma boa moça...

Antes de ela acabar o relato, Xiangzi saiu cambaleante. Foi ao cemitério próximo dali. Pinheiros rodeavam um terreno quadrado, com uma dúzia de sepulturas. A luz do entardecer era fraca, e mal se enxergava por entre as árvores. Ele sentou-se no chão, em meio à caruma, à grama seca e às pinhas. O silêncio era completo e se rompia ao grasno pesaroso das pegas no alto das árvores. Ele sabia muito bem que Xiaofuzi não estava enterrada ali, mas as lágrimas escorriam por sua face, aos borbotões. Ele não tinha mais nada, até Xiaofuzi estava morta e enterrada! Ele era batalhador, e ela também. No entanto, só restaram a ele lágrimas inúteis, enquanto ela se tornara uma alma enforcada. Uma esteira de palha jogada a uma vala comum era a recompensa pelo esforço de uma vida inteira.

Voltou à garagem dos riquixás e dormiu durante dois dias a fio. Não pensou mais em ir à casa dos Caos e nem sequer avisou. O senhor Cao não salvaria Xiangzi. Depois de dormir por dois dias, saiu com o riquixá, com a mente em branco, não pensando em nada, sem ambições. Saía para trabalhar apenas para ter o que comer e voltava a dormir. Para que pensar? Ter esperança em quê? Viu um cachorro magro, só pele e osso, próximo a um vendedor de batatas-doces assadas, à espera das cascas que lhe jogassem. Percebeu que ele era como aquele cão, o trabalho só lhe valeria para catar cascas de batata. Bastava-lhe se manter vivo, não pensaria em mais nada.

Os seres humanos evoluíram dos animais, apenas para chegar ao ponto de banir seus semelhantes de volta ao reino animal. Xiangzi ainda estava naquela cidade civilizada, mas se tornou um quadrúpede. Não era mais um ser humano pensante. Mesmo que matasse alguém, não poderia ser responsabilizado. Ele não tinha mais esperança, deixou-se levar pela decadência, à míngua num buraco sem fundo. Comia, bebia, fodia, jogava, vagabundeava, sacaneava, porque não tinha mais consciência alguma. Toda a sua humanidade lhe fora arrancada. Restou-lhe apenas a carcaça do seu corpo enorme, à espera de apodrecer e ir para a vala comum.

O inverno passou, e o sol primaveril, uma dádiva da natureza, tornava as roupas desnecessárias. Xiangzi enrolou suas roupas acolchoadas e as vendeu. Ele queria um bocado de boa comida e bons tragos, não precisava ficar guardando as roupas de inverno. Seria feliz hoje, porque poderia estar morto amanhã. Que se dane o inverno! Se por infelicidade ainda estivesse vivo, aí veria o que fazer. Antes, quando ainda pensava, calculava toda a sua vida, mas agora limitava-se a se preocupar com o que estivesse à sua frente. A experiência lhe ensinara que o amanhã é a extensão do hoje, a continuidade das injustiças do presente. Ficou muito contente depois de vender as roupas, o melhor era ter o dinheiro vivo na mão. Guardá-lo para morrer sufocado por uma rajada de vento?

Lentamente, começou a vender não só as roupas, mas qualquer coisa que não estivesse usando no momento. Gostava de transformar suas coisas em dinheiro e gastar consigo mesmo. Era melhor assim do que cair nas mãos dos outros, era o mais seguro. Se mais tarde precisasse de alguma dessas coisas, compraria de novo, e se não tivesse dinheiro então não as usaria mais. Não lavava mais o rosto nem escovava os dentes. Poupava dinheiro e trabalho. Arrumar-se para quem? A única coisa que importava era encher a barriga com panquecas de carne. Tendo coisa boa no estômago, se morresse estaria melhor que um rato faminto.

Xiangzi, outrora forte e arrumado, agora parecia um puxador de segunda categoria, magro e sujo. Abandonou a higiene pessoal, deixando de limpar o rosto e também as roupas. Passava mais de mês sem raspar a cabeça. Não se importava mais com o estado do riquixá, se mal ou bem conservado, desde que o valor do aluguel fosse baixo. Às vezes, quando pegava uma corrida mais longa, caso outro puxador lhe desse algum, ele passava o passageiro adiante. Se o passageiro não aceitasse, ele encarava o passageiro e partia para a agressão. Ficar uns dias numa cela, para ele, não significava nada. Quando estava sem passageiro, andava devagar, porque o seu suor era precioso demais. Quando conseguia uma corrida em grupo, se estivesse bem-disposto corria na frente, apenas para deixar os outros puxadores para trás. Nessas horas, fazia manobras perigosas, como cortar a frente de outro veículo, fazer curvas fechadas, parar sem avisar, empurrar de súbito o riquixá da frente, enfim, toda sorte de imprudências. Antes, era precavido no trânsito, porque tinha consciência de estar transportando uma vida, e um acidente poderia causar a morte. Agora, arriscava-se de propósito. Qual o problema de uma pessoa morrer num acidente? Todos vão morrer mesmo!

Mais uma vez, tornou-se taciturno. Comia, bebia e aprontava sem soltar um pio. Os seres humanos falam para trocar ideias e transmitir sentimentos. Ele não tinha mais opinião nem esperança, então preferia o silêncio. Só abria a boca para negociar a corrida, e mais nada. Sua boca parecia servir apenas para comer, beber e fumar. Mesmo quando se embebedava, permanecia mudo e sentava-se para chorar em algum lugar inóspito. Quase todas as vezes, ia até o bosque onde Xiaofuzi se enforcara para deixar as lágrimas rolarem; ao acabar de chorar, passava a noite na Casa Branca. Acordava sóbrio, sem dinheiro e doente, mas sem arrependimento. Quando lhe batia algum remorso, era por ter sido ambicioso, cauteloso e honesto em outros tempos. Remorsos, portanto, do passado; não se arrependia de nada em seu "novo" estilo de vida.

CAPÍTULO 23

Tirava vantagem de tudo. Filava um cigarro a mais, comprava com dinheiro falso, comia uns picles a mais para acompanhar o leite de soja, pegava corridas que lhe dessem mais lucro com menos esforço. Tudo isso lhe dava satisfação. Tirar vantagem de alguém, causar o prejuízo de outrem era um tipo de vingança. Pouco a pouco, aumentou o espectro. Passou a pedir dinheiro emprestado aos amigos, sem a intenção de devolvê-lo. Quando pressionado, inventava desculpas. No início, ninguém desconfiava dele, pois era conhecido pela decência e credibilidade, bastava abrir a boca que conseguia o empréstimo. Ele se utilizava do resto da reputação que ainda tinha para tomar o dinheiro emprestado e logo o gastava. Quando as pessoas vinham lhe cobrar, se fazia de vítima e pedia mais prazo. Se não conseguisse a tolerância, pedia vinte centavos para outra pessoa, pagava a dívida de quinze e ia beber com os cinco restantes. Depois de vários desses expedientes, ninguém mais lhe emprestava um tostão, e ele passou a novas falcatruas. Visitou todas as casas pelas quais trabalhou, não apenas falando com os patrões ou patroas, mas também com os criados. Inventava para eles uma história triste, e se não conseguisse arrancar algum dinheiro, não se importava em ganhar roupas usadas, que eram logo trocadas por dinheiro, que por sua vez se transformava em cigarro e bebida. Vivia de cabeça baixa, matutando uma forma de ganhar dinheiro mais fácil do que puxando riquixá. Para ele, o que valia a pena era ganhar algum com pouco esforço. Um dia foi procurar a ama Gao da casa dos Caos. De longe, ficou aguardando que ela saísse de casa para as compras. Ao vê-la, alcançou-a em um passo e a chamou num tom comovente.

— Ah! Que susto você me deu! Xiangzi, o que aconteceu? — perguntou a ama Gao, arregalando os olhos, como se tivesse visto um monstro.

— Nada a comentar! — respondeu Xiangzi, abaixando a cabeça.

— Você não tinha combinado tudo com o patrão? O que aconteceu com você que nunca mais apareceu? Fui procurar Cheng para ter notícias suas. Ele me disse que não o viu mais, onde você se enfiou? O senhor e a senhora estão preocupados com você!

— Estive muito doente e quase morri! Você pode pedir ao senhor que me ajude primeiro, que depois que eu melhorar vou trabalhar! — Xiangzi contou a história preparada previamente, simples, comovente e fácil de reproduzir.

— O senhor não está em casa, entre e fale com a senhora, está bem?

— Nem pensar! Veja o meu estado, por favor, fale com ela em meu lugar!

A ama Gao entrou e voltou com dois yuans.

— A senhora deu para você e mandou-o tomar remédio.

— Sim, eu vou tomar. Agradeça à senhora por mim — disse Xiangzi, pegando o dinheiro e já pensando em como gastá-lo. No momento em que a ama Gao voltou-lhe às costas, ele correu para a feira de Tianqiao e passou o dia inteiro se divertindo lá.

Depois de percorrer todas as casas nas quais trabalhara, tentou o mesmo golpe de novo. Mas, dessa vez, não surtiu o resultado esperado. Era evidente que sua estratégia não estava funcionando, então começou a maquinar outro esquema para ganhar dinheiro, mais fácil que com riquixá. Antes, sua única vontade era ser puxador; agora, detestava-o. Claro que ele não podia largá-lo completamente, mas era só dispor de outra maneira de obter as três refeições do dia, para ele poder ficar longe do veículo. Embora fosse preguiçoso, sua audição se aguçara. Não desperdiçava nenhuma oportunidade na qual sentia o cheiro do dinheiro, como em passeatas organizadas por grupos de cidadãos ou qualquer tipo de protesto, desde que remunerado. Não importava a causa, se pagassem vinte ou trinta centavos, ele participava com disposição, marchando com uma faixa de protesto na mão o dia inteiro se necessário fosse. Para ele, qualquer coisa era melhor que puxar riquixá; o lucro podia ser menor, mas demandava menos esforço. Segurando uma bandeirinha, de cabeça baixa, com um cigarro no canto da boca, ele seguia o passo dos outros, com um meio sorriso na cara, sem nada dizer. Quando puxavam as palavras de ordem, ele apenas abria a boca, sem fazer som algum, porque ele dava valor a sua voz. Não tinha vontade de se empenhar em nada, porque sua experiência anterior tinha lhe mostrado que não obteria nenhum resultado. Quando ocorria confusão durante os protestos, ele era o primeiro a fugir e corria muito rápido. Ele poderia destruir a própria vida, mas nunca mais se sacrificaria por alguém. Os que se esforçam apenas para si também sabem como se destruir — os dois lados extremos do individualismo.

Capítulo 24

Outra vez chegou o período das peregrinações aos templos para a queima de incensos. O clima aqueceu abruptamente.

As ruas foram logo tomadas por vendedores de leques, como se tivessem brotado do chão. Traziam uma caixa pendurada no ombro e uma guirlanda de sinos que soavam com insistência para atrair a clientela. Nas calçadas, damascos verdes amontoados em pilhas, cerejas de um vermelho reluzente e enxames de abelhas douradas fervilhavam sobre as jujubas doces dispostas em pratos. Grandes tigelas com cubos de gelatina cintilavam num branco leitoso, salgados de múltiplas variedades eram bem distribuídos nas cestas dos vendedores. As pessoas passaram a se vestir com roupas mais finas e coloridas, imprimindo um aspecto multicor às ruas, como arco-íris espalhados pela terra. O pessoal da limpeza trabalhava pesado, esguichando água pelas ruas. Contudo, uma fina camada de poeira ainda pairava insistente, entremeando os longos galhos de salgueiros e os voos ágeis de andorinhas, o que conferia certo frescor à cena. Era um tempo desconcertante, as pessoas bocejavam longa e preguiçosamente, sentindo-se lânguidas e felizes ao mesmo tempo.

Em frente aos templos ocorriam apresentações de *Yangge*[11], dança de leões e artes marciais. Ao ritmo de gongos e tambores, os grupos, carregando caixas de oferendas e agitando estandartes da cor de damasco, saíam dos templos, atravessavam a cidade e caminhavam em direção às montanhas. A festa extemporânea sensibilizou de forma rara e calorosa a população, preenchendo a atmosfera com sons e poeira. Tanto peregrinos como curiosos sentiam entusiasmo, devoção e excitação. Em tempos de instabilidade, a superstição era o único consolo dos ignorantes. Cores, sons, nuvens e ruas empoeiradas infundiam nas pessoas energia e entusiasmo para subirem às montanhas, visitarem os templos, apreciarem as flores... Os mais pobres podiam assistir a tudo isso das calçadas e realizar preces.

Era como se a súbita elevação da temperatura tivesse despertado a antiga capital do torpor primaveril. As pessoas procuravam se divertir e fazer alguma coisa à medida que o tempo esquentava, junto com o desabrochar das flores e o crescimento da vegetação. A brotação de salgueiros nos lagos Nanhai e Beihai atraía jovens a tocarem gaita, casais a passearem de barco por entre os brotos de lótus e, às vezes, a assobiarem uma canção de amor, ancorados à sombra do salgueiro, além de trocarem olhares apaixonados. Nos parques, as peônias rebentavam gloriosas e convidativas à apreciação de intelectuais, que vagueavam entre as flores, exibindo seus nobres leques de papel. Mais tarde, ao se enfastiarem, descansavam à sombra de pinheiros verdes, em frente aos altos muros vermelhos, para bebericar chá, devanear e cortejar a distância as filhas de famílias ricas e cortesãs de renome. Com a brisa fresca e o sol escaldante, aqueles locais anteriormente tranquilos atraíam visitantes como borboletas.

---

11. Dança folclórica do norte da China, relacionada à prática camponesa. [N.T.]

Munidos de guarda-sóis, eles circulavam admirando as peônias no Templo Chongxiao, os juncos no Parque Taoranting, o bosque de amoreiras e os arrozais do Museu de História Natural. Mesmo os locais solenes, como o Templo do Céu, o Templo de Confúcio e o Templo Lama eram contagiados de leve pela animação. Estudantes e andarilhos, que prezavam trajetos mais distantes, excursionavam às Colinas do Oeste, às estações de águas termais e ao Palácio de Verão para passear, correr e coletar insetos e plantas, deixando marcas de suas passagens em gravações nas paredes. Mesmo os menos favorecidos também tinham locais aonde ir. Dirigiam-se ao Templo Huguo, ao Templo Longfu, ao Templo do Pagode Branco, ao Templo do Guardião da Terra ou ao Mercado das Flores, tornando-os mais agitados do que o habitual. Vasos com variedades de plantas e flores, cuja "beleza" podia ser adquirida por apenas alguns cobres, enfeitavam as calçadas.

Nas bancas onde se vendia leite de soja, conservas de vegetais, enfeitadas com pimenta, atraíam o olhar, feito flores vívidas. Os ovos eram vendidos a preços módicos, panquecas e omeletes, frescas e douradas, seduziam o paladar dos transeuntes. O lugar mais concorrido era a feira em Tianqiao, com suas tendas de chá recém-erguidas, que estendiam-se pela rua uma ao lado da outra, com mesas cobertas por toalhas brancas impecáveis, contrastando com as vestimentas espalhafatosas das cantoras. A distância, viam-se os pinheiros centenários alinhados ao muro do Templo do Céu. A vibração dos gongos e tambores ressoava por sete ou oito horas, clara e sonora, em sintonia com o clima fresco e seco, inquietando e agitando os corações. Prostitutas não tinham dificuldade para se venderem. Tudo o que precisavam era de um vestido de algodão floreado para exibirem suas curvas. Mesmo os que apreciavam a tranquilidade também

CAPÍTULO 24

tinham um destino. Esses podiam ir pescar nos lagos de Jishui e do Templo Wanshou, ou nos reservatórios da antiga olaria a leste, e na Ponte Baishi, a oeste da periferia. Nesses lugares, juncos balançavam em sintonia com o nado dos peixes pequenos. Ao findar a pescaria, podiam se fartar com carne de cabeça de porco, *doufu* curtido, vagens cozidas e aguardente nas casas de chá na beira do lago. Depois, voltavam para casa com a vara de pesca e o peixe, contornando a margem das águas à sombra dos salgueiros no pôr do sol, em direção ao portão de entrada da antiga cidade.

Divertimento, agitação, cores e algazarra por toda parte. O calor repentino no início do verão fazia parecer que a cidade antiga estivesse sob um encantamento. Ela não se importava com a morte, nem com a desgraça, tampouco com a miséria e, no momento propício, entorpeceria milhões de corações em cântico. Ela era suja, bonita, decadente, agitada, caótica, sossegada, charmosa; enfim, a grandiosa cidade de Beijing no começo do estio.

Esse era um período em que as pessoas almejavam alguma notícia que as entretesse. Um fato sensacionalista que pudessem ler várias vezes e testemunhar pessoalmente. Algo que as pudesse divertir nesses dias longos e frescos.

E finalmente aconteceu. O primeiro bonde elétrico mal saiu da garagem, e os vendedores de jornal já anunciavam:

— Extra! Extra! Execução de Ruan Ming em praça pública a partir das nove horas!

As mãos sujas recebiam um cobre após o outro com a venda dos jornais. As pessoas nos bondes elétricos, nas lojas e nas ruas liam a manchete sobre Ruan Ming. Exibiam sua foto, forneciam sua biografia, publicavam sua entrevista, em letras graúdas ou miúdas, acompanhadas de ilustrações. A notícia principal dos jornais era o caso Ruan Ming, que também era o único assunto das conversas nos bondes, nas lojas e nas ruas, como se não existisse mais ninguém no mundo além dele, que circularia pelas ruas e seria fuzilado no mesmo dia! Essa era uma notícia fabulosa, não apenas pela sua publicação, mas muito mais pelo fato de que todos poderiam vê-lo condenado. As mulheres apressaram-se em se arrumar. Os velhos saíram cedo de casa para não se atrasar e ficar para trás. Até os estudantes pensavam numa forma de matar aula para participar dessa nova experiência. Às oito e meia da manhã, a multidão alvoroçada tomava conta das ruas, à espera da notícia ao vivo. Os puxadores de riquixá não chamavam por passageiros, as lojas estavam tumultuadas, os vendedores ambulantes não anunciavam as mercadorias, porque todos aguardavam o carro do condenado. A história produzira tiranos como Huang Chao[12], Zhang Xianzhong[13] e as lideranças de Taiping[14] que não só matavam, como também gostavam de assistir a execuções. A morte por fuzilamento era banal para o povo, que preferia esquartejamento, decapitação, esfolamento ou enterramento vivo. Essas penas produziam uma sensação tão deliciosa como tomar sorvete. Dessa vez, no entanto, antes do fuzilamento haveria uma execração pública. O povo estava prestes a agradecer a pessoa que tivera essa ideia genial, que soava como colírio para os olhos. Cada uma daquelas

---

12. Huang Chao (835-884) era salineiro. Liderou uma revolta camponesa no final da dinastia Tang (618-907) e autoproclamou-se rei. É conhecido na história pela chacina de oito milhões de pessoas. [N.T.]

13. Zhang Xianzhong (1606-1647) liderou a revolta popular do final da dinastia Ming (1368-1644). Ocupou a atual província de Sichuan, centro-oeste da China, e foi derrotado pelas tropas da dinastia Qing (1644-1911). [N.T.]

14. Literalmente, "Grande Paz", nome dado à rebelião camponesa ocorrida entre 1851-1864. [N.T.]

CAPÍTULO 24

testemunhas sentia-se o próprio carrasco. As pessoas não diferenciavam o bem do mal, o certo do errado, não tinham escrúpulo algum. Preferiam enveredar por certos princípios éticos para serem consideradas civilizadas. Contudo, adoravam assistir à morte lenta de um homem da sua mesma espécie, como uma criança que sente prazer ao esfolar um cachorro. Se tivessem o poder, dizimariam uma cidade, cortando os seios e os pés das mulheres, empilhando-os na altura de uma colina. Um massacre que lhes proporcionaria enorme prazer. Entretanto, sem esse poder nas mãos, tinham de se contentar em assistir ao abate de animais e à execução de pessoas, para saciar a gana. Caso nem a isso tivessem acesso, lançariam sua ira contra as crianças, vociferando um "vou arrancar o seu couro" ou "vou cortar você em mil pedaços".

Ao leste, o sol erguia-se alto sob o céu azul. Uma leve brisa soprava. Na calçada, os ramos dos salgueiros balançavam suavemente. No lado leste da calçada, havia uma grande sombra na qual o povo se apinhava. Velhos e jovens, homens e mulheres, feios e bonitos, gordos e magros, alguns vestidos com elegância e outros com simplicidade. Todos riam e conversavam, enquanto aguardavam o carro com o condenado. Ora voltavam a cabeça para o lado sul, ora para o norte. Quando um virava a cabeça, o movimento era imitado por outros e o batimento do coração acelerava. As pessoas empurravam umas às outras para a frente, em direção ao cordão da calçada, formando uma parede humana. Apenas se via o movimento das cabeças. As tropas saíram às ruas para manter a ordem. Às vezes, um policial dava dois tabefes em alguma criança para acalmar as demais, provocando a gargalhada de todos. Tinham que esperar e aguardar com paciência. As pernas já estavam doloridas de ficar em pé, mas não poderiam ir embora. Os que estavam mais à frente não saíam do lugar, os recém-chegados empurravam os outros em busca de melhor visão. Havia discussões, mas todos permaneciam onde estavam. Enquanto uns se insultavam, outros tentavam␣conciliá-los. Os batedores de carteira conseguiam o que queriam, e quem era roubado blasfemava aos quatro ventos.

Mesmo com toda essa gritaria e algazarra, ninguém arredava pé e cada vez mais gente ia se aglomerando. A concentração do público era uma forte demonstração da unanimidade do prazer coletivo em assistir à execução pública de um homem.

De repente, todos ficaram em silêncio. A distância, aproximaram-se policiais armados.

— Chegou! Ele chegou! — alguém gritou em meio à multidão.

A partir daí, a algazarra recomeçou. A multidão avançava mecanicamente, passo a passo, em direção ao meio-fio.

— Chegou! Chegou! — murmurava em coro a multidão, com os olhos relampejantes.

O odor de suor tomava conta da rua, a seita do povo moralista amava fervorosamente a execução.

Ruan Ming era baixo, estava com as mãos amarradas atrás das costas, sentado dentro de um carro aberto e parecia um mirrado macaco doente. De cabeça baixa, exibia no alto da cabeça duas tabuletas em que estavam inscritos seu nome e seu crime.

As vozes em tom de crítica e desapontamento aumentavam e diminuíam, como ondas do mar:

— O quê? É apenas um macaco famigerado!

— Olha só, ele nem está apavorado...

— Que sem graça! Ele fica apenas de cabeça baixa e está pálido.

— Poxa, ele não fala nada!

Alguém da multidão teve a ideia de provocar Ruan Ming.

CAPÍTULO 24

— Vamos gritar um "bravo" para ele! Bravo!

A seguir, ouviram-se vozes vindas de todas as direções, gritando em uníssono e em tom malévolo, de desprezo e provocação, "bravo!", feito espectadores de encenação.

Ruan Ming permanecia mudo e sem levantar a cabeça. Um mais impaciente não se conteve, avançou na direção do condenado e cuspiu-lhe na cara. Entretanto, Ruan Ming continuou sem reagir. A decepção aumentava, mas ninguém arredava pé. E se o condenado gritasse um "Não tenho medo de morrer!"? Ou exigisse duas garrafas de aguardente e um prato de carne? A dúvida e a expectativa por alguma reação do condenado faziam com que todos permanecessem em seus lugares. O carro passou seguido pela multidão e o preso continuava impassível. Mas alguns ainda esperavam que ele pudesse cantar um trecho da ópera "Silang visita sua mãe". Nunca se sabe, então tinham de persistir na espera. Uns seguiram o cortejo até Tianqiao, embora o condenado conservasse sempre o silêncio, decepcionando a legião de seguidores. Mesmo assim, acreditavam valer a pena assistir a Ruan Ming engolindo bala. A caminhada não seria em vão.

Enquanto a cidade estava em alvoroço, Xiangzi caminhava devagar e de cabeça baixa em direção ao Portão de Desheng. Quando chegou ao Lago Jishui, olhou ao redor. Não havia ninguém. Lenta e cuidadosamente, andou e recostou-se em uma árvore velha, na margem do lago. Prestou atenção à volta e, ao não perceber ruído algum, sentou-se. Mas ao menor farfalhar do balanço dos juncos ou do gorjear de pássaros, levantava-se sobressaltado, com a cabeça empapada de suor. Estava de orelha em pé e de olhos arregalados, atento ao menor movimento do entorno. Ao se dar conta de que estava sozinho, sentou-se outra vez. Esse senta e levanta repetiu-se inúmeras vezes, até Xiangzi se acostumar ao barulho dos juncos e dos pássaros. Sentindo-se mais tranquilizado, fixou o olhar numa valeta que alimentava o lago. Notou que os olhos de alguns peixes eram brancos como pérolas, ora se juntando, ora se dispersando. Os peixinhos empinavam as folhas com a fronte e soltavam bolhas de ar pela boca. Na margem da vala, girinos com pernas esticavam seus corpos e mexiam suas grandes cabeças pretas. Uma correnteza levou embora os girinos e os peixes que nadavam a favor da corrente, trazendo outros que se esforçavam a parar. Um caranguejo cruzou rapidamente a vala. Ao acalmar a correnteza, os peixes agruparam-se outra vez, abrindo a boca para mordiscar folhas na superfície. Os peixes maiores escondiam-se no fundo, saltavam ocasionalmente à superfície e logo voltavam, deixando para trás um redemoinho. Um guarda-rios fez um voo rasante sobre as águas e todos os peixes desapareceram, restando apenas lentilhas-d'água. Xiangzi ficou observando a tudo isso sem enxergar, alheio. Pegou uma pedra do chão mecanicamente e atirou no lago. A água remexeu, espalhando as lentilhas-d'água. Ele assustou-se e quase se levantou.

Depois de ficar sentado por um longo tempo, tocou furtivamente a cintura com sua mão grande e suja. Mexeu a cabeça, permanecendo com a mão parada no mesmo lugar. Em seguida, retirou um maço de notas, contou-as e as guardou de forma solene.

Todas as suas energias estavam concentradas naquele dinheiro: como gastá-lo sem chamar a atenção e desfrutá-lo de forma segura. Ele já não era mais senhor de si, tinha se tornado escravo do dinheiro.

A origem daquele montante já determinava a sua destinação, pois não tinha sido obtido de forma lícita e obrigava seu proprietário a andar pelas sombras. Enquanto o povo assistia à

CAPÍTULO 24

execução de Ruan Ming, Xiangzi estava escondido num canto tranquilo da cidade, ainda desejoso de um lugar mais quieto e escuro. Ele não tinha mais coragem de andar pelas ruas, porque havia traído Ruan Ming. Mesmo sentado solitário à beira de um lago num canto da cidade, ele não se atrevia a erguer a cabeça. Era como se ele estivesse sendo assombrado por fantasmas. Em Tianqiao, Ruan Ming jazia em uma poça de sangue, mas, para Xiangzi, Ming continuava vivo através daquele maço de notas, guardado na sua cintura. Xiangzi não tinha nenhum arrependimento, apenas temia que aquela alma penada o perseguisse.

Logo que Ruan Ming assumiu um cargo oficial no governo, começou a desfrutar de todas as benesses que condenava no passado. O dinheiro possui a capacidade de atrair o indivíduo ao que há de pior na sociedade; afastá-lo dos ideais nobres e cair no inferno, de livre e espontânea vontade. Ele passara a se vestir com ternos de luxo, a frequentar prostíbulos e cassinos, até a fumar ópio. Quando sentia a consciência pesada, considerava-se produto dessa sociedade degenerada e não que fosse de sua responsabilidade. Ele até admitia que não eram atitudes corretas, mas a maior culpada eram as tentações sociais, às quais ele não conseguia resistir. Pouco a pouco, comprometeu todo o seu salário com esses gastos. Então, seus ideais radicais despertaram, mas dessa vez não era para colocá-los em prática. Planejava transformá-los em dinheiro vivo. Da mesma forma de quando se aproveitara de sua relação com um professor para obter sem esforço sua aprovação nos estudos. Não se pode esperar honestidade de um meliante. Cedo ou tarde, esse tipo de indivíduo acaba trocando tudo por dinheiro. Ruan Ming topou o que lhe foi oferecido. Alguém ansioso em promover a revolução não tem como ser exigente no processo de seleção de militantes, e Ruan Ming devia supor que aqueles na linha de frente pensavam da mesma forma. Mas daqueles que aceitam o que lhes é oferecido esperam-se resultados, não importando o meio de obtê-los, e relatórios precisam ser apresentados. Não seria possível Ruan Ming apenas pegar o dinheiro, por isso passou a participar do sindicato dos puxadores de riquixá. Assim conhecera Xiangzi, um velho profissional do ramo que apenas segurava a bandeira e gritava palavras de ordem.

Ruan Ming vendia sua ideologia por dinheiro, enquanto Xiangzi aceitava ideologia por dinheiro. Ruan Ming sabia muito bem que sacrificaria Xiangzi no momento certo. Xiangzi nunca pensara nisso, mas quando o momento chegou assim o fez — traiu Ruan Ming por dinheiro. Pessoas que fazem tudo por dinheiro temem não resistir a alguma oferta mais polpuda. A lealdade não se estabelece através das notas. Ruan Ming acreditava nos seus ideais radicais e usava-os para perdoar todos os seus atos vis. Xiangzi o ouvia e lhe dava razão, e tinha inveja do estilo de vida de Ruan Ming. "Quero ter muito mais dinheiro para aproveitar a vida, como Ruan Ming!", pensava. Se o dinheiro corrompera o caráter de Ruan Ming, em Xiangzi atiçara a ganância. Ele vendeu Ruan Ming por sessenta yuans. Ruan Ming buscava a força das massas, enquanto Xiangzi queria prazer, como Ruan Ming. Este derramara sangue por uma receita extra, enquanto Xiangzi colocara toda a grana na cintura.

Xiangzi ficou sentado até o pôr do sol, os juncos e as folhas do salgueiro reluziam um tom vermelho-dourado. Levantou-se e seguiu para oeste dos muros da cidade. Ele já estava acostumado à extorsão, mas essa era a primeira vez que vendia a vida de alguém, mesmo compartilhando do mesmo ideal. A desolação e a altura do muro da cidade provocavam-lhe medo. Às vezes, ao ver corvos em cima da montoeira de lixo, pensava em dar a volta, por temer seus grasnos de mau agouro. Ao chegar a oeste do muro da cidade, apertou os passos, feito um cachorro com o rabo entre as pernas, e saiu pelo Portão Xizhi. À noite teria companhia, alguém para lhe entorpecer e tirar-lhe o medo. Casa Branca.

Ao despontar o outono, a doença de Xiangzi o impedia de puxar riquixá. De qualquer forma, ele não tinha mais crédito na praça para alugar um. Passou a trabalhar como vigia de uma pequena loja, por duas moedas de cobre por noite, e podia pousar no serviço. Durante o dia, trabalhava como biscate, o que lhe rendia o suficiente para pagar uma tigela de papa de arroz. Mendigar estava fora de questão — ninguém teria pena de um sujeito daquele tamanho. Sem contar sua incapacidade para simular, pintar falsas cicatrizes no corpo que estimulassem a compaixão alheia, de modo a obter esmolas nas feiras próximas aos templos. Também não servia para ladrão; além de ele não dominar a arte, ladrões agem em gangues, mantendo teias de conexões. Ele limitava-se a lutar para o próprio sustento, sem nenhuma ajuda ou apoio. Batalhava apenas para si e para a sua morte. Aguardava seu último suspiro e, de fato, já não passava de um moribundo. Sua alma era a encarnação do egoísmo, que apodreceria junto ao seu corpo, sete palmos debaixo da terra.

Desde que Beijing tornara-se a capital, seus costumes, pompa, artesanato, cozinha, dialeto, até a polícia, espraiavam-se como moda por todo o país, à procura daqueles que aspiravam à solenidade e à imponência da cidade. O ensopado de ovelha típico de Beijing agora também já era servido em Qingdao, cidade mais ocidentalizada. Mesmo na agitada Tianjin se podia ouvir o canto baixo e lamentoso da venda de "pão de massa dura" no meio da noite. Em Xangai, Hankou e Nanjing apareceram policiais com o sotaque de Beijing e apreciadores do pão de gergelim. Originalmente da região sul do país, o chá chegou a Beijing, e, depois de passar por um processo de dupla defumação, era revendido de volta para o sul. Até carregadores de caixão tinham a oportunidade de pegar um trem e ir a Tianjin ou Nanjing para levar o ataúde de alguém rico e influente.

Beijing, contudo, perdia gradativamente sua pompa original. Nas confeitarias, vendiam-se bolinhos da Festa do Duplo Nove[15], mesmo depois da primavera. Os bolinhos de arroz com recheio de gergelim, usualmente vendidos no Dia das Lanternas, no começo da primavera, podia ser comprado até o início do outono. Os estabelecimentos centenários, de uma hora para outra, decidiram realizar promoção de vendas em comemoração à data de seu aniversário. A crise econômica fazia com que a pompa procurasse outras paragens, afinal, ostentação não enche a barriga.

Contudo, casamentos e funerais tinham que manter os ritos e as práticas conservadoras. Era como se esses eventos preservassem uma dignidade que justificava certa magnificência. O mestre de cerimônias, a banda de música, o palanquim e a tenda eram de um esplendor que não se via em qualquer cidade. Grous — símbolo da longevidade — e leões guardiões iam à frente dos cortejos fúnebres, que traziam figuras humanas, cavalos e carruagens feitos de papel. Mesmo nas procissões de casamento ainda era contratado todo o contingente de atendentes necessário, bem como uma banda musical, composta de 24 instrumentos, desfilando toda a suntuosidade exigida para a ocasião, fazendo lembrar o luxo e o requinte da cidade em tempos de paz.

---

15. Data dedicada às homenagens aos idosos e aos ancestrais. É comemorada no nono dia do nono mês lunar. A pronúncia da data é homófona à palavra "eternidade" em chinês, associada à longevidade. [N.T.]

CAPÍTULO 24

A sobrevivência de Xiangzi dependia da manutenção desses antigos rituais. Nos casamentos, ele carregava um guarda-sol colorido e ornamentado. Nos cortejos fúnebres, levava a coroa de flores ou a faixa de homenagem ao morto. Ele não sorria e tampouco chorava, participava apenas pela dúzia de cobres que lhe pagavam. Por alguns instantes, os trapos de seu corpo eram cobertos por túnicas verdes ou azuis de funerais ou de casamentos, que lhe conferiam certa dignidade. Quando ocorria um evento de uma família rica e importante, os contratados tinham direito a um corte de cabelo e barba, bem como a um par de sapatos novos. Assim, Xiangzi tinha a oportunidade de ao menos ficar com a cabeça e os pés apresentáveis. As pústulas de sua doença o impediam de alargar os passos, fazendo-o contentar-se em carregar um estandarte ou o guarda-sol, seguindo devagar pelas ruas.

Mas ele não servia nem para essas tarefas simples. Seu ápice havia passado. Não tinha se estabelecido como puxador de riquixá nem formado família. Seu antigo otimismo transformara-se em "coisas sem importância". Apesar de sua corpulência, disputava com velhos, mulheres e crianças a tarefa de carregar os estandartes mais leves ou faixas. Negava-se a levar guarda-sóis vermelhos ou objetos mais pesados. Ele não engolia desaforo.

Carregava apenas objetos leves, tinha o caminhar arrastado, a cabeça baixa e as costas encurvadas. No canto da boca, uma ponta de cigarro apanhada do chão. Se todos parassem, era capaz de seguir adiante; do contrário, poderia ficar imóvel, atrasando o cortejo. Era indiferente aos comandos dos gongos, e não reparava no alinhamento da fila. Permanecia no seu próprio mundo, olhando para a ponta dos pés, feito sonâmbulo ou grande pensador.

— Ô! Seu filho da puta! Ei! Camelo! Fique na porra da fila! — um tocador de gongo, vestido de vermelho, e o carregador de um estandarte de seda vociferaram contra Xiangzi.

Parecia que Xiangzi não os escutara. O tocador de gongo aproximou-se e bateu nele com a baqueta, e só então redirecionou o olhar e observou ao redor através de um véu de neblina. Ignorou o que o batedor de gongo dissera, apenas prestava atenção ao chão, procurando alguma guimba que valesse a pena recolher.

Xiangzi, o digno, o batalhador, o idealista, o solidário, o forte e admirável de outrora, perdera a conta de quantos cortejos fúnebres havia participado. Ignorava quando e onde enterraria sua alma egoísta, degenerada e em declínio, produto de uma sociedade doente.

Apêndices

Como escrevi
O garoto do riquixá

Não me recordo do dia e mês exatos em que comecei a escrever *O garoto do riquixá*. Todos os meus livros e diários do período pré-guerra se perderam com a queda de Jinan [capital da província de Shandong, leste da China]. Não há, portanto, maneira de datar o início desse trabalho.

Este livro foi um ponto de virada na minha carreira de escritor. Antes de eu o começar, a minha profissão era lecionar, e escrever era um passatempo. Isso significa que grande parte de meu tempo era dedicado a dar aulas, e eu só escrevia quando estas pausavam, isto é, durante as férias de inverno e de verão. Estava longe de sentir-me satisfeito com minha vida de então, pois não podia entregar-me completamente à escrita e muito menos gozar férias, ano após ano. Isso faz mal à saúde. A ideia de me tornar escritor em tempo integral já me ocorrera quando regressei a Beijing vindo do estrangeiro. Só a insistência de vários bons amigos me levou a aceitar uma vaga de docente na Universidade de Qilu, em Shandong [1930]. Quando me demiti desta universidade, fui para Xangai com o objetivo de sondar a possibilidade de me tornar um escritor profissional. Infelizmente, depois do incidente com os japoneses no final de janeiro de 1932, o mercado editorial estava em crise e persistiam poucos periódicos literários. Amigos em Xangai aconselharam-me a não me arriscar ali e, assim, aceitei a oferta de um emprego como professor na Universidade de Shandong, na cidade de Qingdao. Não gostava de lecionar, por uma razão simples: sentia-me pouco à vontade por não ser erudito. E mesmo que eu fosse capaz de ensinar bem, não tirava disso o mesmo prazer que tinha escrevendo. Com uma família para sustentar, não me atrevia a atirar pela janela um ordenado mensal seguro sem mais nem menos. Mas, no fundo do meu coração, nunca vacilou meu desejo de ser escritor profissional.

Aconteceu que, dois anos depois de estar lecionando na Universidade de Shandong, houve manifestações estudantis que levaram à demissão de vários professores, entre os quais me encontrei. Nessa ocasião, em vez de ir para Xangai, e sem consultar ninguém, decidi continuar residindo em Qingdao e ganhar a vida como escritor. Estava decidido que, se fosse bem sucedido, poderia produzir dois romances ao ano sem preocupações. Mas, caso fracassasse, teria de voltar a lecionar, e muito provavelmente abandonaria a ideia de escrever. Por isso recordo o período em que este livro foi escrito como importante para a minha carreira de escritor.

Pelo que me recordo, estávamos na primavera de 1936 quando, em conversa com um amigo da Universidade de Shandong, ele me falou de um puxador de riquixás que trabalhara para ele em Beijing. O homem comprara o seu próprio riquixá e fora forçado a vendê-lo. Isso aconteceu por três vezes, e ele acabou mais pobre que nunca. Na ocasião, lembro-me de ter dito que era possível escrever uma história sobre aquele fato. Ele continuou a contar, de outro puxador de riquixás que certa vez fora apanhado pelos soldados e tivera a sorte se escapar com três camelos.

    Não me dei conta de lhe perguntar como se chamavam e de onde eram esses puxadores. Tudo o que me lembrava era da história sobre eles e os camelos. Isso me inspirou a escrever *O garoto do riquixá*. Da primavera até o verão, eu só pensava em como alongar a narrativa e escrever um romance de cem mil caracteres.

    Incerto ainda, comecei a inquirir sobre os hábitos e a vida dos camelos a um amigo, Qi Tiehen, que crescera na Colina Ocidental, nos arredores de Beijing, onde havia muitos criadores de camelos. A partir de sua resposta, tive a certeza que devia concentrar meus esforços nos puxadores de riquixás, usando os camelos como recurso literário. Se fosse centrar o romance nos camelos, teria de me deslocar à periferia de Beijing, para pesquisar as pastagens e os animais. Mas não precisaria ter esse trabalho se meu tema fosse os puxadores de riquixá, homens que eu podia observar diretamente na rua. Assim, liguei os camelos a Xiangzi, mas os animais estavam ali apenas para introduzir o meu protagonista.

    Como retratar Xiangzi? Primeiro, considerei os diversos tipos de puxadores para saber onde o situar. Feito isso, podia descrever os outros de passagem; Xiangzi ficando como o personagem principal, os demais como secundários. Tinha, assim, o meu protagonista no meio em que vivia. Isso o fazia mais real. Meus olhos estavam presos a Xiangzi mesmo quando escrevia sobre os outros. Tudo isso a fim de colocar em destaque o seu caráter.

    Além de seus companheiros de trabalho, pensei nos tipos para quem ele trabalhava: os proprietários de riquixás, de quem ele alugava o veículo, e os passageiros que pudessem utilizar seus serviços. Pude, assim, ampliar seu universo de puxador ao introduzir pessoas de classes sociais mais favorecidas. Contudo, essa gente estava ali por causa de Xiangzi. Eu estava determinado a não deixar ninguém ofuscar seu papel principal.

Quando já tinha meus personagens delineados, era relativamente fácil arquitetar a trama. Xiangzi era a figura central e, assim, tudo na história tinha de andar à volta dos puxadores de riquixás. Desde que todos os personagens, de uma maneira ou de outra, estivessem relacionados aos riquixás, Xiangzi estava onde eu queria, como uma cabra amarrada a uma árvore. No entanto, e ainda que todos os personagens e acontecimentos girassem em torno dos riquixás e de quem tirava seu sustento deles, senti que ainda faltava algo na sua maneira de viver. Pensei: "Que sentirá um puxador quando é apanhado numa tempestade de areia? Ou quando chove?" Se eu pudesse expor tudo isso em detalhes, Xiangzi se tornaria de carne e osso. Sua vida deveria ser um tormento infindável, não só pelo pouco que comia, mas pelas tempestades de areia e chuva que deviam lhe arrebentar com os nervos.

Comecei, então, a considerar que um puxador de riquixá, como qualquer outra pessoa, tem outros problemas além de satisfazer suas necessidades diárias. Teria ideias, desejos, ideais, mulher e filhos. Como resolveria essas questões? Desta maneira, o romance que eu imaginara transformava-se em uma narrativa de enorme dimensão social. Precisava ultrapassar o conhecimento superficial sobre a maneira de vestir, falar e gesticular, e mostrar o interior psicológico do homem através de uma observação mais acurada. Tinha de adentrá-lo para poder descrever o seu inferno. Tudo em sua aparência poderia dizer de sua história e vida. Precisava ir às raízes para poder descrever essa sociedade e a amargura dessa gente que nela vivia.

Da primavera ao verão de 1936, trabalhei, como um possesso, na coleta de materiais. Muitas vezes, modificava a aparência e a vida de Xiangzi, pois ele mudava conforme os materiais que eu ia recolhendo.

Foi nesse verão que me demiti da Universidade de Shandong e comecei a passar Xiangzi para o papel. Tinha gasto muito tempo estudando a trama da novela e colecionava uma imensidade de dados, de modo que, quando comecei a escrever, não tive problemas. Em janeiro de 1937, publicava o primeiro capítulo de *O garoto do riquixá* na revista *Yuzhoufeng*. Na época, o romance ainda não estava completo, embora eu tivesse esboçado a totalidade da narrativa e soubesse o tamanho que alcançaria. Era um esboço suficientemente claro para eu saber qual seria o fim da história, senão nunca teria me atrevido a publicá-la em capítulos quando ainda em meio ao processo de criação. No princípio do verão, tinha a história terminada, em 24 capítulos, para ser exato. Com a revista reproduzindo dois capítulos por mês, era o ideal para acabar a publicação em um ano.

Mal o acabei, disse ao editor da revista que estava mais satisfeito com esse do que com qualquer dos meus trabalhos anteriores. Quando, mais tarde, veio a público em forma de livro, o editor publicou essas palavras na capa. Por que eu me sentia tão contente com essa obra? Primeiro, porque a história ficou incubando dentro de mim por longo tempo, reuni muito material para escrevê-la, e as palavras, durante o processo de escrita, vinham-me com segurança, precisas, sem se afastarem do assunto e nem o rodearem. Segundo, porque começara a escrever sem ter mais nada para fazer. Escrevia, por dia, entre mil e dois mil caracteres e, quando pausava, continuava a labutar a história dentro da minha cabeça, sem nunca parar de fato. Quando se pensa intensamente, a caneta ganha a propriedade de escrever com sangue e lágrimas. Em terceiro lugar, decidira logo de início renunciar a piadas fáceis e centrar meus esforços em escrever com seriedade. Quando aparece uma oportunidade humorística, geralmente, eu a agarro. Por vezes, quando não há nada mesmo de engraçado a respeito de determinado assunto, forço uma linguagem engraçada para criar um momento de humor. Parece-me que isso ajuda a tornar a linguagem mais aligeirada e interessante, mas, em certas ocasiões, pode surtir um efeito contrário. Esse problema não existiu com *O garoto do riquixá*. Ainda que a história não fosse totalmente destituída de humor, esses momentos pertenciam a ela e não eram injetados à força, artificialmente. Essa decisão alterou ligeiramente meu estilo. Aprendi que, desde que tivesse material bom o suficiente, podia ser bem-sucedido sem ter de utilizar partes humorísticas. Quarto, ao decidir não apelar para o humor, a linguagem tinha de ser muito simples e direta, límpida como a superfície de um lago de águas plácidas. Para alcançar esse objetivo, tentei atentar para que, na minha busca pela simplicidade, não caísse no extremo de tornar a narrativa aborrecedora, insossa. Aconteceu que, naquela época, Gu Shijun me ajudou ao fornecer um sem-número de palavras e expressões do dialeto de Beijing, que antes eu julgava impossível de escrever. Noutro tempo, tinha evitado utilizá-las em meus escritos, pois pensava que não podiam ser passadas para o papel. Agora, com a ajuda de Gu, minha escrita tornava-se mais rica, e minha caneta dominava os coloquialismos, acrescentando vivacidade e frescor à linguagem simples, tornando o texto mais verdadeiro aos olhos do leitor. É por isso que *O garoto do riquixá* pode ser lido em voz alta: a linguagem é viva.

Há, claro, muitas passagens falhas em meu livro. Pessoalmente, desagrado-me com o fim brusco. Mas, como eu estava escrevendo por capítulos, tinha de encerrar exatamente aos 24. Na realidade, deveria ter escrito mais dois ou três capítulos adicionais para melhor polir a história. No entanto, nada há de se fazer, porque nunca me preocupo em rever nada que tenha sido já publicado.

A princípio, *O garoto do riquixá* não teve sorte. Quando apenas metade do romance fora reproduzido no *Yuzhoufeng*, eclodiu a guerra contra o Japão, em 7 de julho de 1937. Como não sei em que mês a revista deixou de ser publicada em Xangai, nunca fiquei sabendo se a história foi publicada até o fim. Mais tarde, quando a editora Yuzhoufeng mudou-se para Guangzhou, a primeira coisa que fez foi editar a narrativa em forma de livro. Mas fui informado que, mal o livro fora impresso, Guangzhou caiu nas mãos do inimigo, e *O garoto do riquixá* também. A editora mudou-se de novo, desta vez para Guilin, no sudoeste da China, e a obra teve a segunda oportunidade de ser publicada, mas, devido a deficiências dos correios, pouco ou nada se viu de *O garoto do riquixá* em Chongqing e Chengdu, onde só apareceram cópias depois que a editora Wenhua shenghuo [atual Grupo Editorial Wenyi de Xangai] comprou os direitos de reprodução.

Parece-me agora, no entanto, que a sorte de *O garoto do riquixá* mudou, pois, de acordo com amigos, o livro já foi traduzido para o russo, o japonês e o inglês.

Lao She
7 de julho de 1945

Biografia de Lao She

1899	Lao She (pseudônimo de Shu Qingchun) nasce em 3 de fevereiro no seio de uma família manchu em Beijing.
1906	Começa a estudar numa escola primária privada com bolsa.
1912	Entra no liceu nº 3 do município.
1913	É admitido na Escola Normal de Beijing, onde os estudos são gratuitos. Começa a compor versos em chinês clássico e textos em prosa.
1918	Conclui o ensino superior e é nomeado diretor de uma escola primária da cidade.
1922	Ensina na escola secundária Nankai, em Tianjin. Publica então na revista trimestral da escola a sua primeira novela.
1924	Embarca no verão para a Inglaterra, onde leciona no London School of Oriental Studies. Escreve, durante os seus cinco anos de estada, três romances: *A filosofia do velho Zhang*, escrito em linguagem vernácula de Beijing, retrata a vida cotidiana do habitante local comum, inspirado em *Pickwick*

Papers, de Charles Dickens; *Zhao Ziyue*, que descreve a vida em república dos universitários; e *Os senhores Ma*, que narra a história de pai e filho que vão a Londres fazer comércio. Este último é um dos primeiros romances chineses que discute o etos do povo chinês. Torna-se membro da Associação de Pesquisa Literária.

1929 Reside em Singapura e escreve a obra infantojuvenil *O aniversário de Xiaopo*.

1930 A partir do verão, é nomeado professor-adjunto da Faculdade de Literatura da Universidade de Qilu em Jinan, capital da província de Shandong, e redator da *Revista Mensal de Qilu*. Publica, no período, os romances *O Lago Daming* e *A cidade dos gatos*. Este último, escrito depois da invasão japonesa, narra em linguagem figurada as aventuras de um terráqueo no reino dos gatos em Marte. O autor satiriza e desvela a corrupção e as fraquezas da sociedade chinesa. Escreve também *O divórcio*, que retrata a vida enfadonha e os conflitos conjugais de um grupo de funcionários da secretaria municipal de finanças de Beijing; e *A vida de Niu Tianci*, escrito em linguagem humorística, que conta a vida um menino adotado por um casal depois de ser abandonado, além de várias novelas.

1931 Casa-se com Hu Jieqing e, em 1933, nasce a sua primeira filha, Shu Ji.

1934-1936 É nomeado professor da Faculdade de Letras Chinesas da Universidade de Shandong, em Qingdao. Publica *A entrada em funções*, *A lua crescente* e outras novelas. Nasce o filho Shu Yi (1935).

1936	Entrega sua carta de demissão à Universidade de Shandong para se dedicar integralmente à carreira de escritor. Escreve os romances *O garoto do riquixá* e *Doutor Wen*.
1937	Após o incidente de 7 de julho de 1937, que marca o início da Guerra de Resistência contra o Japão, parte de Qingdao para Jinan e retoma seu trabalho como professor na Universidade de Qilu.
1937	Em novembro, face à invasão japonesa, é obrigado a deixar Jinan e partir para Wuhan, capital de Hubei, província no centro da China, onde trabalha em cooperação com Guo Moruo, Mao Dun, Yang Hansheng, entre outros escritores, na organização da frente nacional dos escritores e artistas para a resistência contra o Japão.
1938	Torna-se o principal responsável da associação dos escritores e artistas resistentes. Em julho, refugia-se em Chongqing, província no centro-oeste da China.
1944	Em abril, a associação organiza uma cerimônia pelo seu vigésimo ano de carreira literária. Escreve, neste período, nove peças de teatro moderno, entre elas: *Restos de nevoeiro*, *Zhang Zizhong*, *O problema da face* e *Quem chega primeiro a Chongqing?*, além do romance *A cremação* e as duas primeiras partes do romance *Quatro gerações sob o mesmo teto*, bem como várias novelas.
1946-1949	Convidado pelo governo dos Estados Unidos, realiza conferências durante um ano e reside em Nova York para continuar sua criação literária. Escreve *Fome*, a terceira parte de *Quatro gerações*

sob o mesmo teto (publicado em inglês em 1948), e *O contador de histórias do tambor* (publicado em inglês em 1949).

1949 Após a fundação da República Popular da China, em outubro, regressa ao país e chega a Beijing em dezembro. Durante esse período, colabora na reforma do *quyi* (narrativas cantadas), e cria uma série de *quyi*, entre os quais *A história do Ano-Novo*, a peça *A produção*, cantada acompanhada de tambor, e a ópera *Poços sob os chorões*.

1950-1956 A criação teatral de Lao She entra em um novo e importante período. Entre as inúmeras peças escritas, encontra-se *A casa de chá*. Participa ativamente da vida política, eleito como vice-presidente da Associação de Escritores da China e delegado da Assembleia Nacional do Povo, entre outros cargos.

1951 Em dezembro, é homenageado pela prefeitura de Beijing com o título de Artista do Povo.

1953 Parte para a Coreia para apoiar moralmente os combatentes voluntários chineses e escreve o romance *A colina anônima torna-se célebre*.

1963 Entre o outono de 1963 e a primavera de 1964, estabelece-se em comunas populares das redondezas de Beijing para experimentar a vida rural. Escreve mais tarde o romance autobiográfico *Sob a bandeira vermelha*, que fica inacabado.

1966 Em 23 de agosto, Lao She, junto com mais de trinta escritores e artistas, é capturado e espancado pela Guarda Vermelha e exposto à humilhação pública sob a acusação de "capitalista" e "antirrevolucionário". No Templo de Confúcio, o grupo é obrigado a se ajoelhar perante uma fogueira onde queimavam figurinos e cenários de ópera, e espancado diante de uma multidão escarnecedora, incluindo colegas e velhos amigos. A "reunião de luta" perdurou até a meia-noite, quando o escritor foi solto e convocado para mais uma reunião pela manhã. Na madrugada do dia 24 de agosto, Lao She, o Artista do Povo, que crescera nas ruelas de Beijing, passou suas últimas horas no Lago Taiping, onde acabou por se jogar e morrer por afogamento.

1978 Com o fim da Revolução Cultural e a chegada de Deng Xiaoping ao poder, Lao She foi reabilitado e seus livros voltaram a ser publicados na República Popular da China.

Deixou em vida mais de quarenta obras publicadas, sendo várias delas adotadas como leitura escolar obrigatória na China.

Márcia Schmaltz
Junho de 2017

Referências

FAIRBANK, J. K; MERLE, G. *China: uma nova história* [trad. Marisa Motta]. Porto Alegre: L&PM, 2006.

KAO, G. (Org.) *Two writers and the Cultural Revolution: Lao She and Chen Jo-shi*. Hong Kong: Chinese University Press, 1980.

LI, Y. *Context, Translator and History: A Study of Three Translations of Luotuo Xiangzi in the USA*. Dissertação de Mestrado não publicada. Hong Kong: Lingnan University, 2007.

MORAIS, E. C. *Caminhos da terra*. Rio de Janeiro: Antunes, 1959.

POMAR, W. *China: o dragão do século XXI*. São Paulo: Ática, 1996.

SHU, Q. [Lao She] "Como escrevi 'Garoto do riquixá'". *Qingnian zhishi*, 1(2), 1945.

SHU, Q. [Lao She] *Luotuo Xiangzi*. Beijing: Literatura do Povo, 2008.

SPENCE, J. *Em busca da China moderna*. São Paulo: Companhia das Letras, 1990.

ESTE LIVRO FOI COMPOSTO EM GARAMOND PRO CORPO 11,5 POR
15,4 E IMPRESSO SOBRE PAPEL CHAMBRIL AVENA 80 g/m² NAS
OFICINAS DA ASSAHI GRÁFICA, SÃO BERNARDO DO CAMPO — SP,
EM MAIO DE 2021